Tais-toi

Un personnage de Tchekhov, [...] malheurs, se voit prédire [...] scepticisme : « Quel mal peut-on faire encore à un poisson pêché, cuit et servi en sauce ? » On ne saurait trouver meilleure définition des personnages de Raymond Carver. Ce sont des poissons pêchés, cuits, servis en sauce et pourtant, il continue de leur arriver des malheurs... Rien qui ait l'allure d'une somptueuse apocalypse, mais seulement de petites misères taraudantes qui font de ces Hamlet de cafétéria et de ces Ophélie de motel les toupies d'une fatalité au rabais.

Les personnages de Carver ressemblent à des feuilles mortes en quête d'un destin. Ils passent leur vie à exposer à leurs pareils la manière dont ils vont s'y prendre pour être heureux. Ils cherchent à se débarrasser d'un meuble, d'un chien, d'une femme ou d'un parent, dans l'espoir qu'une fois seuls ils trouveront leur destin. Parfois, ces tragédiens mineurs ont le pressentiment d'un *fatum*, quand une conversation anodine, un incident, paraissent susceptibles de bouleverser le cours de leur destinée, mais ils s'aperçoivent qu'ils ne peuvent donner le nom de destin à cet enchaînement de faits étriqués.

Pour avoir un destin, encore faut-il avoir une histoire. Chez Carver, il n'y a que des histoires de couples, car « en épousant une femme, on se dote d'une histoire ». Si elle vous quitte, si elle vous trompe, si, d'une manière ou d'une autre, elle sort de votre vie, alors vous vous retrouvez en dehors de l'histoire, « relégué au rang d'anecdote ». Les couples de Carver sont la version pitoyable et déglinguée de celui formé par Ingrid Bergman et George Sanders dans le film de Rossellini, *Le Voyage en Italie* : un homme et une femme hantés par l'idée que divorcer, c'est sortir de l'histoire, de l'écran, du roman. « Il faut qu'on s'aime. Il ne nous reste qu'à nous aimer », dit une jeune héroïne de Carver.

Dans *Tais-toi, je t'en prie*, la plupart des textes mettent en scène un couple en proie à deux angoisses : le sexe et la bouffe. Bouffe bâclée des cafétérias, sexualité au rabais. Bouffe se raréfiant, sexualité déclinante. La même obsession poursuit ces personnages : compenser la bouffe par le sexe, compenser le sexe par la bouffe. Le recueil s'ouvre sur la longue cérémonie qu'accomplit à table un homme très gros, et sur le rêve, qu'il suscite chez une jeune femme, de l'obésité comme refuge. Dans la dernière nouvelle, qui donne son titre au recueil, l'angoisse atteint son apogée : un homme, quatre ans après les faits, apprend que sa femme a, un soir, « tenté le coup » avec un de ses amis de passage. Il s'enfuit de chez lui, erre dans la ville, entre dans un restaurant-dancing – en allant aux toilettes, il découvre sur le mur un dessin qui représente deux cuisses écartées et une vulve ouverte, sous le dessin, une main a griffonné : « Bouffe-moi ».

Ailleurs, un vendeur de décapotables avoue qu'il préférerait passer pour un gangster ou un détraqué sexuel que d'être déclaré insolvable. Les

(Suite au verso.)

histoires de Carver sont toujours des histoires d'hommes insolvables, de couples vivant une sexualité à crédit et comptabilisant les trahisons conjugales comme autant d'arriérés.
Tais-toi, je t'en prie est un manuel de diagnostics autour d'un même thème : la virilité des insolvables.

Linda Lê.

Paru dans Le Livre de Poche

LES VITAMINES DU BONHEUR.
PARLEZ-MOI D'AMOUR.

RAYMOND CARVER

Tais-toi, je t'en prie

TRADUIT DE l'AMÉRICAIN
PAR FRANÇOIS LASQUIN

MAZARINE

*L'édition originale de cet ouvrage est parue chez
Alfred A. Knopf Inc. (New York) sous le titre :*

WILL YOU PLEASE BE QUIET, PLEASE?

© Raymond Carver 1963, 1964, 1965, 1967, 1968, 1970, 1971,
1972, 1973, 1974, 1975, 1976.
© Éditions Mazarine, 1987, pour la traduction française.

Ce livre est pour Maryann.

OBÈSE

Je suis chez ma copine Rita. On boit le café, on fume, et je lui en parle.

Voici ce que je lui raconte.

C'est un mercredi, vers la fin d'une soirée plutôt calme, que Herb fait asseoir le gros type dans mon rang.

Je n'ai jamais vu quelqu'un d'aussi gros, quoique à part ça il a l'air propre et il est assez bien sapé. Tout est démesuré en lui, mais ce sont ses doigts surtout qui m'ont frappée. Quand je m'arrête à la table voisine pour prendre la commande du couple d'âge mûr, je les remarque aussitôt. Ils sont trois fois plus gros que ceux d'un individu ordinaire. Des doigts longs, épais, dodus.

Je m'occupe de mes autres tables. J'ai un groupe de quatre hommes d'affaires, très exigeants, une autre table de quatre, trois hommes et une femme, et ce vieux couple. Leander a versé de l'eau dans le verre du gros, et je lui laisse tout le temps de se décider avant de m'approcher.

Bonsoir monsieur, je lui dis. Vous avez choisi? je lui dis.

Qu'est-ce qu'il était gros, Rita!

Bonsoir, qu'il me répond. Oui, ma foi, qu'il me dit. Nous sommes prêts à commander à présent, qu'il me dit.

Il s'exprime de cette manière, tu vois. Bizarre. Et de temps à autre, il souffle un petit coup.

Je pense que nous commencerons par une salade César, qu'il me dit. Puis un potage, avec du pain et du beurre en supplément, s'il vous plaît. Ensuite, les côtes d'agneau, je crois bien. Et une pomme de terre au four avec de la crème aigre. Pour le dessert, nous verrons tout à l'heure. Merci beaucoup, qu'il dit en me tendant la carte.

Il avait de ces doigts, Rita!

Je fonce à la cuisine et je passe la commande à Rudy, qui la prend avec une grimace. Tu le connais, Rudy. Il est comme ça quand il boulonne.

Au moment où je ressors de la cuisine, Margo – je t'ai parlé de Margo? Celle qui fait du gringue à Rudy? – Margo me dit : C'est qui, ton copain le gros? Quel poussah!

Bon, ça a joué aussi, évidemment. Oui, ça a joué, j'en suis sûre.

Je prépare la salade César à sa table et il suit mes gestes des yeux tout en se beurrant des tranches de pain qu'il dispose à côté de son assiette en soufflant continuellement. Et moi, j'ai tellement les nerfs en pelote que je renverse son verre d'eau.

Oh! excusez-moi! je lui dis. Voilà ce qui arrive quand on se presse trop. Je suis désolée, je lui dis. Vous n'avez pas de mal? Je vous envoie le garçon de salle pour qu'il vous nettoie ça, je lui dis.

C'est rien du tout, qu'il me dit. Y a pas de mal, qu'il me dit, et il souffle. Vous en faites pas pour ça, on en a vu d'autres, qu'il me dit. Il m'adresse un sourire et un petit signe de la main tandis que je pars chercher Leander, et quand je reviens pour lui servir sa salade je m'aperçois qu'il a avalé tout son pain beurré.

Un peu plus tard, quand je lui ramène du pain, il a terminé sa salade. Tu sais quelle taille ça a, une salade César?

Vous êtes bien aimable, qu'il me dit. Ce pain est succulent, qu'il me dit.

Merci, je dis.

Si, si, il est très bon, qu'il me dit. Sincèrement. C'est rare que nous ayons la joie de déguster du si bon pain, qu'il me dit.

Vous êtes d'où? je lui demande. Je ne crois pas vous avoir jamais vu, je lui dis.

C'est pas le genre de type qu'on oublierait, glisse Rita en ricanant.

De Denver, il répond.

Je ne m'étends pas plus que ça sur ce chapitre, et pourtant ça m'intrigue.

Votre potage sera là dans une minute, monsieur, je lui dis, et là-dessus je m'en vais mettre la dernière main à ma table de quatre hommes d'affaires très exigeants.

Quand je lui amène son potage, je vois que son pain s'est à nouveau volatilisé. Il est en train de s'en fourrer le dernier morceau dans la bouche.

Croyez-moi, qu'il me dit, c'est pas tous les jours qu'on se régale comme ça, qu'il me dit. Ne nous en veuillez pas, qu'il me dit.

Oh! pensez-vous, voyons, je lui dis. Ça fait plaisir de voir quelqu'un manger d'aussi bon cœur, je lui dis. Je sais pas, qu'il me dit. Ça doit être le mot, qu'il me dit. Il arrange sa serviette, et il empoigne sa cuiller.

Bon dieu, qu'il est gros! fait Leander.

Il y peut rien, alors boucle-la, je lui dis.

Je pose devant lui une autre corbeille de pain et un supplément de beurre. Le potage vous a plu? je lui demande.

Il était très bon, merci, qu'il me dit. Excellent, il ajoute. Il s'essuie les lèvres, se tamponne délicatement le menton. Est-ce qu'il fait chaud ici ou n'est-ce que moi? qu'il me dit.

Non, il fait chaud, c'est vrai, je lui dis.

Peut-être bien qu'on va tomber la veste, qu'il me dit.

Mais, faites donc, je lui dis. On a bien le droit de prendre ses aises, je lui dis.

Oui, c'est vrai, qu'il me dit. Vous avez tout à fait raison, qu'il me dit.

Mais un peu plus tard je constate qu'il a toujours son veston.

Mes deux tables de quatre sont parties à présent. Le vieux couple s'en va aussi. La salle se vide peu à peu. Quand je lui sers ses côtes d'agneau et sa pomme de terre au four, accompagnées d'un supplément de pain et de beurre, il est l'unique client qui reste.

Je verse plein de crème aigre sur sa pomme de terre. Je saupoudre la crème aigre de petits dés de bacon et de ciboulette hachée. Je lui rapporte du pain et du beurre.

Vous avez tout ce qu'il vous faut? je lui demande.

Tout va très bien, qu'il me dit, et il souffle. C'est parfait, merci, qu'il me dit, et il ressouffle.

Bon appétit, je lui dis. Je soulève le couvercle de son sucrier et j'en inspecte le contenu. Il hoche la tête et il me fixe des yeux jusqu'à ce que je me décide à m'éloigner.

Je cherchais quelque chose, j'en suis sûre à présent. Mais quoi? Ça j'en sais rien.

Comment il va, gras-du-bide? Il va t'user les jambes à force, me dit Harriet. Tu connais Harriet.

Comme dessert, je dis au gros, il y a le Gâteau du Chef, c'est un pudding avec de la sauce anglaise, ou alors du cheesecake, de la glace à la vanille ou du sorbet à l'ananas.

Nous ne vous retardons pas, au moins ? qu'il me dit en soufflant, d'un air préoccupé.

Mais pas du tout, je lui dis. Bien sûr que non, je lui dis. Prenez tout votre temps, je lui dis. Je vais vous chercher du café pendant que vous réfléchissez.

On va être franc avec vous, qu'il me dit en se tortillant sur son siège. On voudrait bien le Gâteau du Chef, mais on prendra peut-être aussi une glace à la vanille. Avec une larme de sirop de chocolat, s'il vous plaît. On vous avait dit qu'on avait faim, qu'il me dit.

Je vais à la cuisine pour lui préparer son dessert moi-même et Rudy me fait : Harriet prétend que tu as un phénomène de foire à une de tes tables. L'homme le plus gros du monde. C'est vrai ?

Rudy a ôté son tablier et sa toque à présent, alors tu vois.

Il est gros, Rudy, je lui dis, mais il n'y a pas que ça.

Ça le fait marrer, Rudy.

À ce qu'on dirait, elle a un faible pour le gras-double, qu'il fait.

Tu ferais bien de la tenir à l'œil, Rudy, dit Joanne qui arrive dans la cuisine à cet instant précis.

Je sens que je deviens jaloux, lui dit Rudy. Je dépose devant le gros une portion de Gâteau du Chef ainsi qu'une grande coupe de glace à la vanille et un petit pot de sirop de chocolat.

Merci bien, qu'il me dit.

Il n'y a pas de quoi, je lui dis – et là, une émotion me prend.

Croyez-le ou non, on n'a pas toujours mangé comme ça, qu'il me dit.

Moi je mange, je mange et ça ne me profite pas, je lui dis. J'aimerais bien grossir, je lui dis.

Non, qu'il me dit. Si on pouvait choisir, ce serait non. Mais on n'a pas le choix.

Là-dessus, il prend sa cuiller et il mange.

Et alors? fait Rita en allumant une de mes cigarettes et en rapprochant sa chaise de la table. Elle devient intéressante, ton histoire, dit Rita.

C'est tout. Ça s'arrête là. Il finit son dessert, ensuite il s'en va et on rentre à la maison, Rudy et moi.

Quel poussah! dit Rudy en s'étirant comme il fait quand il est fatigué. Ensuite il rit et il se remet à regarder la télé.

Je mets l'eau à bouillir pour le thé et je vais me doucher. Je me pose une main sur le ventre et je me demande ce qui arriverait si j'avais des gosses et si l'un d'eux devenait aussi obèse que ça.

Je verse l'eau dans la théière, je dispose les tasses, le sucrier et le berlingot de crème sur le plateau et je l'apporte à Rudy. Comme s'il y avait réfléchi, Rudy me dit : J'ai connu un gros dans le temps, et même deux, deux gars vraiment très gros, quand j'étais môme. Ils avaient de ces bides, oh! bon dieu! Je me souviens pas de leurs noms. Y en avait un, on l'appelait jamais autrement que « Gros ». Gros, c'est le nom qu'on donnait à ce gamin qui habitait à côté de chez moi. Oui, c'était mon voisin. L'autre n'est arrivé que plus tard. Son nom à lui, c'était Bouboule. Tout le monde l'appelait comme ça, sauf les profs. Bouboule et le Gros. Dommage que j'ai pas leur photo, dit Rudy.

Comme je ne trouve rien à lui dire, on boit notre thé et je ne tarde pas à me lever pour aller au lit. Rudy se lève aussi, éteint la télé, ferme la porte à double tour et commence à se déboutonner.

Je me mets au lit, je me serre tout contre le bord et je m'allonge sur le ventre. Mais aussitôt après avoir éteint la lumière et s'être glissé dans les draps, Rudy m'entreprend. Je me retourne sur le dos et je me laisse un peu aller, mais c'est contre mon gré. Et c'est là que ça se produit. Quand il se met sur moi, j'ai tout à coup l'impression d'être très grosse. Formidablement grosse. Si grosse que Rudy n'est plus qu'une chose minuscule et insignifiante.

C'est marrant, ton histoire, dit Rita, mais je vois bien qu'elle ne sait pas trop quoi en penser.

Je me sens abattue, mais je ne lui en parlerai pas. Je ne lui en ai déjà que trop dit.

Elle est assise là et elle attend, en se tapotant les cheveux du bout des doigts.

Elle attend quoi? Ça, je voudrais bien le savoir.

On est en août.

Je sens que ma vie va changer.

EN VOILÀ UNE IDÉE

ON avait fini de dîner et cela faisait une heure que j'étais assise à la table de la cuisine, dans le noir, à le guetter. S'il devait le faire ce soir il était temps, plus que temps même. Cela faisait trois soirs que je ne l'avais pas vu. Mais ce soir le store de la chambre à coucher était levé et il y avait de la lumière.
 Ce soir, j'avais un pressentiment.
 Et puis je l'ai aperçu. Il a poussé la porte à treillis et il est sorti sur son porche de derrière, vêtu d'un tricot de corps et de quelque chose qui avait l'air d'un bermuda ou d'un maillot de bain. Il a jeté un regard autour de lui, il a bondi dans l'ombre du haut du porche et il s'est mis à avancer le long du flanc de la maison. Il allait vite. Si je n'avais pas été aux aguets, je ne l'aurais pas vu. Il s'est arrêté devant la fenêtre éclairée et il a regardé à l'intérieur.
 – Vern! ai-je crié. Viens vite, Vern! Il est sorti! Dépêche-toi, je te dis!
 Vern était dans le living, occupé à lire son journal devant la télé allumée. Je l'ai entendu jeter le journal.
 – Fais gaffe qu'il ne te voie pas! m'a dit Vern. Ne t'approche pas trop de la fenêtre!
 C'est ce qu'il dit toujours, Vern. Ne t'approche

pas trop. Je crois qu'il a un peu honte de faire le voyeur. Mais je sais qu'il y prend plaisir. Il me l'a dit.

— Il ne peut pas nous voir dans l'obscurité.

C'est ce que je dis à chaque fois. Il y a trois mois que ça dure. Depuis le trois septembre, pour être exact. En tout cas, c'est ce soir-là que je l'ai vu dehors pour la première fois. J'ignore depuis combien de temps il faisait ça avant cette date.

Ce soir-là, il s'en est fallu d'un cheveu que je n'appelle le shérif. Je l'ai reconnu juste à temps. Il a fallu que ce soit Vern qui m'explique. Et même là, ça n'a pas pénétré tout de suite. Mais depuis, je n'ai pas cessé de l'observer et je peux vous dire qu'il fait ça en moyenne une nuit sur trois, quelquefois plus. Il m'est arrivé de le voir dehors sous la pluie. En fait, les soirs de pluie, il y a gros à parier qu'il sortira. Mais ce soir, le vent soufflait, il faisait clair et la lune brillait.

On s'est agenouillés derrière la fenêtre et Vern s'est raclé la gorge.

— Regarde-le, a-t-il dit.

Vern fumait en recueillant sa cendre au creux de sa paume et en s'écartant de la fenêtre chaque fois qu'il tirait sur sa cigarette. Vern fume tout le temps; il n'y a pas moyen de l'arrêter. Même qu'il dort avec un cendrier à dix centimètres de sa tête. La nuit je ne dors pas, il se réveille et il fume.

— Nom de dieu, a fait Vern.

— Qu'est-ce qu'elle a que les autres n'ont pas? lui ai-je demandé au bout d'un moment.

Accroupis sur le sol, nos têtes dépassant à peine du bord de la fenêtre, on observait un homme qui s'était posté dehors pour reluquer l'intérieur de sa propre chambre à coucher.

— Ça, justement, a dit Vern.

Il s'est raclé la gorge tout près de mon oreille.

On a poursuivi notre observation.

A présent une forme humaine se dessinait à travers le rideau. Ça devait être elle, en train de se déshabiller. Mais j'avais beau m'échiner à regarder, je ne distinguais pas les détails. Vern avait gardé ses lunettes, si bien qu'il voyait tout beaucoup plus nettement que moi. Soudain, le rideau s'est ouvert et la femme a tourné le dos à la fenêtre.

– Qu'est-ce qu'elle fait ? ai-je demandé.

Ce qu'elle faisait, je le savais très bien.

– Nom de dieu, a dit Vern.

– Qu'est-ce qu'elle fait, Vern ?

– Ben elle se déshabille, tiens, a dit Vern. Qu'est-ce que tu croyais ?

Là-dessus la lumière de la chambre s'est éteinte et l'homme a longé le flanc de la maison en sens inverse. Il a tiré la porte à treillis et il s'est glissé à l'intérieur. Quelques instants plus tard, les autres lumières se sont éteintes aussi.

Vern a toussé une fois, deux fois, et il a secoué la tête. J'ai rallumé et il est resté là, assis sur ses talons. Au bout d'un moment il s'est relevé et il a allumé une cigarette.

– Un de ces jours je lui dirai ma façon de penser à cette traînée, ai-je déclaré en posant les yeux sur Vern.

Il s'est plus ou moins esclaffé.

– Je ne blague pas, ai-je dit. Un jour je la croiserai au supermarché et je lui dirai son fait.

– A ta place, je m'en abstiendrais, a dit Vern. A quoi ça t'avancerait, hein ?

Mais je voyais bien qu'il ne me prenait pas au sérieux. Il a froncé les sourcils et il s'est examiné les ongles. Il a fait tourner sa langue dans sa bouche et il a plissé les yeux comme il fait toujours quand il se concentre. Puis il a changé d'expression et il s'est gratté le menton.

— Non, tu n'irais pas faire une chose pareille, a-t-il dit.

— Tu verras, ai-je dit.

— Merde, a dit Vern.

Je l'ai suivi dans le living. On avait les nerfs à vif. Ça nous met toujours dans cet état.

— Elle ne perd rien pour attendre, ai-je dit.

Vern a écrasé sa cigarette dans le grand cendrier. Debout à côté de son fauteuil en cuir, il s'est abîmé un court moment dans la contemplation du poste de télé.

— Il n'y a jamais rien à la télé, a-t-il dit.

Ensuite, tout en allumant une nouvelle cigarette, il a ajouté quelque chose.

— Peut-être qu'il a trouvé le truc, a-t-il dit. Va savoir.

— Moi, si quelqu'un vient m'épier par la fenêtre, je le balance aux flics, ai-je dit. Sauf peut-être si c'est Cary Grant.

Vern a haussé les épaules.

— Va savoir, a-t-il dit.

J'avais un petit creux. Je suis allée dans la cuisine, j'ai jeté un œil dans le placard et j'ai ouvert le frigo.

— Vern, tu veux manger un morceau? ai-je crié.

Il ne m'a pas répondu. J'ai entendu l'eau qui coulait dans la salle de bains. Je me suis dit qu'il voudrait sûrement quelque chose. Le soir, vers cette heure-là, la faim nous prend. J'ai mis du pain et du pâté sur la table et j'ai ouvert une boîte de soupe. J'ai sorti des crackers, du beurre de cacahuète, du rôti de viande haché froid, des cornichons, des olives, des pommes chips. J'ai posé tout ça sur la table. Ensuite je me suis souvenue de la tourte aux pommes.

Quand Vern est ressorti de la salle de bains, il était en robe de chambre et en pyjama de flanelle. Ses cheveux étaient mouillés, plaqués en arrière sur son crâne, et il sentait l'eau de toilette. Il a regardé les choses posées sur la table et il a dit :

– Qu'est-ce que tu dirais d'un bol de corn flakes avec de la vergeoise?

Ensuite il s'est assis et il a étalé son journal à côté de son asssiette.

On a mangé notre casse-croûte. Les noyaux d'olive et les mégots de Vern s'entassaient dans le cendrier.

Quand il a eu fini, Vern a souri et il a dit :

– C'est quoi, cette bonne odeur?

Je me suis levée et j'ai sorti du four les deux portions de tourte aux pommes surmontées de fromage fondu.

– Mmm, c'est appétissant, a dit Vern.

Un moment plus tard, il a dit :

– Bon, moi, je n'ai plus faim. Je vais me coucher.

– J'arrive tout de suite, lui ai-je dit. Je vais débarrasser la table.

C'est en raclant les assiettes au-dessus de la poubelle que j'ai aperçu les fourmis. Un flot régulier de fourmis qui sortait de quelque part derrière la tuyauterie de l'évier, escaladait le flanc de la poubelle et redescendait de l'autre côté. J'ai trouvé une bombe insecticide dans un tiroir. J'ai bien aspergé les parois et l'intérieur de la poubelle, j'ai vaporisé aussi loin que je pouvais derrière le siphon de l'évier. Ensuite je me suis lavé les mains et j'ai procédé à une ultime inspection de la cuisine.

Vern s'était endormi. Il ronflait. Dans quelques heures il se réveillerait, il irait aux toilettes et il fumerait. La petite télé au pied du lit était allumée, mais l'image sautillait.

J'aurais voulu parler des fourmis à Vern.

Je me suis préparée pour le lit en prenant tout mon temps, j'ai réglé l'image et je me suis couchée. Vern faisait ses bruits habituels en dormant.

J'ai regardé la télé un moment, mais c'était un débat et les parlotes, moi, j'aime pas ça. Je me suis remise à penser aux fourmis.

J'ai eu vite fait d'imaginer qu'il y en avait partout dans la maison. Au lieu de réveiller Vern pour lui dire que je faisais un cauchemar, comme j'y avais d'abord songé, je me suis levée et je suis allée chercher la bombe insecticide. J'ai vérifié sous l'évier. Il ne restait plus une seule fourmi. J'ai allumé toutes les lumières, si bien que la maison baignait dans une clarté resplendissante.

Et moi, je vaporisais.

A la fin, j'ai levé le store de la cuisine et j'ai regardé dehors. Il était tard. J'ai entendu des branches se briser sous le vent.

– Cette traînée, ai-je dit. En voilà une idée!

J'ai usé de termes plus crus encore. Des choses que j'aime mieux ne pas répéter.

ILS T'ONT PAS ÉPOUSÉE

EARL OBER, représentant de son métier, était momentanément sans emploi mais Doreen, sa femme, avait trouvé une place de serveuse dans l'équipe du soir d'une cafétéria des faubourgs où l'on pratiquait les trois-huit. Un soir qu'il buvait, Earl décida de passer à la cafétéria pour manger un morceau. Il voulait voir l'endroit où Doreen travaillait, voir aussi s'il pourrait s'envoyer quelque chose aux frais de la princesse.

Il s'installa au comptoir et étudia la carte.

— Tiens, qu'est-ce que tu fais là? dit Doreen en l'apercevant.

Elle fit passer une commande au cuistot.

— Qu'est-ce que tu vas prendre, Earl? dit-elle. Comment vont les enfants?

— Ils vont bien, dit Earl. Donne-moi un café et un de ces sandwichs « numéro deux ».

Doreen nota cela sur son carnet.

— Il n'y a pas moyen de... tu vois? fit Earl en lui adressant un clin d'œil.

— Non, dit-elle. Me parle pas maintenant, j'ai à faire.

Earl but son café en attendant le sandwich. Deux types en complet-veston, le col ouvert et la cravate desserrée, s'assirent à côté de lui et demandèrent du café. Au moment où Doreen s'éloignait, la

cafetière à la main, l'un des deux types s'exclama :
— Vise-moi un peu cette paire de miches! C'est pas croyable!

L'autre se mit à rire.
— J'ai vu mieux, fit-il.
— C'est ce que je voulais dire, dit le premier. Mais t'as des gars, ils aiment leurs chagattes bien grasses.
— Pas moi, dit l'autre.
— Moi non plus, dit le premier. C'est ce que je te disais.

Doreen servit son sandwich à Earl. Il était entouré d'une garniture de frites, de coleslaw et de concombres aigres-doux.
— Tu veux autre chose? dit-elle. Un verre de lait?

Il ne dit rien et, comme elle restait là, il secoua négativement la tête.
— Je vais te chercher du café, dit Doreen.

Elle revint avec la cafetière et, après avoir rempli la tasse d'Earl et celles de ses deux voisins, elle s'arma d'une coupelle et leur tourna le dos pour puiser de la glace. Elle plongea un bras dans le bac du congélateur et racla le fond avec le presse-boules. Sa jupe de nylon blanc remonta sur ses hanches, découvrant le bas d'une gaine rose, des cuisses grises, fripées, un peu velues et des veines qui formaient un entrelacs dément.

Les deux types assis à côté d'Earl échangèrent des regards. L'un d'eux haussa les sourcils. L'autre, la bouche fendue par un sourire, continua à lorgner Doreen par-dessus sa tasse de café tandis qu'elle nappait la glace de sirop de chocolat. Lorsqu'elle se mit à secouer la bombe de chantilly, Earl se leva et se dirigea vers la porte en abandonnant son assiette intacte. Il l'entendit crier son nom, mais il ne s'arrêta pas.

Après avoir jeté un œil sur les enfants, il gagna l'autre chambre et se déshabilla. Il se tira les couvertures jusqu'au menton, ferma les yeux et s'abandonna à ses pensées. La sensation naquit dans son visage et irradia peu à peu vers le ventre et les membres inférieurs. Il rouvrit les yeux et fit aller sa tête d'un côté à l'autre sur l'oreiller. Ensuite il se retourna sur le flanc et s'endormit.

Au matin, après qu'elle eut expédié les enfants à l'école, Doreen entra dans la chambre et releva le store. Earl était déjà réveillé.

— Regarde-toi dans la glace, lui dit-il.
— Hein? fit Doreen. Qu'est-ce que tu racontes?
— Regarde-toi dans la glace, c'est tout.
— Qu'est-ce que je suis censée y voir?

Mais elle se campa devant le miroir de la coiffeuse et repoussa les cheveux qui lui tombaient sur les épaules.

— Alors? dit Earl.
— Quoi, alors?
— Ça m'embête de te dire ça, mais je trouve que tu devrais songer à te mettre au régime. Sérieusement. Je ne plaisante pas. Je trouve que tu devrais perdre quelques kilos. Ne te fâche pas.
— Qu'est-ce que tu veux dire?
— Rien d'autre que ce que je viens de dire. Je trouve que tu devrais perdre quelques kilos. Maigrir un peu.
— Tu ne m'as jamais fait aucune remarque, dit-elle. Elle releva sa chemise de nuit au-dessus de ses hanches et se mit de profil pour regarder son ventre dans la glace.
— Ça ne m'avait jamais gêné jusqu'à présent, dit Earl en pesant soigneusement ses mots.

Sa chemise de nuit toujours retroussée à la taille, Doreen tourna le dos à la glace et regarda par-dessus son épaule. Elle s'empoigna une fesse, la souleva, la laissa retomber.

Earl ferma les yeux.

– Peut-être que je me goure, dit-il.

– Non, c'est vrai que je pourrais perdre un peu de poids. Mais ça n'irait pas sans mal.

– Ça va être dur, d'accord. Mais je t'aiderai.

– Tu dois avoir raison, dit-elle.

Elle laissa retomber la chemise de nuit, regarda Earl puis se la fit passer par-dessus la tête.

Ils discutèrent de différents régimes – régime hautes protéines, régime végétarien, régime au jus de pamplemousse. Mais ils conclurent qu'ils n'avaient pas de quoi payer les steaks nécessaires au régime hautes protéines, et Doreen déclara qu'elle ne raffolait pas des légumes au point de ne manger que ça. Et comme elle n'était guère portée non plus sur le jus de pamplemousse, elle se voyait mal en avalant des litres.

– Bon, n'en parlons plus, dit Earl.

– Non, tu as raison. Il faut que je fasse quelque chose.

– Et si tu faisais de la gymnastique?

– La gymnastique, j'en fais bien assez au boulot.

– Eh bien, tu n'as qu'à jeûner. Rester quelques jours sans manger.

– Bon. Je vais essayer. Au moins pendant quelques jours. Tu m'as convaincue.

– J'ai toujours su arracher une vente, dit Earl.

Après avoir calculé ce qui leur restait en banque, il se rendit dans un magasin à prix cassés et fit l'acquisition d'un pèse-personne. Quand la vendeuse encaissa son achat, il suivit ses gestes d'un œil appréciateur.

Dès son retour, il fit ôter tous ses vêtements à

Doreen et la fit monter sur la balance. En voyant ses varices, il se renfrogna. Il suivit du doigt le tracé d'une veine qui bourgeonnait en travers de sa cuisse.

– Qu'est-ce que tu fais? interrogea-t-elle.
– Rien.

Il releva le poids qu'indiquait la balance et le nota sur un bout de papier.

– Parfait, dit Earl. Parfait.

Le lendemain, une entrevue le retint dehors pendant la plus grande partie de l'après-midi. L'employeur prospectif était un homme trapu et massif, affligé d'une patte folle, qui lui fit visiter un entrepôt de pièces de plomberie et lui demanda s'il était libre de voyager.

– Je suis libre comme l'air, dit Earl.

L'homme hocha la tête.

Earl sourit.

Le son de la télévision lui parvint avant même qu'il eût ouvert la porte et les enfants ne levèrent pas les yeux lorsqu'il traversa la salle de séjour. Doreen était dans la cuisine, en tenue de travail, et mangeait des œufs au bacon.

– Mais qu'est-ce que tu fais? dit Earl.

Elle continua à mastiquer les aliments qui lui gonflaient les joues, puis elle recracha tout dans une serviette.

– C'était plus fort que moi, dit-elle.
– Connasse, dit Earl. *C'est ça, bouffe! Morfale-toi!* Il alla dans la chambre, ferma la porte et s'étendit sur le lit. Le son de la télévision lui parvenait encore. Il croisa les mains sous sa nuque et fixa le plafond d'un œil vide.

Doreen poussa la porte.

– Je vais faire un effort, dit-elle.
– Bon.

Le surlendemain matin, elle le héla de la salle de bains.

– Regarde, lui dit-elle.

Earl regarda le cadran de la balance, ouvrit un tiroir, en sortit le bout de papier et vérifia le cadran une seconde fois. Doreen souriait jusqu'aux oreilles.

– Trois cents grammes, dit-elle.

– C'est déjà ça, dit-il en lui appliquant une tape sur la hanche.

Earl épluchait les petites annonces. Il allait faire un tour au bureau local de l'agence pour l'emploi. Deux ou trois fois par semaine, il prenait la voiture pour se rendre à une entrevue et, le soir, il comptait les pourboires de Doreen. Il lissait soigneusement les billets d'un dollar et formait des piles d'un dollar avec les pièces de cinq, six et vingt-cinq *cents*. Chaque matin, il la faisait monter sur la balance.

Au bout de quinze jours, elle avait perdu douze cents grammes.

– Je grignote, lui avoua-t-elle. Je me serre la ceinture toute la journée et puis, au travail, je grignote. Et ça finit par s'ajouter.

Toutefois, une semaine plus tard, elle avait perdu deux kilos. Et dans la semaine qui suivit, elle en perdit deux de plus. Elle nageait dans ses vêtements. Elle fut obligée d'entamer l'argent du loyer pour s'acheter un uniforme neuf.

– A mon travail, les gens parlent à mon sujet, annonça-t-elle.

– Qu'est-ce qu'ils disent ?

– D'abord, il paraît que je suis trop pâle. Que je ne suis plus que l'ombre de moi-même. Ils disent que c'est effrayant ce que j'ai maigri.

– Qu'est-ce qu'il y a de mal à maigrir ? T'en

occupe pas, va. Dis-leur qu'ils se mêlent de leurs oignons. Ils t'ont pas épousée. C'est pas avec eux que tu vis.

– Non, mais c'est avec eux que je travaille.

– D'accord, dit Earl. Mais ils t'ont pas épousée.

Chaque matin, il la suivait dans la salle de bains et, une fois qu'elle s'était juchée sur la balance, il s'agenouillait près d'elle avec son bout de papier et un crayon. Le papier était couvert de dates, de jours, de chiffres. Il regardait le cadran, consultait son bout de papier et tantôt il hochait la tête, tantôt il pinçait les lèvres.

Doreen passait plus de temps au lit. Le matin, après le départ des enfants, elle retournait se coucher. L'après-midi, elle faisait la sieste avant de partir au travail. Earl l'aidait à tenir la maison, regardait la télé et la laissait dormir. Il faisait toutes les courses et de loin en loin se rendait à une entrevue.

Un soir, il mit les enfants au lit, ferma la télé et décida d'aller boire quelques verres. Quand le bar ferma, il remonta en voiture et prit le chemin de la cafétéria.

Il s'installa au comptoir et attendit. Quand Doreen l'aperçut, elle lui demanda :

– Les enfants vont bien ?

Earl fit signe que oui.

Il mit un temps fou à se choisir un plat. Il observait en douce les mouvements de Doreen qui allait et venait de l'autre côté du comptoir. A la fin, il commanda un cheeseburger. Elle fit passer la commande au cuistot et alla s'occuper d'un autre client.

Une seconde serveuse s'approcha, une cafetière à la main, et remplit la tasse d'Earl.

– Qui c'est, votre copine, là ? fit-il en désignant sa femme de la tête.

– Elle s'appelle Doreen, dit la serveuse.

– Elle a drôlement changé depuis mon dernier passage, dit-il.

– Oh! moi j'en sais rien! dit la serveuse.

Earl mangea son cheeseburger et vida sa tasse de café. Les clients du comptoir ne s'éternisaient pas. Il y avait un va-et-vient continuel sur les tabourets, et le plus gros du service incombait à Doreen, quoique l'autre serveuse vînt prendre une commande de temps en temps. Earl observait sa femme et il dressait l'oreille. Deux fois il fut forcé d'abandonner son poste pour se rendre aux toilettes et craignit les deux fois d'avoir manqué une remarque intéressante. Lorsqu'il revint la seconde fois, sa tasse de café n'était plus là et quelqu'un s'était installé à sa place. Il alla s'asseoir à l'extrémité du comptoir, à côté d'un homme d'un certain âge qui portait une chemise à rayures.

– Qu'est-ce que tu veux, Earl ? lui demanda Doreen en l'apercevant à nouveau. Tu ne crois pas que tu devrais rentrer ?

– Donne-moi un café.

Son voisin était en train de lire un journal. Il leva les yeux pour regarder Doreen verser du café dans la tasse d'Earl, et lorsqu'elle s'éloigna il lui jeta un rapide coup d'œil. Ensuite il se replongea dans son journal.

Earl sirota son café. Il attendait que l'homme dise quelque chose. Il l'observait du coin de l'œil. L'homme avait fini de manger et il avait repoussé son assiette. Il alluma une cigarette, posa son journal plié devant lui et poursuivit sa lecture.

Doreen s'approcha, lui enleva son assiette sale et versa du café, dans sa tasse.

– Qu'est-ce que vous dites de ça, hein ? dit Earl à son voisin en faisant un signe de tête en direction de Doreen qui s'éloignait le long du comptoir. C'est vraiment quelque chose, non?

L'homme leva le nez, regarda Doreen, regarda Earl et retourna à sa lecture.

– Eh bien, qu'est-ce que vous en dites? dit Earl. Je vous ai posé une question. C'est beau, ou c'est pas beau? Répondez-moi.

L'homme agita son journal avec bruit.

Quand Doreen se fut à nouveau éloignée, Earl poussa son voisin du coude et lui dit :

– Eh, je vous parle. Ecoutez. Visez-moi un peu cette paire de miches. Et maintenant, faites bien attention. Je peux avoir un sundae au chocolat? lança-t-il à l'intention de Doreen.

Doreen s'arrêta face à lui et poussa un soupir. Ensuite elle se retourna, prit une coupelle, s'arma de son presse-boules, se pencha au-dessus du congélateur, plongea le bras au fond du bac et entreprit de puiser de la glace. Earl regardait son voisin et, au moment où la jupe de Doreen remontait sur ses cuisses, il lui fit un clin d'œil. Mais le regard de l'homme accrocha celui de l'autre serveuse. Il fourra son journal sous son bras et porta une main à sa poche.

L'autre serveuse s'avança vers Doreen.

– Qui c'est, ce gars-là? lui dit-elle.

– Lequel? fit Doreen en se retournant, sa coupelle de glace à la main.

– Celui-ci, dit l'autre serveuse en désignant Earl de la tête. Hein, qui c'est, ce zèbre-là?

Earl se composa un sourire et il exerça une telle force pour le maintenir en place qu'il lui sembla que son visage se désagrégeait.

Mais l'autre serveuse se borna à le toiser tandis que Doreen hochait lentement la tête. Le voisin d'Earl avait déposé un peu de monnaie à côté de sa tasse et il s'était levé, mais lui aussi attendait la réponse. Tous les regards étaient fixés sur Earl.

- Il est voyageur de commerce. C'est mon mari, dit enfin Doreen avec un haussement d'épaules.

Sur quoi elle posa devant Earl le sundae au chocolat inachevé et elle alla lui préparer son addition.

VOUS ÊTES DOCTEUR?

Quand le téléphone se mit à sonner, il sortit précipitamment du bureau. Il était en pantoufles, pyjama et robe de chambre. Comme il était plus de dix heures, ça ne pouvait être que sa femme. Quand elle était en déplacement, elle lui téléphonait chaque soir, toujours à cette heure tardive, après avoir bu quelques verres. Sa femme était acheteuse pour un grand magasin, et elle était en voyage d'affaires depuis le début de la semaine.
— Allô, chérie, dit-il. Allô? répéta-t-il.
— Qui êtes-vous? fit une voix de femme.
— Et vous, qui êtes-vous? dit-il. Quel numéro demandez-vous?
— Un instant, dit la femme. Le 273-8063.
— C'est bien mon numéro, dit-il. Comment l'avez-vous eu?
— Je n'en sais rien, dit la femme. Je l'ai trouvé inscrit sur un bout de papier en rentrant du travail.
— Et qui l'avait noté?
— Je ne sais pas, dit la femme. La baby-sitter, je suppose. Oui, ça doit être elle.
— J'ignore comment votre baby-sitter s'est procuré ce numéro, dit-il, mais c'est le mien, et il est sur la liste rouge. Je vous serais très obligé de le mettre au panier. Allô? Vous m'entendez?

— Oui, je vous entends, dit la femme.
— Bon. c'est tout ? demanda-t-il. Il est tard, et je n'ai pas que ça à faire.

Il ne voulait pas se montrer discourtois, mais il valait mieux ne pas prendre de risques. Il s'assit sur la chaise à côté du téléphone et dit :

— Je ne voulais pas être discourtois, c'est simplement qu'il est tard et que la manière dont mon numéro vous est tombé entre les mains me paraît préoccupante.

Il ôta une de ses pantoufles et se mit à se triturer les orteils.

— Je n'en sais pas plus que vous, dit-elle. Comme je vous l'ai dit, je l'ai trouvé inscrit sur un bout de papier, sans autre explication. J'interrogerai Annette quand je la verrai demain. Ma baby-sitter. Je suis désolée de vous avoir dérangé, mais je viens tout juste de trouver ce papier. Je n'ai pas bougé de la cuisine depuis mon retour du travail.

— Ça ne fait rien, dit-il. N'y pensez plus. Vous n'avez qu'à le jeter et à l'oublier. Ce n'est pas un problème, ne vous en faites pas.

Il fit passer l'écouteur d'une oreille à l'autre.
— Vous avez l'air gentil, dit la femme.
— Vraiment ? C'est bien aimable à vous de me dire ça.

Il aurait dû raccrocher à présent, il le savait, mais cela lui faisait du bien qu'une voix, même si ce n'était que la sienne, brisât le silence de la pièce.

— Oui, vous êtes gentil. J'en suis sûre.

Il lâcha son pied.

— Ça vous ennuierait de me dire votre nom ? dit-elle.
— Je m'appelle Arnold.
— Et votre petit nom ?
— Arnold, c'est mon prénom.
— Oh ! pardon ! dit-elle. Votre prénom est Arnold.

Et votre nom de famille, Arnold ? C'est quoi, votre nom de famille ?

— Vraiment, il faut que je vous quitte.

— Allez quoi, bon sang, Arnold. Moi, c'est Clara Holt. Et votre nom à vous, c'est Monsieur Arnold comment ?

— Arnold Breit, laissa-t-il échapper, et dans le même souffle il ajouta : Clara Holt. C'est joli, comme nom. Mais il faut vraiment que je raccroche à présent, miss Holt. J'attends un coup de fil.

— Excusez-moi, Arnold, dit-elle. Je ne voulais pas vous causer un contretemps.

— Ce n'est pas grave. J'ai eu plaisir à vous parler.

— C'est gentil de me dire ça, Arnold.

— Ne quittez pas, voulez-vous ? J'ai quelque chose à vérifier.

Il retourna dans le bureau, se choisit un cigare, l'alluma posément à l'aide du briquet de table, puis il retira ses lunettes et s'examina dans la glace au-dessus de la cheminée. En revenant au téléphone, il craignait un peu qu'elle ne fût plus là.

— Allô ?

— Allô, Arnold, dit-elle.

— Je me disais que vous auriez peut-être raccroché.

— Oh ! non !

— Pour ce qui est de la manière dont mon numéro vous est parvenu, ce n'est pas la peine de vous en faire. Vous n'avez qu'à le jeter, voilà tout.

— C'est entendu, Arnold.

— Bon, eh bien je vais vous dire adieu, alors.

— Oui, bien sûr, dit-elle. Eh bien bonne nuit.

Il l'entendit respirer un grand coup.

— Je sais bien que j'abuse de votre bonté, mais est-ce qu'on ne pourrait pas se retrouver quelque part pour bavarder, Arnold? Rien qu'un petit moment?

– C'est impossible, je le crains.

– Rien qu'un petit moment, Arnold. Avoir trouvé votre numéro et tout, ça me fait une sacrée sensation, Arnold.

– Je suis un vieil homme, dit-il.

– Oh! non, vous n'êtes pas vieux.

– Si, si, je vous assure.

– On pourrait pas se retrouver quelque part, Arnold? Je ne vous ai pas tout dit, vous comprenez. Il y a autre chose, dit la femme.

– Qu'est-ce que vous insinuez? De quoi s'agit-il au juste? Allô?

Elle avait raccroché.

Sa femme appela au moment où il s'apprêtait pour le lit. De toute évidence, elle était un peu grise. Ils devisèrent un moment, mais il ne lui parla pas du coup de fil précédent. Un peu plus tard, au moment où il défaisait le lit, le téléphone se remit à sonner.

– Allô? Arnold Breit à l'appareil.

– Arnold, je suis désolée que nous ayons été coupés. Comme je vous le disais, je tiens beaucoup à vous rencontrer.

Le lendemain après-midi, au moment précis où il insérait sa clé dans la serrure, la sonnerie du téléphone retentit. Il laissa choir son attaché-case, se précipita vers la table du téléphone et souleva le combiné sans prendre le temps d'ôter son chapeau, son pardessus et ses gants.

– Pardon de vous importuner à nouveau, Arnold, dit la femme, mais il faut absolument que vous passiez chez moi ce soir vers les neuf heures, neuf heures trente. Vous pouvez me rendre ce service, Arnold?

Son cœur fit un bond dans sa poitrine lorsqu'il l'entendit prononcer son nom.

– Je ne peux pas faire ça, dit-il.

– Je vous en prie, Arnold. C'est important, sans quoi je ne vous le demanderais pas. Je ne peux pas sortir ce soir. Cheryl a la grippe et j'ai peur qu'elle la repasse à son petit frère.

– Et votre mari?

Un silence.

– Je ne suis pas mariée, dit-elle. Vous viendrez, n'est-ce pas?

– Je ne vous promets rien.

– Venez, je vous en implore.

Ensuite elle lui donna rapidement son adresse et raccrocha.

« Venez, je vous en implore », répéta-t-il, le combiné à la main.

Lentement, il ôta ses gants, se débarrassa de son pardessus. Il se sentait d'humeur méticuleuse. Il alla faire sa toilette. En se regardant dans le miroir de la salle de bains, il s'aperçut qu'il avait gardé son chapeau et décida aussitôt qu'il irait la voir. Il ôta son chapeau, retira ses lunettes et se savonna la figure. Ensuite il s'inspecta les ongles.

– Vous êtes sûr que c'est la bonne rue? demanda-t-il au chauffeur de taxi.

– C'est bien elle, oui, et voilà l'immeuble.

– Ne vous arrêtez pas. Vous me laisserez au prochain coin.

Il régla la course. Les balcons étaient éclairés par les lumières des étages supérieurs. Il discernait les jardinières fixées aux balustrades et çà et là des meubles de jardin. Un gros homme en gilet de peau accoudé à l'un des balcons le regarda s'approcher de l'entrée.

Il appuya sur le bouton C. HOLT. La porte

bourdonna, il la poussa et pénétra dans le hall. Il monta l'escalier sans hâte, en faisant une pause à chaque palier. Il se souvenait de cet hôtel au Luxembourg, ces cinq étages que sa femme et lui avaient gravis bien des années plus tôt. Tout à coup, il éprouva une douleur au côté, il imagina son cœur, imagina ses jambes qui se dérobaient sous lui, imagina qu'il dégringolait avec fracas jusqu'au pied de l'escalier. Il sortit son mouchoir et s'épongea le front. Ensuite, il retira ses lunettes et en essuya les verres en attendant que son cœur s'apaise.

Il inspecta le couloir dans les deux sens. L'immeuble était extrêmement tranquille. Il s'arrêta devant chez elle, ôta son chapeau et frappa un coup discret à la porte. Le battant s'entrebâilla et une fillette rondouillarde parut à ses yeux. Elle était en pyjama.

– C'est vous, Arnold Breit? dit-elle.
– Oui, c'est moi, dit-il. Ta maman est là?
– Elle m'a dit de vous faire entrer. Elle est allée chercher du sirop pour la toux et de l'aspirine à la pharmacie. C'est ce qu'elle m'a dit de vous dire.

Il referma la porte derrière lui.

– Comment t'appelles-tu? Ta mère me l'a dit, mais je ne m'en souviens pas.

Comme la fillette ne disait rien, il fit une seconde tentative.

– C'est quoi, ton nom? Ça ne serait pas Shirley?
– Cheryl, dit-elle. C-H-E-R-Y-L.
– Ah! oui, ça me revient à présent. Je ne suis pas tombé loin, reconnais-le.

Elle alla s'asseoir sur un pouf à l'autre bout de la pièce et le regarda.

– Alors, comme ça, tu es malade? dit-il.

Elle fit un signe de dénégation.

– Non? Tu n'es pas malade?

— Non, dit-elle.

Il regarda autour de lui. L'éclairage de la pièce était assuré par un lampadaire en métal doré dont le pied supportait aussi un porte-revues et un cendrier de grandes dimensions. Un poste de télé était adossé au mur du fond. Il était allumé, mais le son était réglé sur le minimum. Un couloir exigu menait vers l'arrière de l'appartement. L'air surchauffé était imprégné d'une odeur médicamenteuse. La table à café était jonchée de bigoudis et d'épingles à cheveux, un peignoir rose gisait en travers du divan.

Son regard revint se poser sur la fillette, puis il se déplaça vers la cuisine, d'où une porte-fenêtre donnait sur le balcon. Elle était entrouverte, et il sentit un frisson glacé lui remonter le long de l'échine en songeant au gros homme en gilet de peau.

— Maman revient tout de suite, fit la fillette, comme si elle s'était subitement réveillée.

Il se pencha en avant et la fixa des yeux, en appui sur ses orteils, le chapeau à la main.

— Je crois que je ferais mieux de partir, dit-il.

Une clé tourna dans la serrure, la porte s'ouvrit et une petite femme pâle au visage constellé de taches de rousseur fit son entrée. Elle tenait un sac en papier.

— Arnold! Je suis ravie de vous voir!

Elle lui jeta un coup d'œil rapide et gêné et se dirigea vers la cuisine avec son sac en papier en dodelinant étrangement de la tête. Une porte de placard claqua. Assise sur son pouf, la fillette observait Arnold. Il fit passer le poids de son corps d'une jambe sur l'autre, puis il coiffa son chapeau et le retira aussitôt en voyant la femme reparaître.

— Vous êtes docteur? lui demanda-t-elle.

– Non, répondit-il, étonné. Non, je ne suis pas docteur.

– C'est que Cheryl est malade, voyez-vous. Je suis allée lui acheter des trucs. Pourquoi tu n'as pas pris le manteau du monsieur? ajouta-t-elle en se tournant vers l'enfant. Ne lui en veuillez pas, Arnold. Nous recevons si rarement.

– Je ne peux pas rester, dit-il. A vrai dire, je n'aurais pas dû venir.

– Asseyez-vous, voyons. On ne peut pas parler comme ça. Je vais lui donner son médicament, ensuite on pourra bavarder.

– Non, vraiment, il faut que j'y aille, dit-il. Au ton de votre voix, j'ai cru qu'il y avait quelque chose d'urgent. Mais il faut que j'y aille, vraiment.

Il regarda ses mains et s'aperçut qu'il avait remué les doigts tout en en parlant.

– Je vais mettre de l'eau à chauffer pour le thé, dit-elle comme si elle n'avait rien entendu. Ensuite je donnerai son médicament à Cheryl et après on pourra bavarder.

Elle prit la fillette aux épaules et la pilota vers la cuisine. Il la vit s'armer d'une cuiller, déboucher un flacon après en avoir consulté l'étiquette et mesurer deux doses du produit.

– Maintenant, dis bonne nuit à Mr Breit et va-t'en dans ta chambre, ma chérie.

Il adressa un signe de tête à la fillette et suivit la femme dans la cuisine. Elle lui désigna une chaise, mais il en choisit une autre d'où il avait vue sur le balcon, le couloir et la minuscule salle de séjour.

– Vous permettez que je fume un cigare? demanda-t-il.

– Mais faites donc, Arnold. La fumée ne m'incommode pas. Enfin, je ne crois pas.

Il jugea qu'il valait mieux s'en abstenir, posa ses

mains à plat sur ses genoux et prit une expression grave.

— Je suis dans la plus complète perplexité, dit-il. Tout cela est bien inhabituel pour moi, je vous assure.

— Je comprends, Arnold, dit-elle. Je suppose que vous aimeriez que je vous raconte comment votre numéro est arrivé jusqu'à moi?

— En effet, dit-il.

Ils étaient assis l'un en face de l'autre et attendaient que l'eau se décide à bouillir. Le son de la télévision lui parvenait de la pièce voisine. Il promena son regard sur la cuisine, puis le dirigea à nouveau vers le balcon. L'eau se mit à frémir.

— Vous alliez m'expliquer pour le numéro, dit-il.

— Pardon, Arnold? Excusez-moi, dit-elle.

Il se racla la gorge.

— Racontez-moi comment vous vous êtes procuré mon numéro, dit-il.

— J'ai interrogé Annette. La baby-sitter — mais vous le savez, bien sûr. Quoiqu'il en soit, elle m'a dit que le téléphone avait sonné en mon absence et que quelqu'un m'avait demandée. On lui a donné un numéro à rappeler, et c'est le vôtre qu'elle a noté. Je n'en sais pas plus.

Elle fit tourner sa tasse vide devant elle.

— Je regrette, mais c'est tout ce que je puis vous dire.

— Votre eau bout, dit-il.

Elle sortit des cuillers, du lait, du sucre et versa de l'eau bouillante sur leurs sachets de thé.

Il sucra son thé et le remua.

— Vous m'avez dit qu'il fallait que je vienne de toute urgence.

— Oh! ça, Arnold! fit-elle en détournant les yeux. J'ignore ce qui m'a poussée à vous dire ça. Je ne sais vraiment pas à quoi je pensais.

– Donc, il n'y a rien? dit-il.
– Non. Ou plutôt, oui. (Elle secoua la tête.) Enfin c'est comme vous dites, quoi. Il n'y a *rien*.
– Je vois, dit-il.
Il continua à touiller son thé.
– C'est insolite, dit-il au bout d'un moment, comme se parlant à lui-même. Tout à fait insolite.
Il eut un semblant de sourire, puis il écarta sa tasse et s'effleura les lèvres de sa serviette.
– Vous n'allez pas partir? dit-elle.
– Il le faut, dit-il. J'attends un coup de fil.
– Restez encore, Arnold.
Elle repoussa sa chaise et se leva. Ses yeux d'un vert pâle, enfoncés dans son visage livide, étaient soulignés de cernes qu'il avait d'abord pris pour du fond de teint trop sombre. Honteux de lui-même, sachant qu'il s'en voudrait de sa bassesse, il se leva et lui entoura gauchement la taille de ses bras. Elle se laissa embrasser. Ses cils battirent et elle ferma brièvement les paupières.
– Il se fait tard, dit-il en la lâchant et en détournant d'elle son regard vacillant. Vous avez été très charmante, mais il faut que je me sauve, Mrs. Holt. Merci pour le thé.
– Vous reviendrez me voir, Arnold? lui dit-elle.
Il secoua la tête.
Elle le raccompagna à la porte et il lui tendit la main. Le son de la télévision était nettement audible. Quelqu'un avait augmenté le volume, il en aurait juré. C'est là qu'il se souvint de l'autre enfant. Le petit frère. Où était-il?
Elle prit sa main, l'effleura d'un rapide baiser.
– Vous m'oublierez pas, hein, Arnold?
– Mais non, dit-il. Clara, dit-il. Clara Holt.
– Quelle bonne discussion on a eue! dit-elle en cueillant quelque chose du bout des doigts, fil ou cheveu, sur le col de sa veste. Je suis contente que

vous soyez venu et je suis certaine que vous reviendrez.

Il la dévisagea avec attention, mais à présent son regard était perdu dans le vague, comme si elle essayait de se souvenir de quelque chose.

— Bon, eh bien bonne nuit, Arnold, dit-elle, et là-dessus elle lui ferma la porte au nez, manquant de peu le bas de son pardessus.

« Bizarre », se murmura-t-il en entamant la descente de l'escalier. Arrivé sur le trottoir, il avala une grande goulée d'air et se retourna pour examiner la façade de l'immeuble. Mais il fut incapable de repérer son balcon parmi tous les autres. Le gros homme en gilet de peau se déplaça imperceptiblement le long de la balustrade et continua de l'observer.

Il s'éloigna, les mains enfouies dans les poches de son pardessus. Lorsqu'il arriva chez lui, le téléphone sonnait. Il se pétrifia au milieu du salon, sa clé à la main, et il attendit que la sonnerie s'arrête. Ensuite, d'un geste très tendre, il se posa une main sur la poitrine et il sentit son cœur qui palpitait à travers les couches de vêtements. Au bout d'un certain temps, il se remit en mouvement et parvint à gagner la chambre.

Le téléphone se remit à sonner presque aussitôt et cette fois il décrocha.

— Arnold. Arnold Breit à l'appareil, dit-il.

— Arnold ? Mon Dieu, que tu es donc protocolaire ce soir! s'exclama sa femme d'une voix narquoise. Voilà plus d'une heure que j'essaie de te joindre. Tu étais parti faire la bringue, Arnold ?

Il resta muet. Le timbre de cette voix l'interloquait.

— Tu es là, Arnold ? dit-elle. Tu n'as pas l'air dans ton assiette.

LE PÈRE

Le bébé était dans un berceau, à côté du lit, en brassière blanche et bonnet blanc. Le berceau avait été repeint de frais, garni de rubans bleus et d'un capiton de même couleur. Les trois fillettes, la mère et la grand-mère faisaient cercle autour du bébé. La mère, qui venait à peine de se lever, était encore bien faible. Le bébé ouvrait de grands yeux et quelquefois portait le poing à sa bouche. Il ne souriait pas, ne riait pas. Simplement, de temps à autre, quand l'une des fillettes lui grattait le menton, il clignait des yeux et dardait un bout de langue entre ses lèvres.

Le père était dans la cuisine et il les entendait qui s'amusaient avec le bébé.

– Qui aimes-tu, bébé? dit Phyllis en lui chatouillant le menton.

– Il nous aime toutes, dit Phyllis, mais c'est papa qu'il préfère parce que papa aussi est un garçon!

La grand-mère s'assit sur le bord du lit et dit :

– Regardez-moi ces petits bras, comme c'est dodu. Et ces doigts qu'il a, si menus! Comme sa maman.

– Hein qu'il est mignon, mon petit bébé! dit la mère. Et en si bonne santé!

Et inclinant le buste, elle lui posa un baiser sur le front et caressa son bras sous la couverture.

— Il nous aime et nous l'aimons aussi, dit-elle.
— Mais à qui il ressemble ? A qui il ressemble ? s'écria Alice et elles resserrèrent leur cercle autour du berceau pour voir à qui il ressemblait.
— Il a de beaux yeux, dit Carol.
— Tous les bébés ont de beaux yeux, dit Phyllis.
— Il a la bouche de son grand-père, dit la grand-mère. Regardez, ces lèvres.
— Ah ! tu crois ? dit la mère. Je ne trouve pas, moi.
— Son nez ! Son nez ! s'exclama Alice.
— Eh bien quoi, son nez ? interrogea la mère.
— Il ressemble au nez de quelqu'un, dit la fillette.
— Ah ! tu crois ? dit la mère. Non, je ne vois pas.
— Cette bouche... murmura la grand-mère. Ces petites mains si fines..., ajouta-t-elle en découvrant une des mains de l'enfant et en lui écartant les doigts.
— A qui ressemble bébé ?
— Il ne ressemble à personne, dit Phyllis, et le cercle se resserra encore plus.
— J'ai trouvé ! J'ai trouvé ! dit Clara. C'est à *papa* qu'il ressemble.
Toutes, elles regardèrent le bébé d'un peu plus près.
— Mais à qui ressemble papa ? interrogea Phyllis.
— A *qui* ressemble papa ? fit la voix d'Alice en écho, et tous les regards convergèrent sur la cuisine.
Le père était assis à table et il leur tournait le dos.
— A personne ! dit Phyllis et elle éclata en larmes.
— Chut, voyons ! dit la grand-mère.

Son regard alla se perdre au loin, puis elle le reporta sur le bébé.
— Papa ne ressemble à *personne* ! dit Alice.
— Mais il faut bien qu'il ressemble à *quelqu'un*, dit Phyllis en s'essuyant les yeux avec un des rubans.
Et toutes, excepté la grand-mère, elles regardèrent le père attablé dans la cuisine.
Il s'était retourné vers elles et leur présentait un visage exsangue, dépourvu de toute expression.

PERSONNE DISAIT RIEN

J'ENTENDAIS leurs voix dans la cuisine. J'entendais pas ce qu'ils disaient, mais en tout cas ils s'engueulaient. Après ils se sont tus et elle s'est mise à pleurer. J'ai filé un coup de coude à George. Je me disais qu'il allait se réveiller, leur dire quelque chose, et que comme ça ils auraient honte et ils s'arrêteraient. Mais George, il est tellement con. Il s'est mis à ruer et à gueuler.

– Arrête de me flanquer des coups, salaud! il m'a fait. Je vais le dire à papa!

– Sale petit péteux, je lui ai dit. Laisse tomber tes conneries, pour une fois. Ils s'engueulent, et maman pleure. Ecoute.

Il a soulevé sa tête de l'oreiller pour mieux entendre, puis il a dit :

– Je m'en fiche.

Il s'est tourné vers le mur et il s'est rendormi.

George, c'est vraiment le roi des cons.

Un peu plus tard j'ai entendu papa qui s'en allait prendre son bus. Il a claqué la porte derrière lui. Un jour, maman avait commencé à m'expliquer qu'il voulait briser leur ménage, mais j'avais refusé de l'écouter.

Au bout d'un moment elle est venue nous faire lever pour aller en classe. Elle avait une voix – je sais pas, c'était pas sa voix normale. J'ai prétendu que j'avais mal au ventre. C'était la première semaine d'octobre et j'avais pas encore manqué une seule fois, alors qu'est-ce qu'elle pouvait dire, hein? Elle m'a inspecté, mais elle avait l'air ailleurs. George était réveillé et il écoutait. Je voyais bien qu'il dormait pas, à sa façon de remuer dans le lit. Il attendait de voir comment ça tournait avant de tenter le coup à son tour.

– Bon, ça va, elle m'a dit en secouant la tête. Je suis incapable de me prononcer. Reste à la maison si tu veux, mais pas de télé, je te préviens.

George s'est dressé dans le lit.

– Moi aussi, je suis mal fichu, il lui a dit. J'ai mal au crâne. Il a pas arrêté de me flanquer des coups. J'ai pas fermé l'œil de la nuit.

– Ça suffit comme ça! elle a dit. Tu vas à l'école, George! Pas question que tu restes ici à te chamailler toute la journée avec ton frère. Tu te lèves et tu t'habilles, t'entends? J'ai pas envie d'une autre bagarre ce matin.

George a attendu qu'elle quitte la pièce, puis il est sorti du lit en passant par le bas, il m'a craché : « Espèce de salaud! », il a arraché toutes les couvertures et il s'est débiné dans la salle de bains.

– Tu vas voir ta gueule, je lui ai dit, mais entre mes dents, pour pas qu'elle entende.

Je suis resté au pieu jusqu'à ce que George s'en aille à l'école et quand maman a commencé à se préparer pour partir bosser, je lui ai demandé de me faire un lit sur le canapé du salon. Je vais bouquiner, j'ai dit. J'ai posé les romans de Rice Burroughs que j'avais reçus pour mon anniversaire et mon manuel de sciences sociales sur la table à café. Mais c'est pas de lecture que j'avais envie. J'attendais qu'elle se barre pour pouvoir regarder la télé. Elle a actionné la chasse d'eau.

J'en pouvais plus. J'ai allumé la télé, sans le son. Je me suis faufilé dans la cuisine, j'ai piqué trois sèches dans le paquet qu'elle avait laissé sur la table, je les ai rangées dans le placard, je suis retourné sur le divan et j'ai ouvert *La Princesse de Mars*. En sortant des toilettes elle a jeté un regard à la télé mais je lisais, alors elle a rien dit. Elle s'est arrangé les cheveux devant la glace et elle est allée dans la cuisine. A son retour, j'ai remis le nez dans mon livre.

– Je suis en retard. Au revoir, mon chéri.

Elle allait pas faire d'histoire pour la télé. La veille au soir elle avait dit qu'elle savait plus ce que c'était que de partir au travail sans être toute « révolutionnée ».

– Ne te sers pas du gaz. Tu n'as rien besoin de faire cuire. Si tu as faim, il y a de la salade de thon au frigo.

Elle m'a regardé.

– Enfin, si t'as l'estomac dérangé, vaut peut-être mieux pas le charger. En tout cas, n'allume pas le gaz, t'entends ? Prends bien ton médicament, mon chéri, et j'espère que ton ventre ira mieux, ce soir. J'espère que ce soir on ira tous mieux.

Elle était à la porte. Elle a tourné la poignée. On aurait dit qu'elle avait envie de dire autre chose. Elle avait son corsage blanc, sa jupe noire et sa ceinture noire extra-large. Sa tenue de travail. Son uniforme, comme elle disait des fois. D'aussi loin que je me rappelle, je l'avais toujours vu accroché dans la penderie ou mis à sécher sur la corde à linge. Sinon c'est qu'elle était en train de le laver – elle faisait ça le soir, à la main – ou de le repasser sur la table de la cuisine.

Elle travaillait cinq jours par semaine. Du mercredi au dimanche.

– 'voir, m'man.

J'ai attendu pendant qu'elle faisait chauffer le moteur. Elle a démarré et j'ai écouté le bruit de la voiture qui s'éloignait. Ensuite je me suis levé, j'ai mis le volume de la télé à fond et je suis allé chercher les sèches. J'en ai fumé une et je me suis tapé une queue en regardant un feuilleton, une histoire de médecins et d'infirmières. Après j'ai changé de chaîne, et puis j'ai fermé la télé. Ça me disait plus rien de la regarder.

J'ai terminé le chapitre dans lequel Tars Tarkas tombe amoureux d'une femme verte qui se fait décapiter sous ses yeux par un beau-frère jaloux le lendemain matin. Ça devait bien faire la cinquième fois que je le lisais. Après je suis allé dans leur chambre et j'ai fureté un peu. Je cherchais rien de spécial, sauf peut-être des capotes. Mais j'avais déjà tout fouillé bien des fois sans jamais en trouver aucune. Un jour, j'avais déniché un pot de vaseline au fond d'un tiroir. Je me doutais que ça devait avoir un rapport avec la chose, mais lequel ? Ça, j'en savais rien. J'ai examiné l'étiquette en espérant qu'elle m'apprendrait quelque chose, qu'il y aurait une explication sur la façon de se servir de la vaseline, la manière de l'appliquer et tout. Mais non, rien. L'étiquette disait simplement : PUR DISTILLAT DE PÉTROLE. Moi, rien qu'à lire ça, j'avais déjà la trique. Et à l'arrière du pot, il y a avait une seconde étiquette avec marqué : *Précieux dans les soins du premier âge.* J'avais vainement cherché à établir un lien entre le « premier âge » et ce qu'ils faisaient quand ils étaient au pieu. D'accord, les mouflets ça grimpe tout le temps, les jardins d'enfants sont farcis de toboggans, de balançoires, de cages à poule, mais bon. Ce pot de vaseline, je l'avais cent fois débouché pour renifler dedans et essayer de me rendre compte s'il en manquait beaucoup depuis la fois d'avant. Mais ce coup-ci, j'ai pas touché au « Pur distillat de pétrole ». J'ai simplement vérifié qu'il était bien à sa place habituelle, puis j'ai ouvert deux trois tiroirs sans vraiment espérer que je ferais une découverte intéressante. J'ai regardé sous le lit, mais là non plus il n'y avait rien. J'ai ouvert la penderie et j'ai inspecté le bocal dans lequel ils mettent l'argent des commissions, mais il ne contenait que deux billets, un d'un dollar et un de cinq. Si j'en avais pris un, ils s'en seraient aperçus. Là-dessus je me suis dit que j'allais m'habiller et pousser une pointe jusqu'au ruisseau de Birch Creek. Pour la truite, c'était la dernière semaine de la saison, et quasiment plus personne allait pêcher. A présent ils restaient tous le cul dans leur fauteuil à attendre que la chasse soit ouverte pour le chevreuil et le faisan.

J'ai enfilé les vieilles nippes que je mets pour traîner, j'ai passé des gros bas en laine sur mes chaussettes et j'ai soigneusement lacé les bottes. Je me suis préparé deux sandwichs au thon, j'ai tartiné quelques crackers de beurre de cacahuète et je les ai empilés trois par trois. J'ai rempli ma gourde d'eau et je l'ai accrochée à mon ceinturon, de même que mon couteau de chasse. Au moment de passer la porte, j'ai jugé qu'il valait mieux laisser un mot. J'ai écrit : « Je me sens mieux. Je vais à Birch Creek. A tout à l'heure. R. (3 h 15). » Trois heures quinze, c'était dans quatre heures, et George rentrait de l'école vers trois heures et demie. Avant de partir, j'ai mangé un de mes sandwichs et je l'ai fait descendre avec un verre de lait.

Dehors, il faisait beau. Malgré qu'on soit en automne il faisait pas encore froid. Sauf la nuit. La nuit ils allumaient des fumigènes dans les vergers et le matin au réveil on avait des auréoles noires autour du nez. Mais personne disait rien. Paraît que les fumigènes, ça empêche le gel des poiriers, alors bon.

Pour arriver à Birch Creek, il faut aller jusqu'au bout de notre rue, tourner à gauche dans la Seizième Avenue, grimper la côte du cimetière et redescendre jusqu'à Lennox, là où se trouve le restaurant chinois. Du carrefour, on aperçoit l'aérodrome et le ruisseau est juste en dessous. A partir de là, la Seizième Avenue se transforme en View Road. On suit encore View Road sur une courte distance, et on se retrouve au pont. Il y a des vergers de chaque côté de la route, et des fois en passant devant on voit des faisans qui courent au pied des arbres, mais vaut mieux pas chasser là-dedans, on risque de se faire flinguer par un Grec nommé Matsos. En tout, ça doit faire à peu près quarante minutes de marche.

J'avais déjà parcouru une bonne partie de la Seizième Avenue lorsqu'une voiture rouge est venue se ranger sur le bas-côté juste en avant de moi. La bonne femme qui la pilotait a baissé la vitre côté passager et elle m'a demandé si elle pouvait me déposer quelque part. Elle avait un visage osseux, des boutons autour de la bouche et des bigoudis dans les cheveux, mais sinon elle était pas mal. Elle portait un pull marron avec une sacrée paire de nichons dessous.

– Tu fais l'école buissonnière ?
– Bah oui.
– Tu veux que je te dépose ?

J'ai fait signe que je voulais bien.

– Allez, monte. Je suis un peu pressée.

J'ai mis ma canne et mon panier sur la banquette arrière, qui était couverte de sacs de supermarché bourrés de provisions. Il y en avait aussi sur le plancher. J'essayais de trouver quelque chose à dire.

– Je vais pêcher, j'ai fait.

J'ai enlevé ma casquette, j'ai tiré un petit coup sur mon ceinturon pour pas m'asseoir sur ma gourde et je me suis installé sur la banquette en restant le plus près possible de la portière.

– Ah! bon? Je m'en serais pas doutée, elle a dit en riant tandis qu'elle s'engageait à nouveau sur la chaussée. Où tu vas? A Birch Creek?

J'ai fait oui de la tête. Je regardais ma casquette. C'est mon oncle qui me l'avait ramenée de Seattle un jour qu'il y était allé pour un match de hockey. J'avais beau me creuser le citron, je voyais pas quoi lui dire d'autre. J'ai regardé par la vitre en me mâchouillant l'intérieur des joues. C'est des trucs qu'on se figure couramment. Une bonne femme vous prend en stop, vous tombez amoureux l'un de l'autre, elle vous emmène chez elle et vous laisse la troncher jusqu'à plus soif. En y pensant, je me suis mis à triquer. J'ai fait remonter ma casquette vers le haut de mes cuisses, j'ai fermé les yeux et je me suis forcé à penser au base-ball.

– Je dis tout le temps qu'un de ces jours je vais me mettre à la pêche, elle a dit. Il paraît que c'est souverain pour la relaxation. Je suis tellement nerveuse.

J'ai ouvert les yeux. On était arrêtés à l'intersection. J'avais envie de lui dire : *Vous êtes vraiment très occupée? Vous voulez pas qu'on commence ce matin?* Mais j'osais même pas la regarder.

– Ça t'a déjà bien rapproché, non? Moi, il faut que je tourne ici. Excuse-moi, mais ce matin je suis vraiment trop à la bourre.

– Oh, ça ira très bien comme ça.

J'ai sorti mon attirail. Ensuite j'ai remis ma casquette mais je l'ai à nouveau ôtée tout en lui parlant.

– Au revoir. Merci beaucoup. Peut-être que l'été prochain...

Mais j'ai pas pu aller jusqu'au bout.

– Pour la pêche, tu veux dire? J'y compte bien.

Elle a levé deux doigts en guise de salut, un geste de bonne femme.

Je me suis mis à marcher en repassant dans ma tête tout ce que j'aurais dû dire. Il me venait des tas d'idées. Ma parole, j'étais con ou quoi? J'ai fait siffler ma canne à pêche dans l'air et j'ai poussé deux trois gueulantes. J'aurais pu lui proposer de déjeuner avec moi. Ça aurait fait une bonne entrée en matière, et en plus il n'y avait personne à la maison. Tout à coup, on est dans ma chambre. Au lit. Elle me demande si elle peut garder son pull et je dis oui, si vous voulez. Le futal aussi, elle veut le garder. D'accord, je dis. Ça me dérange pas.

Un Piper Club qui s'apprêtait à atterrir est passé en rase-mottes au-dessus de ma tête. J'étais plus qu'à quelques enjambées du pont. J'entendais le bruit de l'eau. J'ai dévalé la berge, je me suis débraguetté et j'ai giclé au-dessus du ruisseau. Un jet de près de deux mètres. J'ai dû battre tous les records. J'ai encore pris le temps de manger mon second sandwich. J'ai avalé aussi mes crackers au beurre de cacahuète et j'ai bu la moitié de l'eau de ma gourde. A présent, j'étais fin prêt. Il me restait plus qu'à pêcher.

J'ai réfléchi. Il fallait choisir un point de départ. Ça faisait trois ans que je pêchais par ici, depuis qu'on était venus s'installer dans le coin. Papa nous amenait en voiture, George et moi, et il restait sur la berge à nous regarder, une cigarette au bec. C'est lui qui nous mettait nos appâts et qui nous rattachait nos bas de ligne quand on cassait.

On démarrait toujours du pont, puis on continuait vers l'aval, et on rentrait jamais bredouilles. Des fois même, en début de saison, il nous arrivait d'attraper notre limite. J'ai monté ma ligne et j'ai débuté par quelques lancers sous le pont.

De temps en temps, je lançais sous une avancée de la berge ou de l'autre côté d'un rocher, mais il se passait rien. A un endroit, c'était le calme plat et le fond était tapissé d'une couche de feuilles mortes. Je me suis penché et j'ai vu des écrevisses qui rampaient, en levant leurs grosses pinces hideuses. Une perdrix a jailli d'un roncier. J'ai jeté un bout de bois, un faisan a sauté en l'air en criaillant à moins de trois mètres de moi et j'ai bien failli lâcher ma canne à pêche.

Le ruisseau était lent et pas bien large. Je pouvais traverser à peu près n'importe où sans avoir de l'eau plus haut que mes bottes. Après avoir franchi un pré creusé d'empreintes de vaches, je suis arrivé à l'endroit où ce gros tuyau se déverse dans le ruisseau. J'ai fait gaffe, parce que je savais qu'il y avait un trou juste sous le tuyau. Quand j'ai été assez près pour laisser pendre ma ligne, je me suis agenouillé. Elle était à peine rentrée dans l'eau que j'ai fait une touche, mais le poisson s'est pas laissé ferrer. Je l'ai senti tourner avec mon hameçon, ensuite il l'a lâché et la ligne m'est revenue. J'ai mis un autre œuf de saumon et j'ai tenté quelques autres lancers, mais je savais bien que c'était loupé.

Je suis remonté jusqu'en haut de la berge et je suis passé sous une clôture coiffée d'un panneau qui disait : ENTREE INTERDITE. C'est là que prend naissance une des pistes de l'aérodrome. J'ai fait un arrêt pour regarder des fleurs qui avaient poussé dans les lézardes de la piste. Elles étaient entourées de ces traces noirâtres, huileuses, que laissent les avions au moment où leurs pneus prennent contact avec le macadam. J'ai rejoint le bord du ruisseau de l'autre côté et j'ai continué jusqu'au trou en lançant ici et là. Je me disais que j'irais pas plus loin. La première fois que j'étais venu par ici, trois ans plus tôt, l'eau montait jusqu'au sommet des berges, dans un tumulte assourdissant, et y avait tant de courant que j'avais même pas pu pêcher. Mais depuis le niveau avait diminué de presque deux mètres. Le ruisseau cascadait du haut d'un étroit chenal à l'entrée du trou. A cet endroit, on voyait à peine le fond. Un peu plus bas, la pente du ruisseau remontait et il redevenait aussi peu profond qu'avant. La dernière fois que j'étais venu pêcher dans ce trou, j'avais pris deux poissons d'assez bonne taille et j'en avais manqué un autre qui paraissait deux fois plus gros. Je l'avais décrit à papa, et d'après lui ça devait être une truite arc-en-ciel qui s'était attardée jusqu'à l'été. Il m'a dit qu'elles remontaient au début du printemps, à la période des crues, mais qu'en général elles retournaient au fleuve avant l'étiage.

J'ai rajouté deux plombs à ma ligne, je les ai fixés avec les dents, j'ai mis un appât frais, j'ai lancé vers la cascade, et j'ai laissé ma ligne dériver au fil de l'eau. J'ai senti de légères secousses, mais ce n'était pas une touche, juste mes plombs qui se cognaient à des caillasses. Ensuite mon bas de ligne s'est tendu et j'ai vu mon appât qui surnageait à l'autre extrémité du trou.

J'étais pas joice d'avoir fait tout ce chemin pour rien. J'ai ressorti ma ligne, j'ai fait un nouveau lancer, j'ai appuyé ma canne à une grosse branche et j'ai allumé mon avant-dernière sèche. J'ai laissé errer mon regard le long du flanc de la vallée et j'ai repensé à la bonne femme. Elle me demandait de l'accompagner chez elle pour l'aider à décharger ses provisions. Son mari était en Europe. Je la touchais, et elle se mettait à trembler. On se roulait des pelles sur le divan et elle me disait pardon, faut que j'aille aux toilettes. Je la suivais. Je la regardais baisser son froc et s'asseoir sur la lunette. J'avais une trique à tout casser. Elle me faisait signe d'approcher. Au moment où j'allais ouvrir ma braguette, j'ai entendu un *plouf* ! dans le ruisseau, et je me suis aperçu que la pointe de ma canne frétillait.

Il était pas bien gros et il s'est pas défendu tant que ça. J'ai joué avec le plus longtemps possible, puis il s'est laissé aller sur le flanc. Il flottait sur l'eau, un peu au-dessous de moi. Je savais pas quel genre de poisson c'était. Il avait un drôle d'air. J'ai tiré ma ligne, je l'ai fait passer par-dessus la berge et je l'ai déposé dans l'herbe. Il gigotait, les yeux fixes. C'était une truite. Mais une truite verte. J'avais jamais vu ça. Il avait des flancs verts avec des taches noires, des taches de truite, mais la tête et l'abdomen étaient verts aussi. Un vert profond, comme celui de la mousse. On aurait dit qu'on l'avait enveloppé dans de la mousse pendant un bon moment et que la couleur avait déteint sur lui. Il était mastoc, et je me demandais pourquoi il ne m'avait pas résisté plus que ça. Peut-être qu'il avait une maladie ? Je l'ai étudié encore un moment avant de l'achever.

J'ai arraché quelques poignées d'herbe et je lui ai fait un lit d'herbe dans mon panier.

J'ai essayé quelques lancers de plus et puis je me suis dit qu'il valait mieux retourner vers le pont. A vue de nez, il devait pas être loin de trois heures. Je me disais que je pêcherais encore un peu sous le pont et qu'ensuite je rentrerais. Et j'ai pris la résolution de ne plus penser à cette bonne femme avant ce soir. Mais à l'idée de la trique que j'aurais ce soir, je me suis mis à triquer aussi sec. Et là, je me suis dit que je devrais pas faire ça si souvent. Le mois dernier, un samedi où j'étais seul à la maison, j'avais été chercher la Bible juste après et j'avais juré que je ne le ferais plus jamais. J'avais mis de la jute plein la Bible et j'avais oublié mon serment au bout d'un jour ou deux. Il avait suffi que je me retrouve à nouveau seul. Cette fois, j'ai pas pêché en route. En arrivant au pont, j'ai vu une bicyclette dans l'herbe. J'ai cherché des yeux autour de moi et j'ai aperçu un gosse qui cavalait sur la berge. Il avait à peu près la taille de George. Je me suis dirigé vers lui. Il a fait demi-tour et il est revenu vers moi. Il regardait dans l'eau.

— Eh, qu'est-ce que t'as! j'ai gueulé. Y a quelque chose qui va pas?

Mais il a pas eu l'air d'entendre. Il avait laissé sa canne à pêche et son sac en toile sur la berge. J'ai lâché mon attirail et j'ai couru jusqu'à lui. Avec ses deux grandes dents de rongeur, ses bras maigres, sa chemise trop petite et toute effrangée, on aurait vraiment dit un rat.

— Bon dieu, c'est le plus gros poisson que j'ai jamais vu! il m'a crié. Vite! Viens voir! Tiens, il est là, regarde!

J'ai regardé ce qu'il montrait du doigt et mon cœur a fait un bond dans ma poitrine.

Il était long comme mon bras.

— Nom de dieu, vise-moi un peu ça! a fait le gosse.

Le poisson se reposait à l'ombre d'une grosse branche.

— Bonté divine! je lui ai dit. Mais d'où tu sors, toi?

— Qu'est-ce qu'on va faire? m'a dit le gosse. Ah! si j'avais ma carabine!

— On va l'attraper, j'ai dit. Qu'est-ce qu'il est gros, bon dieu! Faudrait qu'on le chasse vers le passoir.

– Tu veux bien m'aider, alors? On fait équipe tous les deux? m'a dit le gosse.

Le poisson s'était laissé dériver un peu. Il flottait dans l'eau translucide en remuant paresseusement ses nageoires.

– Alors, qu'est-ce qu'on fait? a dit le gosse.

– Je vais monter un peu plus haut et redescendre par le ruisseau pour le faire fuir, j'ai expliqué. Toi, tu vas te placer au bord du passoir, et au moment où il essaie de traverser, tu lui balances un grand coup de latte. Démerde-toi comme tu veux, mais faut l'expédier sur la berge. Et là, tu l'agrippes et tu t'accroches.

– D'accord. Oh! merde, regarde! Il se tire! Mais où il va! il a glapi.

Le poisson était reparti vers l'amont. Il s'est arrêté juste sous la berge.

– Il va nulle part. Il a nulle part où aller. Tu vois? Il a les foies. Il sait qu'on est là. Il tourne en rond, simplement. Il cherche une issue. Tu vois? Il s'est arrêté. Il peut pas s'en sortir, et il le sait. Il sait qu'on va le coincer. Qu'il est dans une merde noire. Bon, je vais lui faire peur pour qu'il redescende, et toi tu le chopes au passage.

– J'aurais dû amener ma carabine, a dit le gosse. Parce que là, son compte serait bon, il a dit.

J'ai remonté la berge sur une courte distance, ensuite je suis entré dans l'eau et je suis reparti vers l'aval. Je regardais soigneusement devant moi tout en marchant. Tout à coup, le poisson a démarré en flèche, il a bifurqué vers la droite juste en avant de moi dans un grand tourbillon écumeux, et il a foncé vers l'aval.

– Le voilà! j'ai gueulé. Hé, hé, le voilà qui arrive!

Mais le poisson a fait demi-tour avant d'avoir atteint le passoir et il est revenu dans ma direction.

J'ai agité l'eau, en braillant et il est reparti dans l'autre sens.

– Le voilà! Chope-le, chope-le! Il s'amène!

Mais il avait dégoté un gourdin, ce connard-là, et quand le poisson s'est engagé dans le passoir, au lieu de lui flanquer un coup de pied comme il aurait dû, il s'est précipité sur lui en brandissant son putain de casse-tête. Le poisson a esquivé le coup, et il a traversé le mince filet d'eau couché sur le flanc, en tricotant de la queue. Il est arrivé à passer. Ce con de gosse s'est jeté sur lui et il s'est étalé de tout son long.

Il s'est hissé sur la berge à quatre pattes. Il était trempé jusqu'aux os.

– Je l'ai touché! il m'a gueulé. Je crois qu'il est blessé, même. Je le tenais, mais il m'a glissé entre les mains.

– Tu tenais rien du tout! j'ai dit.

J'avais plus de souffle, mais j'étais bien content qu'il soit tombé à l'eau.

– Tu l'as même pas effleuré, eh con. Qu'est-ce que tu faisais avec ce gourdin? Je t'avais dit de le latter. Il doit être à des bornes d'ici maintenant.

J'ai essayé de cracher et j'ai secoué la tête.

– Enfin, peut-être pas. Mais on l'a pas encore. Et si ça se trouve, on l'aura pas, j'ai conclu.

– Je te dis que je l'ai touché! T'es miraud, ou quoi? Je le tenais, ou en tout cas c'était pas loin. Toi, tu l'as même pas approché. Et d'abord à qui il est ce poisson, hein?

Il m'a regardé. Son pantalon trempé dégouttait sur ses chaussures.

Là, je me suis tu. Je réfléchissais. Et puis j'ai haussé les épaules.

– Bon, bon. Il est à nous deux. Mais ce coup-ci faut qu'on l'attrape. Faut pas qu'on rate notre coup.

On a continué vers l'aval, les pieds dans l'eau.

J'avais de l'eau dans mes bottes, mais le gosse, lui, était trempé jusqu'aux oreilles. Il refermait ses grandes dents sur sa lèvre inférieure pour les empêcher de claquer.

Aucune trace du poisson dans la section du ruisseau qui faisait suite au passoir. Rien non plus dans celle d'après. On s'est regardés. On commençait à craindre qu'il soit descendu assez loin vers l'aval pour gagner un des trous profonds. Mais là-dessus ce sacré bestiau a virevolté tout contre la berge en faisant choir de la terre dans l'eau avec sa queue et il est reparti. Il a franchi un autre passoir, sa grande queue levée dans l'air. Je l'ai vu s'approcher lentement du bord de l'autre côté. Il s'est arrêté là, la queue à demi immergée, remuant doucement les nageoires pour pas que le courant l'emporte.

— Tu le vois ? j'ai demandé.

Il voyait rien. Je lui ai pris le bras et j'ai dirigé son index vers le point où il se tenait.

— Là, tu vois ? Bon, écoute-moi bien. Je vais aller me poster là-bas, tu vois ? Là où les berges se resserrent. Toi, tu restes ici et à mon signal, tu descends vers moi. C'est vu ? Et si jamais il remonte, cette fois le laisse pas passer, hein !

— Oui, il a fait en mordillant sa lèvre avec ses grandes dents de devant.

— Cette fois on va l'attraper, il a ajouté, l'air gelé.

Il mourait de froid, ça se voyait.

Je me suis hissé sur la berge et j'ai avancé en évitant de faire des mouvements trop brusques. Je me suis laissé redescendre dans l'eau. Mais je le voyais plus, ce gros salopard. J'ai senti mon cœur se serrer. Peut-être qu'il s'était déjà débiné. Les parties profondes du ruisseau étaient juste un peu plus bas. S'il atteignait un trou, on n'aurait plus aucune chance de le coincer.

— Il est toujours là ? j'ai gueulé.
J'ai retenu mon souffle.
Le gosse m'a fait signe que oui.
— Prêt ! J'ai re-gueulé.
— On y va ! il a répondu, en gueulant aussi fort que moi.

Mes mains tremblaient. Le ruisseau courait entre deux escarpements de terre distants d'environ un mètre. Il y avait presque pas de fond, mais le courant était assez rapide. Le gosse s'était mis en mouvement. Il avait de l'eau jusqu'aux genoux. Il avançait en jetant des cailloux devant lui, en tapant sur l'eau et en poussant des cris.

— Le voilà ! il m'a fait en gesticulant.

Le poisson a reparu dans mon champ de vision. Il venait droit sur moi. En me voyant, il a essayé de faire demi-tour, mais trop tard. Je me suis laissé tomber à genoux dans l'eau glaciale, je l'ai cueilli sur mes bras repliés et je l'ai levé hors de l'eau en me cambrant vers l'arrière. On est tombés ensemble sur la berge. Il se tortillait et il donnait de grands coups de queue. Je l'ai serré contre ma chemise en faisant remonter mes mains le long de ses flancs glissants. J'ai introduit mes doigts sous une des branchies, je les ai enfoncés dans sa gueule et je lui ai empoigné la mâchoire. Cette fois, je le tenais. Il se démenait et il fallait que je le serre de toutes mes forces pour pas qu'il m'échappe, mais j'avais une bonne prise et j'étais bien décidé à pas le lâcher.

Le gosse a pataugé jusqu'à la berge. Il braillait à tue-tête.

— On l'a eu ! il gueulait. On l'a eu, nom de dieu ! Bon sang, quel morceau ! Regarde-moi ça !
— Oh ! passe-le moi, passe-le moi ! il a gueulé.
— Tuons-le d'abord, j'ai dit.

Je lui ai enfoncé mon autre main dans le gosier et j'ai tiré de toutes mes forces en faisant gaffe aux dents. J'ai senti les vertèbres craquer, un long spasme l'a parcouru et il est devenu inerte. Je l'ai posé par terre et on l'a regardé. Il faisait bien soixante centimètres de long. Il avait un corps bizarrement effilé, mais j'avais jamais rien pris d'aussi gigantesque. Je l'ai à nouveau saisi par la mâchoire.

— Eh! a dit le gosse, mais en voyant ce que je m'apprêtais à faire, il s'est tu.

Après avoir rincé le sang dans le ruisseau, j'ai reposé le poisson sur la berge.

— Oh! je voudrais tant que mon père le voie, a dit le gosse.

On était trempés et on grelottait. On l'a inspecté, palpé sous toutes les coutures. On lui a ouvert la gueule et on a passé le doigt sur ses dents. Ses flancs étaient couverts de grosses cloques blanchâtres, larges comme des pièces de monnaie. Il avait plein de petites entailles sur le sommet du crâne, autour des yeux et sur le museau. Il avait dû se les faire en percutant des rochers ou en se bagarrant. Mais il était maigre, bien trop maigre par rapport à sa taille. Les bandes roses de ses flancs étaient à peine visibles, et son ventre était flasque, grisâtre et non blanc et ferme comme il aurait fallu. N'empêche, c'était un sacré morceau.

— Bon ben moi, va falloir que j'y aille, j'ai dit en levant les yeux sur le ciel nuageux.

Le soleil allait pas tarder à s'engloutir de l'autre côté des montagnes.

— Faut que je rentre, j'ai dit.

— Oui, moi aussi, a dit le gosse. Je caille, il a ajouté. Eh, c'est moi qui le porte, hein? il a dit.

— On a qu'à lui passer un bâton dans la gueule, j'ai dit. Comme ça, on le portera tous les deux.

Il a dégoté une badine, on l'a passée à travers les

branchies et on a poussé le poisson jusqu'au milieu. Ensuite, on a pris chacun un bout du bâton et on s'est mis en route. Tout en marchant, on regardait le poisson qui oscillait sur son bâton.

— Qu'est-ce qu'on va en faire ? a dit le gosse.

— Je sais pas, j'ai dit. C'est moi qui l'ai attrapé, pas vrai ?

— On l'a attrapé ensemble. Et puis c'est moi qui l'ai vu le premier.

— C'est vrai, j'ai dit. Bon, si on le jouait à pile ou face ?

Je me suis tâté les poches de ma main libre, mais j'avais pas un fifrelin. Et puis j'aurais très bien pu perdre.

Toute manière, il était pas pour.

— Non, j'aime mieux pas, il a dit.

— Bon d'accord, moi ça m'est égal.

Je l'ai regardé. Il avait les lèvres violettes et les cheveux dressés sur la tête. Si on s'était battus, j'aurais eu le dessus sans peine. Mais j'avais aucune envie d'en venir là.

On est arrivés à l'endroit où on avait laissé nos affaires et on les a ramassées d'une main, sans lâcher notre extrémité du bâton. Je tenais la mienne fermement, au cas où il aurait tenté de me faire une crasse.

Et puis une idée m'est venue.

— Et si on se le partageait ? j'ai dit.

— Comment ça, le partager ? a fait le gosse.

Il s'était remis à claquer des dents, et j'ai senti qu'il raffermissait sa prise sur le bâton.

— Le couper en deux. J'ai un couteau. On le découpe et on prend chacun la moitié. Je sais pas, ça serait peut-être une solution.

Il a regardé le poisson en se tiraillant une mèche de cheveux.

— Tu veux faire ça avec ce couteau-là ?

— Pourquoi, t'en as un ?

Il a fait non de la tête.
— D'accord, j'ai dit.
J'ai retiré le bâton, j'ai couché le poisson dans l'herbe, à côté du vélo du gosse, et j'ai dégainé mon couteau. Pendant que je mesurais une ligne, un avion s'est mis à rouler sur la piste d'envol.
— Ici, ça te va? j'ai demandé.
Le gosse a fait signe que oui. L'avion a quitté la piste dans un fracas de tonnerre et il s'est élevé dans l'air juste au-dessus de nous. J'ai enfoncé mon couteau et j'ai incisé la peau. Les boyaux sont apparus. Je l'ai retourné et j'ai tout vidé. Puis j'ai continué à cisailler jusqu'à ce que les deux moitiés soient plus retenues que par une mince bande de peau. Je les ai prises et je les ai tordues entre mes mains jusqu'à ce que le reste de peau se déchire.
J'ai tendu au gosse la moitié inférieure.
— Non, il m'a dit en secouant la tête. C'est l'autre que je veux.
Je me suis exclamé :
— Elles sont pareilles, bon dieu! Fais gaffe, je sens que je vais me fâcher.
— Je m'en fous, a dit le gosse. Si elles sont pareilles, c'est moi qui prends la tête. Elles sont pareilles, oui ou non?
— Oui, parfaitement, j'ai dit. Mais j'ai droit à cette moitié-là. Après tout, c'est moi qui l'ai découpé.
— Non, elle est pour moi, a dit le gosse. C'est moi qui l'ai vu en premier.
— Il est à qui ce couteau, hein?
— Je veux pas de la queue, il a fait.
J'ai regardé autour de moi. La route était déserte et y avait pas d'autre pêcheur en vue. Un avion vrombissait au loin, et le soleil était en train de se coucher. J'étais transi de froid. Le gosse attendait en grelottant comme un perdu.
— J'ai une idée, je lui ai dit.

J'ai ouvert mon panier et je lui ai montré ma truite.

– Regarde, elle est verte. C'est la première fois de ma vie que j'en vois une verte. Alors mettons que je garde la tête, et toi t'auras la queue, plus la truite verte. Ça te va?

Le gosse regardait la truite verte. Il l'a sortie de mon panier pour l'examiner. Puis il a considéré avec attention les deux moitiés du poisson.

– Bon d'accord, il a dit à la fin. Entendu, on fait comme ça. Garde la tête. Il y a plus de viande sur ma moitié à moi.

– Ça, je m'en fiche, j'ai dit. Bon, moi, je vais laver la mienne. Où t'habites? j'ai demandé.

Il a rangé la truite verte et sa moitié du poisson dans son sac. Un sac en grosse toile, tout crasseux.

– Moi? J'habite Arthur Avenue, pourquoi?
– C'est pas vers le terrain de base-ball? j'ai demandé.
– Si, mais pourquoi tu veux le savoir?

Ça avait l'air de l'inquiéter.

– C'est pas loin de chez moi, j'ai expliqué. Tu pourrais peut-être m'emmener sur ton vélo. Je me mettrai sur le guidon et on pédalera chacun son tour. Il me reste une sèche, on pourra la partager. Enfin, si elle est pas trempée.

Mais tout ce qu'il m'a répondu, c'est :
– Je caille, moi.

J'ai lavé ma moitié de poisson dans le ruisseau. L'eau s'engouffrait dans sa gueule et ressortait à l'autre bout.

– Je suis gelé, a fait le gosse.

George tournicotait sur son vélo à l'extrémité de la rue. Il m'a pas vu. J'ai fait le tour de ma maison et j'ai ôté mes bottes sur le porche de derrière. J'ai défait la bandoulière de mon panier. Je voulais faire une entrée triomphale, mon panier ouvert devant moi, un grand sourire étalé sur la face.

J'ai entendu leurs voix dans la cuisine. J'ai jeté un coup d'œil par la fenêtre. Ils étaient assis à table. La pièce était pleine d'une épaisse fumée noire. Elle s'élevait d'une poêle posée sur le réchaud. Mais ils s'en étaient aperçus ni l'un ni l'autre.

– Je te jure Edna, c'est la pure vérité, il disait. Comment tu veux qu'ils se rendent compte? Ce sont des gosses. Tu verras.

– Je verrai rien du tout, elle a dit. Si je croyais ça, j'aimerais encore mieux qu'ils soient morts.

– Mais qu'est-ce qui te prend de dire des choses pareilles? Tu te rends compte de ce que tu dis?

Elle a fondu en larmes. Il a écrasé sa cigarette dans le cendrier et il s'est levé.

– Edna, ta poêle est en train de cramer! il s'est écrié.

Elle a regardé la poêle, elle a repoussé sa chaise, elle a empoigné la poêle par le manche et elle l'a jetée contre le mur au-dessus de l'évier.

– Tu déménages ou quoi? il a fait. Regarde-moi ce gâchis!

Il a pris un tampon à récurer et il s'est mis à gratter le fond de la poêle.

J'ai ouvert la porte. Je souriais jusqu'aux oreilles.

– Vous allez pas en croire vos yeux, j'ai dit. Regardez ce que j'ai pêché à Birch Creek. Hein, vous voyez? Regardez ce que j'ai pêché!

Mes genoux s'entrechoquaient. J'avais peine à tenir debout. Comme je lui tenais mon panier ouvert sous le nez, elle s'est enfin décidée à jeter un œil dedans.

– Oh! Oh! Seigneur Dieu! Mais qu'est-ce que

c'est ? Un serpent ? Je t'en prie, va-t'en d'ici avec ce truc ! Je sens que je vais vomir !

— Sors-moi ça ! il a hurlé. T'es sourd ou quoi ? Fais ce que ta mère te dit ! il a hurlé.

— Mais regarde, papa, j'ai protesté. Regarde de quoi il s'agit.

— J'ai pas envie de regarder, il m'a fait.

— C'est une truite arc-en-ciel ! Je me suis écrié. Elle est énorme ! Je l'ai pêchée au ruisseau de Birch Creek ! Regarde ça ! C'est un vrai monstre ! Qu'est-ce qu'elle m'a fait cavaler ! Je l'ai chassée de haut en bas du ruisseau !

Il y avait du délire dans ma voix, mais je pouvais plus m'arrêter.

— Et j'en ai attrapé une autre ! j'ai continué. Elle était verte ! Je te jure ! Une truite verte ! T'as déjà vu une truite verte, toi ?

Il a regardé dans le panier et sa bouche s'est ouverte toute grande.

— Sors-moi cette saloperie d'ici ! il a hurlé. Mais qu'est-ce que t'as, t'es malade ? Sors de la cuisine avec cette horreur et fous-la moi aux ordures, nom de dieu !

J'ai repassé la porte dans l'autre sens. J'ai regardé dans le panier. Ma moitié de poisson jetait des lueurs d'argent sous la lanterne du porche. Elle tenait toute la place dans mon panier.

Je l'ai extirpée du panier et je l'ai prise entre mes mains. Je l'ai serrée précieusement entre mes mains.

SOIXANTE ARPENTS

Une heure plus tôt, en plein milieu du repas familial, Joseph Eagle avait téléphoné pour annoncer à Lee Waite que deux hommes faisaient le coup de feu sur ses terres, au bord de la rivière, juste en dessous du pont de Cowiche Road. C'était la troisième incursion de ce genre depuis le début de l'hiver, avait souligné Joseph Eagle. Peut-être même la quatrième. Joseph Eagle était un vieil Indien qui vivait d'une pension du gouvernement. Il habitait une bicoque en bordure de Cowiche Road, en compagnie d'une radio qui restait allumée jour et nuit et d'un téléphone, pour le cas où il tomberait malade. Lee Waite aurait préféré que le vieil Indien le laisse tranquille. Que Joseph Eagle défende sa propriété s'il y tenait tant que ça, mais en usant d'un moyen autre que le téléphone.

Lee Waite était debout sur la véranda, en appui sur une jambe. Il s'inséra un ongle entre les dents pour en déloger un filament de viande. C'était un homme de petite taille, mince et sec, avec un visage anguleux et de longs cheveux noirs. Sans ce fichu coup de fil, il aurait fait un petit somme cet après-midi. Il se renfrogna et enfila son pardessus sans hâte excessive. Le temps qu'il arrive, ils auraient filé de toute façon. C'était généralement ainsi que les choses se passaient. Les chasseurs venus de Toppenish ou de Yakima pouvaient emprunter les routes de la réserve comme tout le monde ; simplement, ils n'avaient pas le droit d'y chasser. Mais ces soixante arpents de terre inoccupés les attiraient irrésistiblement. Ils passaient et repassaient devant en roulant au pas et, quelquefois, s'enhardissaient jusqu'à se garer sous les arbres et à s'élancer vers la rivière à travers l'orge et l'avoine folle qui leur venaient à mi-cuisses. Tantôt ils se faisaient quelques canards, tantôt pas, mais ils tiraient chaque fois une grande quantité de cartouches dans le bref laps de temps qui s'écoulait avant qu'ils ne décampent. Du fauteuil auquel il était cloué, Joseph Eagle avait assisté bien des fois à ces agissements. En tout cas, c'est ce qu'il affirmait à Lee Waite.

Waite se passa la langue sur les dents et plissa les yeux dans la pâle lumière hivernale de l'après-midi déclinant. Ce n'était pas qu'il eût peur, oh ! non. Il ne voulait pas d'histoires, voilà tout.

La minuscule véranda, qu'on avait ajoutée à la maison juste avant la guerre, était plongée dans une demi-pénombre. La vitre de l'unique fenêtre avait été brisée bien des années plus tôt, et Waite avait masqué l'ouverture à l'aide d'un sac de jute cloué au chambranle. Le sac de jute était couvert d'une gangue de givre et l'air froid qui s'insinuait à l'intérieur par ses bords mal colmatés le faisait remuer imperceptiblement. Les murs étaient encombrés de jougs et de colliers d'attelage, et une rangée d'outils rouillés pendaient du plafond juste au-dessus de la fenêtre. Waite se passa une dernière fois la langue sur les gencives, revissa l'ampoule électrique dans la prise du plafonnier, ouvrit le placard fixé au mur à côté de la fenêtre et en sortit son vieux fusil à deux coups. Ensuite il plongea la main dans la boîte posée sur l'étagère supérieure du placard et en ramena une poignée de cartouches. Le contact de leurs culots de cuivre était froid aux doigts et il les fit rouler dans sa main avant de les fourrer dans la poche droite de son vieux pardessus.

– Tu charges pas le fusil, papa? fit la voix du petit Benny dans son dos.

Waite se retourna. Benny et Jack, son petit frère, étaient debout dans l'encadrement de la porte de la cuisine. Depuis le coup de fil, ils n'avaient pas cessé de l'importuner. Est-ce que tu vas en descendre un, ce coup-ci? demandaient-ils. On aurait dit que l'idée leur plaisait. Waite n'aimait pas trop qu'ils en parlent sur ce ton-là. Des gamins de cet âge. Et à présent, ils avaient ouvert la porte en grand, laissant l'air glacé s'engouffrer dans la maison, et ils regardaient le gros fusil qu'il tenait sous le bras.

– Allez-vous rentrer, nom de dieu! leur dit-il. Votre place est dans la maison!

Ils détalèrent, traversèrent la pièce où se tenaient Nina et la mère de Lee et disparurent dans la chambre. Ils avaient laissé la porte ouverte. Waite vit que Nina était encore assise à table. Elle s'efforçait de faire ingurgiter des carrés de courgette à la petite dernière, mais la fillette se reculait en secouant la tête. Nina leva les yeux vers lui et elle esquissa un pâle sourire.

Waite entra dans la cuisine, referma la porte et s'y adossa. Nina était exténuée, cela sautait aux yeux. De fines perles de transpiration luisaient au-dessus de sa lèvre et tandis qu'il la regardait elle laissa retomber d'un geste las la main avec laquelle elle écartait ses cheveux de son front. A nouveau, elle leva les yeux vers lui, puis elle les reposa sur le bébé. Ses grossesses précédentes ne l'avaient pas éprouvée à ce point. Jadis, lorsqu'elle était enceinte, il n'y avait pas moyen de la faire tenir en place. Elle se démenait sans trêve, même lorsqu'elle n'avait pas grand-chose à faire à part cuisiner et coudre. Waite passa un doigt sur la peau distendue de son cou et il regarda sa mère à la dérobée. Depuis la fin du repas, elle somnolait dans son fauteuil, à côté du poêle. Sentant qu'il l'observait, elle remua les paupières et dodelina de la tête. Sa mère était une vieille de soixante-dix ans, avec un visage tout ratatiné, mais ses cheveux étaient restés d'un noir de jais, et elle les tressait en deux longues nattes serrées qui lui pendaient aux épaules. Lee Waite était persuadé que quelque chose ne tournait pas rond chez elle, car il lui arrivait de rester deux jours entiers sans décrocher une parole, assise près de la fenêtre de la pièce voisine, le regard perdu vers le fond de la vallée. Lorsqu'elle faisait cela, Waite en avait froid dans le dos, et il était incapable désormais de percer le sens de ses menus signes et de ses silences.

– Pourquoi tu ne dis rien? questionna-t-il en hochant la tête. Comment veux-tu que je te comprenne si tu ne parles pas, ma mère?

Il resta un moment à la dévisager. Elle triturait le bout de ses nattes, et il espérait qu'elle allait parler. A la fin il poussa un grognement, se dirigea vers le fond de la pièce en passant devant elle, décrocha son chapeau du clou où il était pendu et sortit.

Il faisait froid. Une mince croûte de neige granuleuse, tombée trois jours plus tôt, avait durci sur le sol dont elle accusait les inégalités. Le givre donnait une allure ridicule aux rames de haricots dénudées qui s'alignaient devant la maison. Le chien avait jailli précipitamment de sous la véranda en entendant la porte et se dirigeait déjà vers le camion.

– Ici! lui cria Waite et sa voix se répercuta dans l'air raréfié.

Il se pencha sur le chien et lui prit le museau. Sa truffe était froide et sèche.

– Cette fois, j'aime mieux que tu restes ici, dit-il. Mais oui, mais oui.

Tout en frottant l'oreille de l'animal, Waite regardait autour de lui. Un ciel bas pesait sur la vallée, dissimulant les montagnes. Le col de Satus disparaissait sous les nuages, et l'on ne voyait plus que la vaste étendue onduleuse des champs de betteraves. Ils étaient entièrement blancs, hormis quelques rares trouées sombres éparses çà et là, où la neige n'avait pas pris. Il n'y avait qu'une seule maison en vue – celle de Charley Treadwell, au loin – mais pour autant que Waite pût voir, elle n'était pas éclairée. Aucun bruit nulle part, rien que cette chape pesante de gros nuages gris qui écrasait tout. Et contrairement à son attente, il n'y avait pas un souffle de vent.

– Tu restes là, compris?

Il se dirigea vers son camion, en se disant une fois de plus qu'il aurait mille fois préféré s'épargner cette expédition. La nuit précédente, il avait encore fait un cauchemar et, quoiqu'il n'en eût gardé aucun souvenir, il s'était réveillé avec un malaise qui ne l'avait pas quitté de toute la journée. Il roula lentement jusqu'au portail, descendit pour tirer le verrou, le franchit et descendit à nouveau pour le refermer. Il avait pris l'habitude de toujours boucler le portail avec soin du temps qu'il élevait des chevaux. Aujourd'hui, il n'avait plus de chevaux mais le pli lui en était resté.

Une grosse niveleuse remontait la route dans sa direction. Sa lame arrachait aux gravillons gelés des crissements à vous fendre l'âme. Waite n'était pas pressé et il attendit patiemment que l'énorme engin fût passé. L'attente dura de longues minutes. Au moment où la niveleuse le dépassait, un homme se pencha hors de la cabine et agita dans sa direction une main dans laquelle il tenait une cigarette allumée, mais Waite fit semblant de ne pas le voir. En passant devant chez Charley Treadwell, il scruta la maison, mais il n'y avait toujours pas de lumière et la voiture n'était pas là. Quelques jours auparavant, Charley lui avait raconté l'altercation qui l'avait opposé, le dimanche précédent, à un gamin qui avait escaladé sa clôture au beau milieu de l'après-midi pour mitrailler les canards qui barbotaient dans sa mare. Les canards se rassemblaient là chaque jour, lui avait expliqué Charley. Les canards lui faisaient *confiance*, avait-il souligné, comme si c'était d'une importance cruciale. Il était sorti de l'étable où il trayait en gesticulant et en braillant, et le gamin l'avait menacé de son fusil. Ah! si seulement j'avais pu le désarmer! s'était écrié Charley en fixant durement Lee Waite de son œil unique et en hochant pensivement la tête. Waite se tortilla légèrement sur sa banquette. Il n'avait pas envie d'une scène de ce genre. Il espérait que les intrus seraient partis à son arrivée, comme les autres fois.

A sa gauche, les toitures carrées et blanchies à la chaux des antiques baraquements de Fort Simcoe se profilaient au-dessus des rondins du mur d'enceinte reconstitué. En passant devant le portail grand ouvert, Lee Waite vit des voitures garées à l'intérieur et quelques touristes emmitouflés de gros manteaux qui déambulaient dans la cour. Il ne s'était jamais donné la peine de s'y arrêter. Un jour son institutrice y avait emmené toute la classe – une visite éducative, comme elle disait –, mais ce jour-là Lee Waite n'était pas allé à l'école. Il abaissa sa vitre, se racla la gorge et expédia un solide glaviot en direction du portail.

Il s'engagea sur l'ancien chemin de halage et ne

tarda pas à se retrouver devant chez Joseph Eagle. Toutes les lumières étaient allumées, même la lanterne du porche. Waite continua jusqu'à l'intersection de Cowiche Road. Arrivé là, il stoppa, descendit de son camion et tendit l'oreille. Au moment où il se disait qu'ils étaient sans doute repartis et qu'il allait pouvoir retourner chez lui, une salve de détonations étouffées lui parvint. Elles venaient de quelque part, du côté de la rivière. Au bout d'un moment, il s'arma d'un chiffon et s'efforça d'essuyer une partie du givre qui obstruait la lunette arrière. Il secoua la neige de ses chaussures avant de remonter à bord, puis il reprit sa route. Arrivé en vue du pont, il se mit en quête de traces de pneus bifurquant vers les arbres. C'est là qu'il trouverait leur véhicule, il le savait. C'était une conduite intérieure grise. Il se rangea derrière et coupa le contact.

Il resta assis derrière le volant et attendit en faisant aller et venir son pied sur la pédale du frein. Le mouvement de son pied produisait un faible grincement et, de temps à autre, il percevait de nouvelles détonations. Au bout d'un moment, l'immobilité se mit à lui peser. Il sauta à terre et se dirigea sans hâte vers l'avant du camion. Cela faisait bien quatre ou cinq ans qu'il n'avait eu aucune activité dans ce secteur. Il s'adossa au garde-boue et laissa son regard errer sur le paysage qui s'étendait devant lui. Comment le temps avait-il pu filer si vite, bon dieu ?

Naguère, lorsqu'il n'était encore qu'un mioche qui ne désirait rien tant que devenir adulte, Lee Waite avait bien des fois arpenté les bords de la rivière pour y poser des pièges à ondatra ou des lignes de nuit pour la truite brune. Il regarda autour de lui en remuant ses orteils à l'intérieur de ses chaussures. Que tout cela lui semblait loin, désormais ! Toute sa jeunesse, il avait entendu son père répéter qu'il destinait cette terre à ses trois fils. Mais les deux frères aînés de Lee Waite avaient péri de mort violente, et en fin de compte il en était resté l'unique héritier.

Il se rappelait les morts. Celle de Jimmy pour commencer. Il se souvenait d'avoir été réveillé par une formidable grêle de coups de poing assenée sur la porte. Il se souvenait des ténèbres, de l'odeur de résine qui émanait du poêle, de l'auto garée devant chez eux tout phares allumés, du ronronnement de son moteur et des voix nasillardes qui s'échappaient de sa radio de bord. Son père ouvre la porte et la gigantesque silhouette d'un homme coiffé d'un chapeau à larges bords, un fusil à la main – l'adjoint du shérif – s'encadre dans l'embrasure. *Waite ? Ton fils Jimmy s'est fait poignarder au bal de Wapato.* Ils s'étaient tous entassés à bord du camion, et Lee était resté seul dans la maison. Il avait passé le reste de la nuit pelotonné au pied du poêle à bois à regarder les ombres qui dansaient en travers de la cloison. Plus tard, l'année de ses douze ans, un autre policier était venu, et celui-là les avait simplement priés de l'accompagner.

Il s'écarta du camion d'un coup de rein et franchit les quelques pas qui le séparaient de la lisière du pré. Les choses avaient suivi leur cours depuis, voilà tout. Plus rien n'était pareil. Il avait trente-deux ans. Benny et le petit Jack grandissaient, et à présent il y avait la fillette. Waite secoua la tête. Il referma la main sur la longue tige d'un laiteron, la brisa entre ses doigts, et il leva les yeux au ciel. Un vol de canards passait au-dessus de lui en émettant des coin-coin assourdis. Il s'essuya la main sur son pantalon et suivit les canards des yeux. Ils étendirent leurs ailes avec un parfait ensemble, décrivirent un unique cercle et piquèrent vers la rivière. Waite en vit trois s'abattre, et c'est seulement après qu'il entendit les détonations.

Soudain, il fit volte-face et se dirigea vers son camion.

Il sortit son fusil en prenant bien garde à ne pas claquer la portière. Puis il alla se dissimuler sous le couvert des arbres. Il faisait presque nuit. Il laissa échapper une brève toux, puis il serra les lèvres et attendit.

Ils approchèrent en faisant un chambard de tous les diables à travers les fourrés. Ils étaient deux. Ils escaladèrent la clôture qui grinça et gémit, puis firent craquer la neige sous leurs pieds. Lorsqu'ils parvinrent à la hauteur de leur voiture, ils haletaient comme des soufflets de forge.

— Bon dieu, y a un camion là-derrière! s'écria l'un des deux en laissant choir les canards qu'il tenait à la main.

Il avait une voix juvénile. Il portait une grosse veste de chasse munie sur le devant de poches-gibecières dans lesquelles Waite discernait un renflement révélateur. Sans aucun doute, elles étaient gonflées de canards.

— T'énerve pas, tu veux, fit l'autre garçon.

Il leva la tête et étira le cou, s'efforçant de percer les ténèbres du camion.

— Il est vide! s'écria-t-il. Allez, magne-toi! Monte en voiture!

Sans faire un mouvement, d'une voix aussi égale que possible, Waite dit :

— Restez où vous êtes et posez vos fusils par terre.

Il sortit prudemment de sa cachette et s'avança

vers eux en faisant osciller de haut en bas le canon double de son arme.

– Bon, maintenant ôtez vos vestes et videz-les.
– Oh! mon dieu! Oh! doux Jésus! fit le premier.

L'autre ne dit rien, mais retira sa veste de chasse et entreprit d'en extirper les canards, tout en lançant des regards furtifs autour de lui.

Waite ouvrit la portière de leur voiture, passa un bras à l'intérieur et chercha la commande des phares à tâtons. Les deux garçons mirent une main en visière devant leurs yeux, puis ils tournèrent le dos à la lumière.

– A qui appartient cette terre, d'après vous? leur dit Waite. Qui vous a permis de chasser sur ma propriété?

L'un des garçons se retourna avec précaution, la main toujours en visière devant les yeux.

– Qu'est-ce que vous allez faire?
– Qu'est-ce que tu crois, hein? fit Waite. Sa voix lui semblait étrange, légère et comme désincarnée. Il entendait les canards qui s'étaient posés sur l'eau lancer des appels stridents à leurs congénères encore en vol.

– Qu'est-ce que vous vous figurez que je vais faire de vous? dit-il. Qu'est-ce que vous feriez si vous attrapiez des gamins en train de violer votre propriété?

– S'ils me disaient qu'ils regrettent et que c'est la première fois qu'ils font ça, je les laisserais filer, répondit le garçon.

– Moi aussi, monsieur, dit l'autre. Du moment qu'ils s'excuseraient.

– Ah! oui, vraiment? C'est ce que vous feriez, vous en êtes sûrs? dit Waite.

Il cherchait une échappatoire et il le savait.

Les deux garçons ne lui répondirent pas. Ils firent face quelques instants encore à la lumière éblouissante des phares, puis ils lui tournèrent le dos à nouveau.

— Qu'est-ce qui me prouve que vous n'êtes pas déjà venus? demanda Waite. Que ce n'était pas vous les autres fois aussi?

— Parole d'honneur, m'sieur, c'est la première fois qu'on vient ici! On passait sur la route, c'est tout. Oh! bon dieu! acheva-t-il dans un sanglot.

— C'est la vérité, dit le second. Tout le monde peut faire une bêtise une fois dans sa vie, non?

Il faisait nuit à présent, et un léger crachin s'abattait dans la lueur des phares. Waite releva son col et il les regarda fixement. Le cri discordant d'un malard en chaleur lui parvint de la rivière. Il promena son regard sur les silhouettes effrayantes des arbres, puis le reporta sur les deux garçons.

— Peut-être bien, dit-il en remuant les pieds.

Il n'allait pas tarder à les laisser partir, il le savait. Qu'aurait-il pu faire d'autre, d'ailleurs? Mais il les chassait de sa terre. C'était cela l'essentiel.

— C'est quoi vos noms, d'abord? dit-il. Hein, toi, là, comment tu t'appelles? Ton nom?

— Bob Roberts, répondit vivement le premier en coulant un regard en coin vers son compagnon.

— Williams, m'sieur, dit l'autre. Moi, c'est Bob Williams, m'sieur.

Waite ne pouvait pas leur en vouloir. Ce n'étaient que des gamins, et c'était la peur qui les poussait à mentir. Ils lui tournaient le dos et Waite les regardait.

— Vous mentez! cracha-t-il, en se choquant lui-même. Pourquoi vous me mentez, hein? Vous vous introduisez chez moi, vous mitraillez mes canards et ensuite vous me racontez des bobards!

Il appuya le canon de son arme à la portière de la voiture. Il entendait le bruit des hautes branches qui se frottaient les unes aux autres à la cime des arbres. Il eut la vision de Joseph Eagle assis près de sa radio dans sa maison ruisselante de lumière, les jambes posées sur une caisse retournée.

– D'accord, d'accord, dit Waite. Menteurs! Ne bougez pas de là, menteurs.

D'un pas raide, il marcha jusqu'à son camion, en sortit un vieux sac à betteraves, le déplia d'une secousse et leur ordonna de mettre les canards dedans. Pendant qu'il les regardait faire, ses genoux se mirent inexplicablement à trembler.

– Allez, fichez-moi le camp, leur dit-il. Il s'éloigna à reculons tandis qu'ils s'avançaient vers leur voiture.

– Je vais regagner la route en marche arrière. Vous me suivrez.

– Bien, m'sieur, dit le premier garçon en s'installant au volant. Mais si j'arrive pas à démarrer, hein? Si ça se trouve, la batterie est à plat. Déjà qu'elle était pas bien forte tout à l'heure.

– Je ne sais pas, dit Waite en regardant autour de lui. Il ne me restera plus qu'à vous pousser, j'imagine.

Le garçon éteignit les phares, enfonça la pédale d'accélération et actionna le starter. Le moteur mit un moment à revenir à la vie, mais il ne cala pas. Le garçon garda le pied au plancher et il fit rugir le moteur avant de rallumer les phares. Les deux garçons tournèrent vers Lee Waite leurs visages pâles et transis, guettant un signe de sa part, et il les étudia un moment sans mot dire.

Ensuite il jeta le sac de canards à l'arrière du camion, plaça son fusil en travers de la banquette, monta à bord et recula lentement jusqu'à la route. Il laissa passer la voiture, puis il la suivit jusqu'à l'intersection et s'arrêta. Il regarda leurs feux arrière s'éloigner en direction de Toppenish. Il les avait mis dehors. C'était cela seul qui comptait. Et pourtant, sans savoir pourquoi, il lui semblait qu'il venait de subir un échec très grave.

Mais il ne s'était rien passé.

Le vent avait amené des nappes de brouillard du fond de la vallée. Lorsqu'il descendit pour ouvrir le portail, Waite discerna une pâle lueur sur la véranda de Charley Treadwell. Il était sûr de ne pas l'avoir vue dans l'après-midi. Le chien l'attendait, couché devant l'étable. Il bondit vers lui et se mit à renifler les canards avec agitation. Waite se hissa le sac sur l'épaule et se dirigea vers la maison. Il s'arrêta dans la véranda pour remettre le fusil en place et posa le sac par terre à côté du placard. Il nettoierait les canards le lendemain, ou le surlendemain.

– Lee? fit la voix de Nina.

Waite ôta son chapeau, dévissa l'ampoule du plafonnier et resta immobile un moment dans la pénombre tranquille. Ensuite, il ouvrit la porte.

Nina était assise à la table de la cuisine, sa boîte à couture posée près d'elle sur une chaise. Elle tenait à la main un carré de toile de jean. Deux des chemises de Lee étaient étalées sur la table, en compagnie d'une paire de ciseaux. Waite prit une tasse en fer-blanc, la remplit d'eau à la pompe, puis il passa la main sur l'étagère au-dessus de l'évier et en ramena une poignée de ces cailloux multicolores que les gosses collectionnaient. L'étagère supportait également une pomme de pin séchée et quelques grandes feuilles d'érable parcheminées qu'ils avaient ramassées durant l'été. Waite jeta un coup d'œil dans la dépense, mais il n'avait pas faim. Il marcha jusqu'à la porte et s'adossa au chambranle.

La maison était petite. Il n'y avait pas d'endroit où s'isoler.

Il y avait deux chambres à l'arrière, celle des enfants et une autre, attenante à la première, que Nina et Waite partageaient avec la mère de ce dernier. Parfois, l'été, Nina et Waite dormaient dehors. Il n'y avait jamais moyen de s'isoler. La mère de Waite était toujours dans son fauteuil à côté du poêle, mais à présent elle avait une couverture sur les jambes. Ses paupières étaient ouvertes et ses petits yeux noirs étaient fixés sur lui.

– Les enfants voulaient attendre ton retour, dit Nina, mais je leur ai dit que tu voulais qu'ils aillent se coucher.

– Tu as bien fait, dit-il. Il fallait qu'ils se couchent, c'est vrai.

– J'avais peur, dit Nina.

– Peur ? dit-il en feignant l'étonnement. Et toi ma mère, tu avais peur aussi ?

La vieille femme resta muette. Ses doigts s'affairaient sur les bords de la couverture, la rajustaient pour faire écran aux courants d'air.

– Comment te sens-tu, Nina ? Tu te sens mieux ce soir ?

Il attira une chaise à lui et s'assit à côté de la table.

Sa femme fit oui de la tête. Waite ne dit rien d'autre. Simplement, il abaissa son regard et se mit à gratter la table de l'ongle de son pouce gauche.

– Tu les as attrapés ? interrogea Nina.

– Deux gamins, dit-il. Je les ai laissés partir.

Il se leva, passa de l'autre côté du poêle, cracha dans le coffre à bois et resta debout, les deux mains accrochées aux poches arrière de son jean. Derrière le poêle, la cloison en bois était noircie et cloquée. La forme confuse d'un filet de pêche entortillé autour des pointes d'un trident à saumon dépassait d'une étagère au-dessus de sa tête. Il n'arrivait pas à comprendre ce que c'était. Il l'examina, les yeux plissés.

— Je les ai laissés partir, dit-il. Peut-être que je n'ai pas été assez dur avec eux.

— Tu as bien fait, dit Nina.

Il jeta un coup d'œil en direction de sa mère. Mais la vieille femme était impassible. Elle se bornait à le fixer de ses yeux noirs.

— Je ne sais pas, dit-il.

Il essaya d'y réfléchir, mais déjà il lui semblait que tout cela était très vieux.

— J'aurais dû leur faire plus peur que ça, dit-il.

Il regarda sa femme.

— Ils étaient sur mes terres, ajouta-t-il. J'aurais pu les tuer.

— Tuer qui? dit sa mère.

— Deux gamins qui s'étaient introduits sur nos terres de Cowiche Road. C'est à leur sujet que Joseph Eagle a téléphoné.

D'où il se tenait, il voyait les doigts de sa mère qui se mouvaient dans son giron, suivant le tracé en relief du motif ornemental de la couverture. Il se pencha au-dessus du poêle. Il aurait voulu dire autre chose, mais quoi? Rien ne lui venait.

Il revint sur ses pas, s'arrêta près de la table et se rassit. Et là, il s'aperçut qu'il avait toujours son pardessus. Il se leva, le déboutonna avec des gestes gourds, l'ôta et le posa sur la table. Il approcha sa chaise des genoux de Nina, croisa les bras sur sa poitrine et s'agrippa des doigts aux manches de sa chemise.

— Je me suis dit que je pourrais peut-être louer cette terre à un club de chasse. Elle ne nous sert à rien telle qu'elle est là, pas vrai? Si la maison était là-bas ou si la terre était ici, juste devant chez nous, ça serait différent, bien sûr.

Il y eut un silence que rompait seul le crépitement du feu dans le poêle. Waite posa les deux mains à plat sur la table, et il sentit les battements de son pouls qui lui remontaient vers les coudes.

— Je pourrais la louer à un des clubs de chasseurs de canards de Toppenish. Ou de Yakima. Ils seraient enchantés de pouvoir accéder à un terrain de chasse comme celui-là, en plein sur le trajet des migrations. C'est un des meilleurs de toute la vallée... Evidemment, si j'en avais l'usage pour une chose ou une autre, ça ne serait pas pareil, mais...

Il laissa sa phrase en suspens.

Nina se déplaça sur sa chaise et dit :

— Si tu penses qu'il faut le faire, fais-le. C'est à toi de voir. Moi, je ne sais pas.

— Moi non plus, dit Waite.

Son regard courut le long du plancher, effleura sa mère et s'arrêta sur le trident à saumon. Il se leva en secouant la tête. Pendant qu'il traversait la minuscule pièce, la vieille dame pencha la tête de côté, posa la joue contre le dossier de son fauteuil, et continua à l'observer en rétrécissant les yeux. Il leva la main, dégagea avec quelque difficulté le trident et le filet entortillé autour de l'étagère en bois mal équarri et se retourna. Il était derrière le fauteuil de sa mère. Il regarda la tête menue et brune, le châle de grosse laine marron qui épousait parfaitement l'arrondi des épaules. Il retourna le trident entre ses mains et entreprit de démêler le filet.

— Combien est-ce que tu en tirerais? dit Nina.

Ça, il n'en avait pas la moindre idée. Et même, ça lui brouillait un peu la tête. Il acheva de décrocher le filet et replaça le trident sur l'étagère. Dehors, une branche basse racla bruyamment le flanc de la maison.

— Lee?

Il n'était sûr de rien. Il faudrait qu'il se renseigne. L'automne précédent, Mike Chuck avait loué trente arpents pour cinq cents dollars, et Jerome Shinpa louait une portion de ses terres chaque année, mais Waite ne lui avait jamais demandé ce qu'il en obtenait.

– Mille dollars, peut-être, fit-il.
– Mille dollars! s'exclama Nina.

Il fit oui de la tête. La stupéfaction de sa femme le soulageait.

– Peut-être bien, ma foi. Ou même plus. Faudra voir. Faudra que je me renseigne pour savoir la somme exacte.

Ça faisait beaucoup d'argent. Il essaya de s'imaginer avec mille dollars devant lui. Il ferma les yeux et fit un effort pour se concentrer.

– Il ne s'agirait pas d'une vente, n'est-ce pas? demanda Nina. Si tu leur loues cette terre, tu en resteras propriétaire quand même?

– Oui, oui, ça sera toujours ma terre!

Il s'avança vers elle et se pencha par-dessus la table.

– Tu sais bien que ce n'est pas pareil, Nina! Tu sais bien qu'ils ne peuvent pas acheter de la terre sur la réserve! Je leur loue ma terre et ils s'en servent, c'est tout.

– Je vois, dit-elle.

Elle baissa les yeux et tripota la manche d'une de ses chemises.

– Mais ils seront obligés de te la rendre? Elle sera toujours à toi?

– Tu ne comprends donc pas? dit-il en serrant avec force les bords de la table. Il s'agit d'une location!

– Qu'est-ce que la mère va dire? demanda Nina. Tu crois qu'elle sera d'accord?

Ensemble, ils se tournèrent vers la vieille dame. Mais elle avait les yeux fermés et paraissait dormir.

Mille dollars! Plus peut-être, il ne savait pas au juste. Mais rien que mille dollars, déjà! Il se demanda comment il s'y prendrait pour faire savoir qu'il avait une terre à louer. Pour cette année, il était déjà trop tard, mais il faudrait qu'il commence à poser des questions à droite et à gauche dès le printemps. Il croisa les bras sur sa poitrine et il essaya de réfléchir. Ses jambes se mirent à flageoler et il s'appuya au mur. Il resta un moment dans cette position, puis il se laissa lentement glisser le long de la paroi jusqu'à ce qu'il soit assis sur les talons.

— Ce n'est qu'une location, dit-il.

Il fixa le sol à ses pieds et il lui sembla que le plancher basculait vers lui. Il ferma les yeux et plaça ses deux mains sur les côtés de sa tête pour s'équilibrer. Ensuite l'idée lui vint de disposer ses mains en coupe sur ses oreilles pour entendre un mugissement semblable à celui du vent qui hurle dans un coquillage.

POURQUOI L'ALASKA ?

Ce jour-là, Carl finissait à trois heures. Il quitta le garage, prit sa voiture et se rendit dans un magasin de chaussures de son quartier. Il posa son pied sur le tabouret et laissa le vendeur lui délacer son gros godillot d'ouvrier.
— Il me faudrait quelque chose de confortable, dit-il. Pour tous les jours.
— Je dois avoir ça, dit le vendeur.
Il revint avec trois modèles différents et Carl jeta son dévolu sur des chaussures beiges, en cuir souple, très légères au pied. Il régla son achat et mit sous son bras le carton dans lequel le vendeur avait rangé ses godillots. Il regardait ses nouvelles chaussures tout en marchant. Tandis qu'il roulait vers chez lui, il lui sembla que son pied passait d'une pédale à l'autre avec une aisance inaccoutumée.
— Tiens, tu t'es acheté des chaussures, lui dit Mary. Fais voir.
— Elles te plaisent? demanda Carl.
— Je n'aime pas la couleur, mais elles ont l'air confortables. Et puis tu en avais besoin. Il les inspecta encore une fois.
— Je vais prendre un bain, annonça-t-il.
— On dînera de bonne heure, dit Mary. On est invités chez Helen et Jack ce soir. Helen a offert

une pipe à eau à Jack pour son anniversaire et ils meurent d'envie de l'étrenner.

Mary le dévisagea.

– Alors, tu es partant ou pas?
– C'est à quelle heure?
– Vers les sept heures.
– Je suis partant, dit Carl.

Elle regarda encore ses chaussures en se mâchant l'intérieur des joues.

– Va prendre ton bain, lui dit-elle.

Carl fit couler l'eau, ôta ses chaussures et se déshabilla. Il resta allongé dans la baignoire un moment, ensuite il usa d'une brosse pour se débarrasser du cambouis incrusté sous ses ongles. Il laissa retomber ses mains, puis il les releva jusqu'à ses yeux.

La porte de la salle de bains s'ouvrit et Mary parut.

– Je t'ai apporté une bière, dit-elle.

Un nuage de vapeur s'échappa dans le living en tourbillonnant autour d'elle.

– J'ai presque fini, dit-il avant de boire une gorgée de bière.

Elle s'assit sur le rebord de la baignoire et lui posa une main sur la cuisse.

– Le repos du guerrier, dit-elle.
– Le repos du guerrier, dit Carl.

Mary laissa errer ses doigts en travers des poils mouillés de sa cuisse. Ensuite elle frappa dans ses mains.

– Au fait, dit-elle, j'ai une nouvelle! J'ai été à une entrevue aujourd'hui et je crois que je vais décrocher un poste – à *Fairbanks* !

– En Alaska?

Elle fit oui de la tête.

– Qu'est-ce que tu dis de ça? demanda-t-elle.

— J'ai toujours rêvé d'aller en Alaska. Tu es sûre de ton coup?

A nouveau, elle fit oui de la tête.

— Je leur ai tapé dans l'œil. Ils doivent me recontacter dans une semaine.

— C'est super, dit Carl. Passe-moi une serviette, s'il te plaît. Je vais sortir.

— Je vais mettre la table, dit Mary.

Il avait le bout des doigts et les orteils pâles et fripés. Il s'essuya avec des gestes lents, enfila des vêtements propres et remit ses chaussures neuves. Ensuite il se peigna et alla rejoindre Mary dans la cuisine. Il but une autre bière pendant qu'elle disposait le dîner sur la table.

— Ils ont demandé qu'on amène du soda à la crème et des trucs à grignoter, dit-elle. Il faudra qu'on fasse un saut au supermarché.

— Du soda à la crème et des trucs à grignoter? Okay, dit Carl.

Après qu'ils eurent dîné, Carl aida Mary à débarrasser. Ensuite ils prirent la voiture pour se rendre au supermarché où ils achetèrent du soda à la crème, des pommes chips, des chips de maïs et des biscuits apéritifs à l'oignon. Au moment de passer à la caisse, Carl ajouta à leurs achats une poignée de mini-Mars.

— Bonne idée, fit Mary en les voyant.

Ils retournèrent chez eux, garèrent la voiture et s'en allèrent à pied chez Helen et Jack, qui n'habitaient qu'à un bloc de là.

C'est Helen qui vint leur ouvrir. Carl posa le sac de supermarché sur la table de la salle à manger. Mary se laissa tomber sur le rocking-chair et se mit à renifler l'air.

— On arrive trop tard, dit-elle. Ils ont commencé sans nous, Carl.

Helen s'esclaffa.

— On a fumé un joint quand Jack est rentré,

mais on n'a pas encore touché à la pipe. On attendait votre arrivée.

Debout au centre de la pièce, elle les regardait, un large sourire aux lèvres.

— Voyons ce que contient ce sac, dit-elle. Oh! là là! Je crois que je vais me manger sur-le-champ une de ces chips de maïs. Vous en voulez?

— On vient juste de dîner, dit Carl. On verra ça tout à l'heure.

L'eau avait cessé de couler, et Carl entendit Jack qui sifflotait dans la salle de bains.

— On a des Popsicles[1] et des Smarties, dit Helen en plongeant la main dans le sachet de pommes chips. Si Jack se décide un jour à sortir de sa douche, il mettra la pipe à eau en route.

Elle ouvrit le paquet de biscuits à l'oignon et en enfourna un.

— Ils sont vachement bons, dis donc, fit-elle.

— Je ne sais pas ce qu'Emily Post dirait de ta conduite, dit Mary.

Helen éclata de rire et secoua la tête.

Jack sortit de la salle de bains.

— Bonsoir, tout le monde! Salut, Carl. Qu'est-ce qu'il y a de si drôle? ajouta-t-il avec un sourire. Je vous ai entendus vous marrer.

— On se moquait d'Helen, dit Mary.

— C'est Helen qui riait, dit Carl.

— Elle est marrante, dit Jack. Oh! toutes ces bonnes choses! Eh les mecs, on se boit un verre de soda à la crème? Je vais mettre la pipe en route.

— Moi, j'en veux bien un verre, dit Mary. Et toi Carl?

— Oui, moi aussi, dit Carl.

— Carl flippe un peu ce soir, dit Mary.

---

1. Le Popsicle est une sorte d'esquimau dans lequel la glace est remplacée par un sorbet ou plus exactement de l'eau colorée et aromatisée. (N.d.T.)

— Pourquoi tu dis ça? dit Carl en la regardant. C'est une bonne manière de me faire flipper.
— Je plaisantais, dit Mary.
Elle se leva du rocking-chair et vint s'asseoir à côté de lui sur le divan.
— Je plaisantais, minou.
— Allez Carl, flippe pas, dit Jack. Je vais vous montrer mon cadeau d'anniversaire. Helen, ouvre donc une bouteille de soda à la crème pendant que je mets la pipe en route. J'ai une de ces soifs!
Helen posa les chips et les biscuits sur la table à café, ensuite elle produisit une bouteille de soda à la crème et quatre verres.
— Nous voilà partis pour faire la fête, dit Mary.
— Si je ne me serrais pas la ceinture toute la journée, je prendrais cinq kilos par semaine, dit Helen.
— Je vois ce que tu veux dire, dit Mary.
Jack ressortit de la chambre à coucher avec la pipe à eau.
— Hein, qu'est-ce que tu en penses? demanda-t-il à Carl.
— Elle est super, dit Carl.
Il la prit, l'examina.
— Ça s'appelle un hookah, dit Helen. En tout cas, c'est le nom qu'ils lui donnaient là où je l'ai achetée. C'est un petit modèle, mais ça nous suffit amplement.
Elle éclata de rire.
— Où tu l'as achetée? dit Mary.
— Hein? Oh! dans cette petite boutique de la Quatrième Rue, tu sais bien, dit Helen.
— Ah! oui, je vois, dit Mary.
Elle croisa les mains et suivit des yeux les gestes de Jack.
— Comment ça marche? demanda Carl.
— Tu mets ton herbe ici, dit Jack. Ensuite tu l'allumes par là, puis tu aspires par ce tube et la

fumée est filtrée par l'eau. Ça lui donne bon goût et ça fait boum dans la tête.

– J'en offrirais bien une à Carl pour Noël, dit Mary.

Elle regarda Carl, lui sourit et lui effleura le bras d'une caresse.

– Ça serait le pied, dit Carl.

Il étendit les jambes pour examiner ses chaussures sous la lumière.

– Tiens, essaie, dit Jack en rejetant un mince filet de fumée et en passant le tube à Carl. Tu vas voir, c'est génial.

Carl tira sur le tube, avala la fumée et passa le tube à Helen.

– Mary d'abord, dit Helen. Je viens après. Faut bien que vous nous rattrapiez.

– Là, je discute pas, dit Mary. Elle s'inséra l'embout entre les lèvres et tira deux rapides bouffées. Carl regardait les bulles qu'elle soulevait.

– C'est vraiment cool, dit Mary en passant le tube à Mary.

– On l'a étrennée hier soir, dit Helen en éclatant d'un rire sonore.

– Ce matin, en se levant avec les gosses, elle était encore défoncée, dit Jack.

Il s'esclaffa et regarda Helen tirer sur le tube.

– Comment ils vont, vos gamins ? interrogea Mary.

– Oh ! bien, dit Jack en se fourrant le tube dans la bouche.

Carl sirotait son soda à la crème en regardant les bulles dans le hookah. Elles lui faisaient penser à celles qui s'échappent d'un masque de plongée. Il imaginait un lagon, des bancs de poissons fabuleux.

Jack lui passa le tube.

Carl se leva, s'étira.

– Où tu vas, minou ? lui demanda Mary.

— Nulle part, dit-il.

Il se laissa retomber sur le divan, secoua la tête et se mit à sourire.

— Bon dieu! fit-il.

Helen éclata de rire.

— Qu'est-ce qu'il y a de drôle? fit Carl au bout d'un très long moment.

— Ah! ça, j'en sais rien, dit Helen.

Elle s'essuya les yeux et repartit à rire. Mary et Jack se mirent à rire aussi.

Un moment après, Jack dévissa la tête de la pipe et il souffla dans le tuyau.

— Des fois, ça se bouche, expliqua-t-il.

— A quoi tu pensais quand tu as dit que je flippais? demanda Carl à Mary.

— Quoi? fit Mary.

Carl la regarda fixement et il battit des cils.

— Tu as dit que je flippais tout à l'heure. A propos de quoi tu disais ça?

— Je ne m'en souviens pas, dit-elle. Quand tu flippes, je le sens toujours. Mais je t'en prie, nous colle pas de mauvaises vibrations, d'accord?

— D'accord, dit Carl. Mais tout de même, je ne sais pas pourquoi tu as dit ça. Avant je flippais pas, mais il a suffit que tu dises ça pour que ça commence à plus aller.

— Qui se sent galeux, se gratte, dit Mary.

Elle se rencogna contre l'accoudoir du divan et rit jusqu'à ce que des larmes lui montent aux yeux.

— Qu'est-ce qui se passe? dit Jack.

Il regarda Carl, puis regarda Mary.

— Là, j'ai pas suivi, dit-il.

— J'aurais dû préparer une sauce pour les chips, dit Helen.

— Est-ce qu'il n'y avait pas une autre bouteille de soda à la crème? dit Jack.

— On en a acheté deux, dit Carl.

— Est-ce qu'on les a bues toutes les deux? dit Jack.

— Ah! parce qu'on en a bu? dit Helen en riant. Non, je n'en ai ouverte qu'une. Enfin, il me semble. Je n'ai pas souvenir d'en avoir débouché plus d'une, acheva-t-elle en riant.

Carl tendit le tube à Mary. Elle lui prit la main et la guida de façon à ce qu'il lui insère lui-même l'embout entre les lèvres. Une éternité plus tard, il vit la fumée s'échapper des commissures de ses lèvres.

— Au fait, et ce soda à la crème, alors? dit Jack.

Helen et Mary s'esclaffèrent.

— Oui, qu'est-ce qu'il devient? dit Mary.

— Eh bien, je me disais qu'on pourrait peut-être s'en boire un verre, dit Jack.

Il regarda Mary et il sourit.

— Qu'est-ce que vous avez à vous marrer? dit Jack.

Il regarda Helen, puis Mary et ensuite il secoua la tête.

— Qu'est-ce que vous avez, hein? dit-il.

— On va peut-être aller en Alaska, dit Carl.

— En Alaska? fit Jack. Pourquoi l'Alaska? Qu'est-ce que vous y feriez?

— On pourrait aller faire un tour, dit Helen.

— Pourquoi, t'es pas bien ici? dit Jack. Mais qu'est-ce que vous feriez en Alaska? Sérieusement. J'aimerais bien savoir.

Carl se mit une chip dans la bouche et avala une gorgée de soda à la crème.

— Je sais pas. Qu'est-ce que tu disais?

Il y eut un silence, puis Jack dit :

— Pourquoi l'Alaska?

— Oh! moi, j'en sais rien, dit Carl. T'as qu'à demander à Mary. C'est elle qui est au courant. Eh, Mary, qu'est-ce que je vais faire en Alaska? Peut-être que je cultiverai des choux géants, ceux sur lesquels tu as lu un article.

— Non, des citrouilles, dit Helen. Fais plutôt pousser des citrouilles.

— Tu ferais ton beurre, dit Jack. Tu les expédierais ici pour Halloween. Et moi, je les distribuerais.

— Jack serait ton mandataire, dit Helen.

— C'est ça, dit Jack. On se ferait du blé.

— On serait riches, dit Mary.

Quelque temps plus tard, Jack se leva.

— La seule chose qui manque à mon bonheur, c'est un peu de soda à la crème, dit-il.

Helen et Mary éclatèrent de rire.

— C'est ça, marrez-vous, dit Jack avec un sourire. Qui veut du soda à la crème?

— Du quoi? dit Mary.

— Du soda à la crème, dit Jack.

— En te voyant te dresser comme ça, j'ai cru que t'allais nous faire un discours, dit Mary.

— Tiens, j'avais pas pensé à ça, dit Jack.

Il secoua la tête et se mit à rire. Puis il se rassit.

— Elle est bonne, cette herbe, dit-il.

— On aurait dû en prendre plus, dit Helen.

— Plus de quoi? dit Mary.

— Plus de fric, dit Jack.

— On n'en a pas, dit Carl.

— Il me semble avoir aperçu des mini-Mars dans ce sac, dit Helen.

— C'est moi qui les ai achetés, dit Carl. Je les ai repérés in extremis.

— C'est bon, les mini-Mars, dit Jack.

— Ça fond dans la bouche et pas dans les mains, dit Mary.

– On a des Popsicles et des Smarties si quelqu'un en veut, dit Jack.

– Je veux bien un Popsicle, dit Mary. Tu vas dans la cuisine?

– Oui, et il faut aussi que j'amène le soda à la crème, dit Jack. Je viens de m'en rappeler. Vous en voulez un verre?

– Tu n'as qu'à tout amener et on verra bien, dit Helen. Les Smarties aussi, hein.

– Ça serait peut-être plus commode d'installer la cuisine ici, dit Jack.

– Quand on vivait en ville, dit Mary, les gens disaient qu'on pouvait reconnaître ceux qui avaient passé la soirée à se défoncer à l'état de leur cuisine au réveil. A cette époque-là, on avait une cuisine minuscule, dit-elle.

– Oui, nous aussi, dit Carl.

– Bon, je vais voir ce que je peux dégoter, dit Jack.

– Je t'accompagne, dit Mary.

Ils se dirigèrent vers la cuisine et Carl les suivit des yeux. Il se laissa aller en arrière contre le coussin et il les regarda marcher. Puis, très lentement, il pencha le buste en avant et plissa les yeux. Il vit Jack lever le bras pour atteindre une étagère dans un placard mural. Il vit Mary qui s'approchait de Jack par-derrière et l'enlaçait.

– Non, vous êtes sérieux? dit Helen.

– Très sérieux, dit Carl.

– Pour l'Alaska, dit Helen.

Il la regarda d'un air interdit.

– J'ai cru que c'était de ça que vous parliez, dit Helen.

Jack et Mary ressortirent de la cuisine. Jack portait un grand paquet de Smarties et une bouteille de soda à la crème. Mary suçotait un Popsicle à l'orange.

– Quelqu'un veut un sandwich? dit Helen. On a tout ce qu'il faut pour faire des sandwichs.

– Tiens, c'est rigolo, dit Mary. On commence par le dessert, et ensuite on passe au plat de résistance.

– Très rigolo, dit Carl.

– Tu es sarcastique, minou? dit Mary.

– Qui veut du soda à la crème? dit Jack. Allez, j'offre une tournée générale.

Carl tendit son verre et Jack le remplit à ras bord. Carl voulut le poser sur la table à café, mais il heurta brutalement le plateau et se renversa du soda sur le pied.

– Oh! nom de dieu! dit Carl. Tu parles d'une guigne! J'en ai foutu plein ma chaussure.

– Helen, on a du sopalin? Va lui chercher du sopalin, dit Jack.

– Ce sont des chaussures neuves, dit Mary. Il vient de les acheter.

– Elles ont l'air confortables, dit Helen un long moment plus tard, tout en tendant à Carl une serviette en papier.

– C'est ce que je lui ai dit, dit Mary.

Carl ôta sa chaussure et en frotta le cuir avec la serviette en papier.

– Elle est fichue, dit-il. Ça partira jamais, cette cochonnerie.

Mary, Jack et Helen éclatèrent de rire.

– Ça me rappelle un truc que j'ai lu dans le journal, dit Helen.

Elle s'appuya sur le nez de la pointe de l'index et contracta les paupières.

– Tiens, j'ai oublié, dit-elle.

Carl se rechaussa, plaça ses deux pieds sous la lampe et considéra ses deux chaussures ensemble.

– Qu'est-ce que tu as lu ? dit Jack.
– Quoi ? fit Helen.
– Tu as dit que tu avais lu quelque chose dans le journal, dit Jack.

Helen éclata de rire.

– Oh ! en pensant à l'Alaska, je me suis rappelée de cet homme préhistorique qu'on a découvert dans un bloc de glace. Ça m'est revenu, je ne sais pas pourquoi.
– Ils ne l'ont pas trouvé en Alaska, dit Jack.
– N'empêche, c'est à ça que j'ai pensé, dit Helen.
– Au fait, c'est quoi, cette histoire d'Alaska ? demanda Jack.
– Il n'y a rien en Alaska, dit Carl.
– Il est complètement parano, dit Mary.
– Qu'est-ce que vous allez faire en Alaska ? dit Jack.
– Il n'y a rien à faire en Alaska, dit Carl.

Il mit ses pieds sous la table à café, puis les ressortit et les plaça à nouveau dans la lumière.

– Qui veut une paire de chaussures neuves ? dit-il.
– C'est quoi, ce bruit ? dit Helen.

Ils tendirent l'oreille. Quelque chose grattait à la porte.

– Ça doit être Cindy, dit Jack. Je vais lui ouvrir.
– Pendant que tu seras debout, va donc me chercher un Popsicle, dit Helen.

Elle rejeta la tête en arrière et elle rit.

– Moi aussi, j'en voudrais un autre, minou, dit Mary. Quoi, qu'est-ce que je dis ? Pas minou, *Jack*, corrigea-t-elle. Excuse-moi, je te prenais pour Carl.
– Et une tournée de Popsicles, une ! dit Jack. Tu en veux, Carl ?

— Quoi?
— Tu veux un Popsicle à l'orange?
— A l'orange? Oui, oui, dit Carl.
— Et quatre Popsicles, quatre! dit Jack.

Quelques instants plus tard, il reparut avec les Popsicles et les distribua à la ronde. Quand Jack se fut rassis, le grattement se fit entendre à nouveau.

— Je savais bien que j'oubliais quelque chose, dit Jack.

Il se leva, marcha jusqu'à la porte et l'ouvrit.

— Bon sang, fit-il. Ça alors, c'est quelque chose. Cindy est allée se chercher à dîner. Eh les mecs, regardez ça.

La chatte tenait une souris dans la gueule. Elle pénétra dans la pièce, s'arrêta pour les regarder, puis s'éloigna dans le couloir avec sa souris.

— Vous avez vu ce que j'ai vu? dit Mary. Alors là, pour un flip, c'en est un.

Jack alluma la lumière du couloir. La chatte quitta le couloir et entra dans la salle de bains avec sa proie.

— Elle la bouffe, dit Jack.
— Je tiens pas à ce qu'elle mange une souris dans ma salle de bains, dit Helen. Fais-là sortir de là, Jack. Il y a des trucs aux enfants là-dedans.
— Elle ne veut pas sortir, dit Jack.
— Et la souris, qu'est-ce qu'elle va devenir? dit Mary.
— Bah, dit Jack. Si nous devons partir en Alaska, vaut mieux que Cindy apprenne à chasser.
— En Alaska? fit Helen. Mais pourquoi tu parles tout le temps de l'Alaska?
— C'est pas à moi qu'il faut le demander, dit Jack.

Debout à côté de la porte de la salle de bains, il observait la chatte.

— Mary et Carl s'en vont en Alaska. Donc, vaut mieux que Cindy apprenne à chasser.

Mary se posa le menton sur les mains et fixa le couloir d'un regard vide.

— Elle bouffe la souris, dit Jack.

Helen avala la dernière chip de maïs qui restait.

— Je lui ai dit que je ne voulais pas que Cindy mange une souris dans la salle de bains, dit-elle. Jack ?

— Quoi ?

— Je t'ai dit de la faire sortir de la salle de bains, dit Helen.

— Oh ! bon dieu, dit Jack.

— Regardez ! dit Mary. Beurk ! Elle vient par ici.

— Qu'est-ce qu'elle fait ? demanda Carl.

La chatte traîna la souris sous la table à café. Elle s'allongea sous la table et se mit à lécher la souris. Elle maintenait la souris entre ses pattes et lui passait lentement la langue sur tout le corps.

— La chatte est défoncée, dit Jack.
— Quelle horreur ! dit Mary.
— C'est la nature, dit Jack.
— Regarde ses yeux, dit Mary. T'as vu comme elle nous regarde ? C'est vrai qu'elle est défoncée.

Jack s'avança jusqu'au canapé et s'assit à côté de Mary. Mary se poussa vers Carl pour lui faire de la place, et elle posa la main sur le genou de Carl.

Ils regardèrent la chatte manger sa souris.

— Vous ne la nourrissez donc jamais, cette bête ? demanda Mary à Helen.

Helen éclata de rire.

— Eh les copains, vous voulez qu'on s'en fume une autre ? demanda Jack.

– Va falloir qu'on y aille, dit Carl.
– Vous êtes pressés ? demanda Jack.
– Restez encore un peu, dit Helen. Vous allez quand même pas partir si vite.

Carl fixait Mary, Mary fixait Jack et Jack fixait un point sur la moquette, à ses pieds.

Helen fouilla dans le paquet de Smarties qu'elle tenait à la main.

– Ce sont les verts que je préfère, dit-elle.
– Moi je travaille demain matin, dit Carl.
– Ah! là là, qu'est-ce qu'il flippe! dit Mary. Vous voulez voir un vrai beau flip, vous autres? En voilà un!
– Bon, tu viens? dit Carl.
– Quelqu'un veut un verre de lait? demanda Jack. On en a une bouteille au frigo.
– Je me suis trop bourrée de soda à la crème, dit Mary.
– Il n'y a plus de soda à la crème, dit Jack.

Helen se mit à rire. Elle ferma les yeux, les rouvrit, puis se remit à rire.

– Faut qu'on y aille, dit Carl.

Au bout d'un moment, il se leva et dit :

– On avait des manteaux? Non, hein?
– Quoi? Des manteaux? Non, je crois pas, dit Mary sans faire mine de se lever.
– Allez, viens, on s'en va, dit Carl.
– Ils sont obligés de partir, dit Helen.

Carl prit Mary sous les aisselles et la hissa sur ses pieds.

– Salut, les mecs! dit Mary.

Elle se cramponna à Carl.

– Je suis tellement pleine que je peux à peine remuer, dit Mary.

Helen s'esclaffa.

– Helen trouve toujours une raison de rire, dit Jack, et il sourit. Qu'est-ce qui te fait rire, Helen?

– Je sais pas. Quelque chose que Mary a dit, dit Helen.
– Qu'est-ce que j'ai dit ? dit Mary.
– Je m'en souviens pas, dit Helen.
– Faut qu'on y aille, dit Carl.
– Allez, bye, dit Jack. Portez-vous bien.
Mary essaya de rire.
– Allons-y, dit Carl.
– Bonne nuit tout le monde, dit Jack, et Carl l'entendit ajouter d'une voix extraordinairement lente : Bonne nuit, Carl.

Dehors, Mary prit Carl par le bras et avança, la tête basse. Ils progressaient avec lenteur sur le trottoir. Carl écoutait le raclement des talons de Mary sur l'asphalte. Il perçut un aboiement de chien, très sec et nettement délimité, à travers le bourdonnement lointain de la circulation qui résonnait dans ses oreilles.
Mary leva la tête.
– En arrivant à la maison, Carl, je veux que tu me baises, que tu me parles, que tu me divertisses. Divertis-moi, Carl. J'ai besoin d'être divertie ce soir.
Elle serrait son bras avec une force redoublée.
Sa chaussure mouillée donnait à Carl une sensation de moiteur. Il ouvrit la porte et actionna le commutateur.
– Viens te coucher, dit Mary.
– J'arrive, dit-il.
Il alla dans la cuisine et but deux verres d'eau. Ensuite il éteignit dans la salle de séjour et gagna la chambre en tâtonnant le long mur.
– Carl ! Carl ! hurla Mary.
– C'est moi, bon dieu ! fit-il. Je n'arrive pas à allumer.
Il trouva la lampe. Mary était au lit. Elle se

dressa sur son séant. Elle avait les yeux brillants. Carl régla le réveil et entreprit de se déshabiller. Ses genoux tremblaient.

– On a de quoi fumer? dit Mary.
– Non, on n'a rien, dit Carl.
– Prépare-moi un verre, alors. On a bien quelque chose à boire. Tu ne vas pas me dire qu'il n'y a rien à boire, dit-elle.
– De la bière, c'est tout.
Ils se dévisagèrent.
– Bon, va pour une bière, dit Mary.
– C'est vrai, t'en veux une?
Elle hocha la tête, lentement, en se mordillant la lèvre.

Quand il revint avec la bière, elle était assise, son oreiller posé sur ses genoux. Il lui mit la boîte de bière dans la main, se coucha et remonta les couvertures.

– J'ai oublié de prendre ma pilule, dit Mary.
– Quoi?
– Ma pilule – je l'ai oubliée.
Carl se releva et alla lui chercher sa pilule. Elle ouvrit les yeux et il posa sa pilule sur sa langue tendue. Elle avala la pilule avec une gorgée de bière et se remit dans le lit.

– Tiens, prends ça, lui dit-elle. Mes yeux se ferment tout seuls. Carl posa la boîte de bière sur le plancher et demeura sur son côté du lit, le regard perdu dans les ténèbres du couloir. Mary lui posa un bras en travers des côtes et fit ramper ses doigts jusqu'à sa poitrine.

– Pourquoi l'Alaska? dit-elle.

Il se retourna sur le ventre et s'écarta d'elle tout doucement. Lorsqu'il arriva à l'extrême bord du lit, elle ronflait déjà.

Au moment où il allait éteindre la lampe de chevet, il lui sembla discerner quelque chose dans le couloir. Il regarda plus attentivement et, à nouveau, il crut voir une paire d'yeux. De très petits yeux. Il battit des cils et continua à regarder. Il se pencha hors du lit, en quête d'un projectile quelconque. Il s'empara d'une de ses chaussures et s'assit dans le lit. Il se tenait très droit et agrippait sa chaussure à deux mains. Il entendit Mary qui ronflait et serra les dents. Puis il resta là, à l'affût du moindre son, du plus petit mouvement.

COURS DU SOIR

Mon mariage venait de capoter et j'étais sans travail. J'avais bien une petite amie, mais elle était en voyage. Si bien que j'étais dans un bar, devant un demi de bière. Deux bonnes femmes étaient assises à quelques tabourets du mien, et voilà qu'une des deux s'est mise à me parler.

– Vous avez une voiture ?
– Oui, mais je l'ai pas là, j'ai dit.

La voiture, c'est ma femme qui l'avait. Je crèchais chez mes parents, et quelquefois ils me passaient la leur. Mais ce soir-là, j'étais piéton.

L'autre bonne femme m'a regardé. Elles avaient dans les quarante ans, si ce n'est plus.

– Qu'est-ce que tu lui as dit ? elle a demandé à la première.
– J'y demandais s'il avait une voiture.
– Alors, t'en as une ? m'a dit la seconde.
– Comme je disais à votre amie, j'en ai une, mais je l'ai pas là avec moi.
– Ça nous fait une belle jambe, elle a dit.

L'autre s'est mise à rire.

– On vient d'avoir une idée de génie, mais pour la réaliser on aurait besoin d'une bagnole. Dommage.

Elle s'est tournée vers le barman pour lui réclamer deux autres bières.

Moi je faisais durer la mienne et j'ai vidé mon verre en espérant qu'elles allaient me payer le coup. Mais non.

– Qu'est-ce que vous faites dans la vie ? m'a demandé la première.

– En ce moment, je ne fais rien, j'ai dit. Mais quelquefois, à l'occasion, je suis des cours.

– Il suit des cours, elle a expliqué à sa copine. Il est étudiant. Où est-ce que vous étudiez ?

– A droite à gauche, j'ai répondu.

– Je t'avais bien dit qu'il avait une tête d'étudiant, elle a fait.

– Et qu'est-ce que t'étudies ? m'a dit l'autre.

– Oh ! un peu de tout ! j'ai dit.

– Oui, mais pour faire quel métier ? elle m'a dit. Dans quel but ? Tu as bien un but dans la vie. Tout le monde en a un.

J'ai levé mon verre vide en direction du barman. Il me l'a pris et m'a tiré un autre demi. J'ai sorti ma monnaie pour le régler, ce qui me laissait avec trente *cents* sur les deux dollars avec lesquels j'avais commencé la soirée. La bonne femme attendait sa réponse.

– Je veux enseigner, j'ai dit. Etre prof.

– Il veut être prof, elle a dit.

Je buvais ma bière à petites gorgées. Quelqu'un a mis une pièce dans le juke-box. La chanson était une des préférées de ma femme. J'ai promené mon regard autour de la salle. Non loin de la porte ouverte, deux types disputaient une partie de palets. Dehors, il faisait nuit.

– Nous aussi on étudie, vous savez, m'a dit la première bonne femme. On suit des cours.

– Des cours du soir, a dit l'autre. On y va tous les lundis. Des cours d'alphabétisation.

– Venez donc vous asseoir par ici, monsieur le professeur, m'a dit la première. Comme ça on n'aura pas besoin de s'égosiller.

J'ai pris ma bière et mon paquet de cigarettes et je me suis déplacé de deux tabourets.

– Voilà qui est mieux, elle a dit. Donc, si j'ai bien compris, vous faites vos études?

– Ça m'arrive, oui, mais pas en ce moment.

– Où ça?

– Au Collège d'Etat.

– Ah! oui c'est vrai, elle a dit. Ça me revient à présent.

Elle a jeté un coup d'œil à sa copine et elle a continué :

– Au Collège d'Etat, ils ont un prof qui s'appelle Patterson. Le nom vous dit quelque chose? Il s'occupe aussi de formation permanente. Ces cours que nous suivons chaque lundi soir, c'est lui qui les donne. Patterson et vous, vous avez comme un air de famille.

Elles se sont regardées et elles ont ri.

– Faut pas faire attention, a dit la première. C'est une petite plaisanterie intime. On lui parle de notre idée, Edith? Hein, on lui dit ce qu'on pensait faire?

Sans répondre, Edith a bu une gorgée de bière et s'est regardée – nous a regardés tous les trois – dans le miroir du bar en rétrécissant les yeux.

– On se disait comme ça, a continué la première, que si on avait eu une bagnole on aurait pu faire un saut chez lui ce soir. Chez Patterson. Hein, Edith?

Edith riait toute seule. Elle a fini sa bière et elle a demandé une autre tournée – qui cette fois m'incluait. Elle a réglé les trois demis avec un billet de cinq dollars.

– Patterson, il picole sec, a dit Edith.

– Ça, tu peux le dire, a fait l'autre bonne femme en se retournant vers moi. On en a parlé un soir pendant le cours. Patterson nous a dit qu'il buvait du vin à tous les repas et qu'il s'enfilait toujours un cocktail ou deux avant le dîner.

– C'est quoi comme genre de cours? j'ai demandé.

– Un cours d'alphabétisation. Mais il aime bavarder, Patterson.

– On apprend à lire, dit Edith. C'est incroyable, non?

– Moi, j'aimerais lire du Hemingway, des trucs comme ça, a dit l'autre bonne femme. Mais Patterson ne nous fait lire que des histoires condensées, comme celles du *Reader's Digest*.

– Chaque lundi soir, on passe un examen, a dit Edith. Mais il est sympa, Patterson. Si on débarquait pour boire un coup chez lui, ça le chiffonnerait pas. Et même si ça le chiffonnait, ça n'y changerait rien. On sait des choses sur son compte. A Patterson, elle a précisé.

– On est en java ce soir, a dit l'autre. Mais la voiture d'Edith est au garage.

– Si t'avais ta bagnole, là, on aurait pu faire un saut chez lui, a dit Edith.

Elle m'a dévisagé.

– Tu pourrais dire à Patterson que tu veux être prof aussi. Ça vous ferait un sujet de conversation.

J'ai éclusé le reste de ma bière. J'avais rien avalé de la journée, à part quelques cacahuètes. J'avais du mal à écouter et encore plus à parler.

– Trois autres bières, s'il te plaît, Jerry, a dit la première bonne femme au barman.

– Merci, j'ai dit.

– Tu t'entendrais bien avec Patterson, a dit Edith.

– Bon, ben appelez-le, j'ai dit.

Je croyais que c'était du flan, leur histoire.

– Ah! non, je suis pas folle! a dit Edith. Il trouverait un prétexte pour se défiler. Mais si on débarque à l'improviste, il sera bien forcé de nous laisser entrer.

Elle s'est remise à siroter sa bière.

— Allons-y, alors! s'est écriée l'autre. Qu'est-ce qu'on attend? Où elle est, déjà, votre voiture?

— Dans la rue, à deux minutes d'ici, j'ai dit. Mais je sais pas.

— Tu veux venir ou tu veux pas? a dit Edith.

— Puisqu'il te dit qu'il veut bien, a fait l'autre. On prendra un pack de six pour la route.

— Je n'ai que trente *cents*, j'ai dit.

— On s'en fout, a dit Edith. C'est pas ton fric qui nous intéresse, c'est ta bagnole. Jerry, sers-nous-en trois autres. Et un pack de six à emporter.

— Je bois à Patterson, a fait l'autre quand nos verres ont été pleins. A Patterson et à ses cocktails.

— Il va en rester comme deux ronds de flan, a dit Edith.

— Allez, cul sec! a fait l'autre.

Sur le trottoir, on a pris vers le sud, en direction des faubourgs. Je marchais entre les deux bonnes femmes. Il devait être dans les dix heures.

— J'en boirais bien une tout de suite, j'ai dit.

— Tiens, sers-toi, m'a dit Edith.

Elle m'a ouvert le sac en papier et j'ai détaché une boîte du pack de six.

— Pourvu qu'il soit chez lui, a dit Edith.

— Patterson, a dit l'autre. On pense qu'il doit y être, mais on en est pas sûres.

— C'est encore loin? a demandé Edith.

Je me suis arrêté, j'ai levé la boîte de bière au-dessus de ma bouche et j'en ai éclusé la moitié d'un coup.

— Au prochain coin de rue, j'ai dit. Devant chez mes parents. J'habite avec eux.

— Oh! y a pas de honte à ça, a dit Edith. Mais tout de même, à ton âge!
— Ne sois pas impolie, Edith, a dit l'autre.
— Je suis comme ça, moi, a dit Edith. Il faudra qu'il s'y fasse, voilà tout. C'est ma manière d'être.
— Elle est comme ça, m'a dit l'autre.
J'ai terminé la bière et j'ai jeté la boîte vide dans un carré d'herbes folles.
— On y est bientôt? a dit Edith.
— On est arrivés, j'ai dit. C'est là. Je vais tâcher de leur soutirer la clé.
— Bon, mais fais vite, a dit Edith.
— On vous attend dehors, a dit l'autre.
— Oh! purée! a fait Edith.

J'ai ouvert avec ma clé et j'ai descendu les marches. Mon père était en pyjama devant la télé. Il faisait chaud dans l'appartement. Je suis resté adossé au chambranle un instant en me frottant les yeux.
— J'ai bu quelques bières, j'ai dit. Qu'est-ce que tu regardes?
— John Wayne, il a dit. C'est pas mal comme film. Assieds-toi et regarde aussi. Ta mère n'est pas encore rentrée.
Ma mère fait les soirs chez *Paul's*, une brasserie munichoise. Mon père, lui, ne travaille plus. Dans le temps, il était bûcheron, mais il a dû s'arrêter à la suite d'un accident. On lui a versé une indemnité mais il n'en est pas resté lourd. Quand ma femme m'a plaqué, je lui ai demandé de me prêter deux cents dollars et il a pas pu. Il avait les larmes aux yeux quand il m'a refusé ce prêt, et il m'a dit qu'il espérait que je ne lui en voudrais pas. J'ai répondu que c'était pas grave, qu'il n'y avait pas de raison que je lui en veuille.

Je savais qu'il me dirait non cette fois aussi, mais je me suis assis à l'autre bout du divan et je lui ai dit :

— J'ai rencontré deux bonnes femmes et elles m'ont demandé si je pourrais pas les reconduire chez elles.

— Et qu'est-ce que tu leur as dit ? a fait mon père.

— Elles m'attendent dehors.

— Eh bien, laisse-les attendre, il a dit. Y aura bien quelqu'un qui les récupérera. Tu vas pas te fourrer dans des histoires, non ?

Il a secoué la tête.

— Non, c'est pas vrai, tu leur as quand même pas dit où t'habitais ? Elles t'attendent pas vraiment en haut de l'escalier ?

Il s'est légèrement déplacé sur le divan et il s'est remis à regarder la télé.

— Et d'ailleurs, ta mère a emporté les clés.

Sur quoi il a hoché la tête, lentement, sans quitter l'écran des yeux.

— Oh ! ça fait rien, j'ai dit. J'ai pas besoin de la voiture. J'ai nulle part où aller.

Je me suis levé pour aller jeter un coup d'œil dans le couloir. C'est là que je dors, sur un lit de camp. Près du lit de camp, il y a une petite table sur laquelle sont posés un cendrier, un réveil Lux et quelques vieux bouquins tout écornés. En général, je me couche vers minuit, je lis jusqu'à ce que les lettres se brouillent devant mes yeux et je m'endors sur mon livre, en laissant la lampe brûler toute la nuit. Dans un des bouquins que je lis j'ai trouvé un passage qui m'a fait une impression terrible, même que je me suis dit qu'il faudrait que je le raconte à ma femme. Ça parlait d'un homme qui fait un cauchemar dans lequel il est en train de rêver. Il se réveille et il voit un homme debout à la fenêtre de sa chambre. L'homme qui rêve a tellement peur qu'il reste paralysé. C'est à peine s'il peut respirer. L'homme à la fenêtre reste un moment à inspecter l'intérieur de la chambre, puis il se met à arracher le treillage de la fenêtre. L'homme qui rêve ne peut pas bouger. Il voudrait hurler, mais il ne peut pas parce qu'il a le souffle coupé. Là-dessus, la lune surgit de derrière un nuage et l'homme qui rêve reconnaît son visiteur. C'est son meilleur ami. C'est le meilleur ami de l'homme qui rêve, mais l'homme qui fait ce cauchemar ne le connaît ni d'Eve ni d'Adam.

Quand j'ai raconté ça à ma femme, j'avais le feu aux joues et des picotements au cuir chevelu. Mais ça l'a laissée froide.

— Tout ça, c'est de la littérature, elle m'a dit. Le vrai cauchemar, ce serait d'être trahi par un membre de sa propre famille.

Je les ai entendues secouer la porte de devant. J'ai entendu des pas sur le trottoir, au-dessus de ma fenêtre.

— Le sale petit pourri! a fait la voix d'Edith.

Je suis allé dans la salle de bains et j'y suis resté un bon moment. Ensuite, j'ai monté l'escalier et je suis ressorti. Il faisait plus froid que tout à l'heure. J'ai remonté la fermeture Eclair de mon blouson et suis parti à pied dans la direction de chez *Paul's*. Si j'y arrivais avant que ma mère quitte son poste, je pourrais me taper un sandwich à la dinde. Après ça, je pourrais passez chez Kirby, le marchand de journaux, et feuilleter quelques magazines. Ensuite je rentrerais me coucher et je lirais mes bouquins jusqu'à ce que le sommeil me prenne.

Les deux bonnes femmes n'étaient plus là quand je suis sorti, et il n'y avait guère de risques pour qu'elles soient là à mon retour.

L'ASPIRATION

J'ÉTAIS sans travail, mais je devais recevoir des nouvelles du Nord incessamment. Allongé sur le canapé, j'écoutais le bruit de la pluie. De temps en temps, je me levais pour jeter un coup d'œil à travers le rideau, des fois que le facteur s'amènerait.

Mais la rue était vide, morte.

Je ne m'étais pas recouché depuis cinq minutes que j'ai entendu quelqu'un qui gravissait les marches du perron, faisait une brève pause, puis frappait. Je suis resté coi, sachant que ça ne pouvait être le facteur. Le facteur, je connaissais son pas. Quand on est chômeur, on n'est jamais trop circonspect. Les mises en demeure et les sommations pleuvent. Tantôt elles arrivent par la poste, tantôt on vous les glisse sous la porte. Y en a même qui viennent vous voir pour discuter, surtout si on n'a pas le téléphone.

On a frappé une deuxième fois, plus fort. Ça n'augurait rien de bon. Je me suis soulevé tout doucement et j'ai essayé de voir qui c'était. Mais mon visiteur se tenait tout contre la porte. Là aussi, c'était mauvais signe. Comme le parquet grinçait, je ne pouvais pas passer à côté pour regarder par l'autre fenêtre sous peine de me trahir.

On a frappé une troisième fois et j'ai crié : Qui c'est?

Mon nom est Aubrey Bell, a fait une voix d'homme. Vous êtes Mr Slater?

Qu'est-ce que vous voulez? j'ai demandé sans quitter mon canapé.

J'ai quelque chose pour Mrs. Slater. Quelque chose qu'elle a gagné. Est-ce que Mrs. Slater est là?

Mrs. Slater n'habite pas ici, ai-je dit.

Ah! bon, mais vous êtes bien Mr Slater? a dit l'homme. Mr Slater... et là, il a éternué.

Je me suis levé, j'ai tiré le verrou et j'ai entrebâillé la porte. C'était un vieux bonhomme ventripotent, engoncé dans un imperméable qui le faisait paraître encore plus gros. L'imper était trempé et dégouttait sur la grosse valise pansue qu'il tenait à la main.

Il a souri, a posé sa valise par terre et m'a tendu la main.

Aubrey Bell, il a annoncé.

Je ne vous connais pas, j'ai dit.

Mrs. Slater..., il a commencé. Mrs. Slater a rempli un questionnaire. Il a sorti de sa poche intérieure un paquet de petites cartes et il les a compulsées un moment. Mrs. Slater, il a lu, 255, Sixième Rue Est? Vous voyez, Mrs. Slater figure bien au nombre des gagnants.

Il a ôté son chapeau et, avec un hochement de tête solennel, il en a frappé le flanc de son imper d'un geste qui semblait dire, tout est réglé, l'affaire est dans le sac, la course est finie, la ligne d'arrivée franchie.

Il attendait.

Mrs. Slater n'habite pas ici, j'ai dit. Elle a gagné quoi? Je vais vous montrer, il a dit. Je peux entrer?

Je sais pas, j'ai dit. Ça va prendre longtemps ? J'ai pas que ça à faire.

Très bien, il a dit. Mais permettez que je me défasse d'abord de cet imperméable. Et de mes caoutchoucs. Je m'en voudrais de cochonner votre moquette. Car je constate que vous avez une moquette, mon cher monsieur, euh...

A la vue de la moquette, une brève lueur s'était allumée dans ses yeux. Il a frissonné, puis il a ôté son imper, l'a secoué et l'a accroché au bouton de la porte. Un portemanteau qui en vaut bien un autre, il a dit. Quel temps de chien, dites donc. Il s'est plié en deux pour dégrafer ses caoutchoucs. Il a tiré sa valise à l'intérieur de la pièce, il s'est déchaussé et il est entré. Sous les caoutchoucs, il était en pantoufles.

J'ai fermé la porte. Voyant que je reluquais ses pantoufles, il m'a dit : W. H. Auden avait des chaussons aux pieds quand il a débarqué en Chine pour la première fois et il ne les a pas quittés de tout le voyage. Les cors.

J'ai haussé les épaules et, après avoir jeté un dernier coup d'œil dans la rue pour voir si le facteur n'arrivait pas, j'ai refermé la porte pour de bon.

Aubrey Bell inspectait ma moquette. Une grimace lui fendait la bouche. Puis il s'est mis à rire. Il riait à gorge déployée, en agitant la tête.

Qu'est-ce qu'il y a de drôle ? j'ai demandé.

Rien, rien ! Oh ! seigneur, il a fait, et il s'est remis à rire. Je crois que je débloque un peu. Je dois avoir de la fièvre. Il a porté une main à son front. Le chapeau avait laissé une marque circulaire à la naissance de ses cheveux, qui étaient collés contre son crâne. A votre avis, est-ce que je suis brûlant ? il a dit. Si ça se trouve, je suis vraiment fiévreux. Il fixait toujours la moquette. Vous n'auriez pas une aspirine ?

Mais qu'est-ce que vous avez? j'ai dit. Vous n'allez pas être malade, dites donc. Je tiens pas à me retrouver avec un malade sur les bras. J'ai autre chose à faire, moi.

Il a fait un signe de dénégation, il s'est affalé sur le canapé et il s'est mis à trifouiller la moquette de la pointe d'une de ses pantoufles.

Je suis allé à la cuisine, j'ai rincé un verre et j'ai déniché un flacon d'aspirine dont j'ai fait tomber deux cachets.

Tenez, je lui ai dit. Et après, j'aimerais autant que vous partiez.

Est-ce que Mrs. Slater vous a autorisé à parler en son nom? il m'a craché. Non, non, oubliez ça, je n'ai rien dit. Il s'est essuyé le visage, puis il a avalé son aspirine en promenant son regard sur la pièce nue. Ensuite il s'est penché en avant avec difficulté et il a débouclé les sangles qui retenaient sa grosse valise. La valise s'est ouverte en deux, révélant des compartiments qui abritaient un jeu complet de brosses, de tuyaux, de tubes chromés et une espèce de machine bleue, d'aspect pesant, montée sur de petites roulettes. Il a fixé sur ces objets un regard où se lisait comme de l'étonnement puis, d'une voix basse et pleine de dévotion, il m'a demandé si je savais ce que c'était.

Je me suis approché. On dirait un aspirateur, mais je vous avertis tout de suite que je ne suis pas preneur, j'ai dit. Ne comptez pas sur moi pour vous acheter un aspirateur.

Je vais vous montrer quelque chose, il a dit. Il a sorti une petite carte de la poche de sa veste. Regardez, il m'a dit en me la tendant. Il n'a jamais été question que vous achetiez quoi que ce soit. Mais cette signature, là, vous voyez? C'est la signature de Mrs. Slater, oui ou non?

J'ai examiné la fiche. Je l'ai levée vers la

lumière. Je l'ai retournée, mais le verso était vierge de toute inscription. Et alors ? j'ai dit.

La carte de Mrs. Slater a été tirée au hasard dans une corbeille qui contenait des centaines d'autres cartes en tous points pareilles à celle-ci. Mrs. Slater est au nombre des heureux gagnants. Elle a gagné un nettoyage complet, avec shampouinage de moquette. Sans obligation de sa part. Je suis même supposé aspirer votre matelas, mon cher monsieur, euh... Vous serez éberlué en voyant ce qui peut s'amasser dans un matelas au fil des mois, au fil des ans. Chaque jour, chaque nuit de notre vie nous perdons d'infimes parcelles de nous-mêmes, toutes sortes de menus résidus, de petites squames minuscules qui tombent de çà, de là. Et savez-vous où elles vont, ces petites miettes de nos êtres ? Eh bien, je vais vous le dire : elles traversent nos draps, s'incrustent dans nos matelas ! Et dans nos oreillers aussi, bien entendu.

Tout en parlant, il sortait des sections de tube chromé et les sertissait les unes dans les autres. Il a inséré le long tube ainsi obtenu dans le tuyau flexible. Il était à genoux. Il grognait. Il a fixé un suceur de forme triangulaire à l'extrémité du tube, puis il a extirpé de la valise le machin bleu à roulettes.

Il m'a fait examiner le filtre avant de le mettre en place.

Vous avez une voiture ? il m'a demandé.

Non, je n'en ai pas, j'ai dit. Si j'en avais une, je vous emmènerais quelque part. Dommage, il a fait. Cette petite machine est équipée d'un cordon prolongateur de dix-huit mètres. Si vous aviez eu une automobile, nous aurions pu pousser notre petite machine jusqu'à elle et rien n'aurait été plus facile que de nettoyer l'épais tapis de sol et la soyeuse peluche de vos sièges inclinables. Vous seriez surpris de voir combien de petites miettes de nous-mêmes s'amassent au fil des ans dans ces luxueux tissus.

Mr Bell, je crois que vous feriez mieux de remballer votre bazar et de vous tirer, j'ai dit. Je vous dis cela sans aucune animosité.

Mais il était occupé à explorer la pièce des yeux, à la recherche d'une prise. Il en a trouvé une au pied du canapé. Le moteur a démarré avec une secousse brutale, en produisant un affreux bruit de casserole, comme s'il renfermait une bille ou en tout cas une pièce disjointe. Ensuite il s'est mis à ronronner régulièrement.

Rilke a été toute sa vie de château en château. Les mécènes! Il parlait fort, pour couvrir le bourdonnement de l'aspirateur. Il ne montait qu'exceptionnellement à bord d'une automobile. Sa préférence allait aux trains. Et regardez Voltaire à Cirey, avec Madame du Châtelet. Son masque mortuaire. Quelle sérénité! Il a levé la main droite comme si je m'apprêtais à le contredire. Non, non, ce n'est pas vrai, n'est-ce pas? Inutile de me le dire. Mais qui sait? Sur quoi il a fait demi-tour et il s'est dirigé vers l'autre pièce en traînant sa machine derrière lui.

Il y avait un lit, une fenêtre. Sur le matelas, juste un drap et un oreiller. Le reste de la literie était par terre, en tas. Il a dépouillé l'oreiller de sa taie, puis il a arraché le drap d'un geste preste. Il a étudié le matelas et il m'a jeté un regard torve. Je suis allé chercher la chaise dans la cuisine, je l'ai posée dans l'encadrement de la porte, je me suis assis dessus et j'ai observé son manège. Après avoir placé le suceur contre sa paume pour s'assurer qu'il aspirait bien, il s'est baissé pour tourner un bouton sur le corps de l'aspirateur. Il faut le mettre à pleine puissance pour ce genre de boulot, il m'a dit. Il a vérifié une seconde fois la succion, ensuite il a tiré le tube flexible jusqu'à la tête du lit et il a commencé à passer le suceur sur le matelas en descendant vers le bas. Le suceur tirait la toile à lui. Le moteur rugissait. Au bout de trois passages, il a arrêté la machine. Il a enfoncé un levier et le couvercle s'est soulevé. Il a décroché le filtre. Le filtre n'est là qu'à titre de démonstration, il m'a dit. En temps normal tout ceci, toute cette *matière*, aboutirait dans le sac à poussière. Ici, vous voyez? Il a saisi un peu de matière poudreuse entre le pouce et l'index. Le filtre en contenait la valeur d'une tasse.

Il faisait une de ces têtes.

Ce matelas n'est pas le mien, j'ai dit. Je me suis penché en avant sur ma chaise en m'efforçant de prendre un air intéressé.

L'oreiller à présent, il a dit. Il a posé le filtre usagé sur l'appui de la fenêtre et il est resté un instant à regarder dehors avant de se retourner vers moi. Je vous demanderai de bien vouloir tenir cet oreiller pour moi, il m'a dit.

Je me suis levé et j'ai empoigné deux coins de l'oreiller. J'avais l'impression de tenir une bête par les oreilles.

Comme ça? j'ai demandé.

Il a hoché affirmativement la tête, puis il est retourné dans l'autre pièce et en a ramené un deuxième filtre. Combien ça coûte, ces machins-là? j'ai demandé.

Oh! presque rien, il m'a dit. Ce n'est jamais que du papier et un petit bout de plastique. Ça ne peut pas coûter bien cher.

Il a actionné la commande de l'aspirateur du pied et je me suis cramponné à l'oreiller tandis que le suceur se déplaçait vers le bas en creusant un profond sillon. Il l'a passé trois fois, puis il a arrêté l'aspirateur. Il a retiré le filtre et il l'a levé sans mot dire. Après l'avoir posé sur l'appui de la fenêtre, à côté du premier, il a ouvert la porte de la penderie et il a jeté un coup d'œil à l'intérieur, mais elle ne contenait qu'un paquet de souricide.

J'ai entendu des pas sur le perron, puis le bruit de la boîte aux lettres qui s'ouvrait et se refermait avec un claquement. On s'est entreregardés.

Il a regagné l'autre pièce en tirant l'aspirateur avec lui et je lui ai emboîté le pas. La lettre était tombée sur le tapis, juste devant la porte, face contre terre.

On est restés figés un moment à la regarder, puis j'ai esquissé un pas dans sa direction. Mais avant de l'avoir atteinte, je me suis retourné et j'ai dit : Vous avez fini? Il se fait tard. Cette moquette ne vaut pas la peine qu'on s'embête avec. Ce n'est même pas une vraie moquette, ce n'est qu'une chute de thibaude que j'ai achetée en solde. Vous cassez pas la tête pour ça.

Auriez-vous un cendrier plein? il a dit. Une plante en pot, peut-être? Une poignée de terre, ce serait l'idéal.

Je lui ai trouvé le cendrier. Il s'en est emparé, l'a retourné au-dessus de la moquette, a écrasé la cendre et les mégots sous sa pantoufle. Puis il s'est remis à genoux et il a mis en place un nouveau filtre. Il a ôté sa veste et l'a jetée sur le canapé. Il avait des auréoles de sueur sous les aisselles, et sa bedaine débordait au-dessus de sa ceinture. Il a dévissé le suceur et l'a remplacé par un embout rectangulaire. Il a réglé le disque de tension, il a mis l'aspirateur en marche en enfonçant le bouton du pied et il s'est mis à aller et venir sur la moquette usée. Il n'en finissait pas. A deux reprises, j'ai esquissé un mouvement en direction de la lettre. Mais on aurait dit qu'il devinait mes intentions et s'arrangeait pour me barrer la route avec ses tubes, son tuyau flexible, qui passaient et repassaient inlassablement devant moi.

J'ai ramené la chaise dans la cuisine et je me suis installé là pour le regarder opérer. Au bout d'un moment, il a arrêté sa machine, en a ouvert le couvercle et, en silence, m'a apporté le filtre bourré de cheveux, de poussières et d'autres infimes débris. Je l'ai examiné, puis je me suis levé et je suis allé le mettre à la poubelle.

Il a repris son labeur sans rien dire. Les explications, c'était fini. Il est entré dans la cuisine avec une bouteille qui contenait un ou deux décilitres de liquide vert. Il a placé la bouteille sous le robinet, l'a remplie.

Je ne peux rien vous payer, vous savez, je lui ai dit. Je ne pourrais pas vous donner un dollar, même si ma vie en dépendait. Il va falloir me passer par profit et pertes, voilà tout. Vous perdez votre temps avec moi.

Je voulais que tout soit bien clair. Qu'il n'y ait aucun malentendu.

Il a continué son manège. Il a placé un nouvel embout à l'extrémité du tuyau et a exécuté une manœuvre compliquée pour fixer sa bouteille à l'embout en question. Puis il a passé l'aspirateur sur la moquette. Il avançait lentement, en lâchant de temps à autre de courtes giclées de liquide émeraude qu'il faisait mousser à l'aide de sa brosse.

J'avais dit ce que j'avais sur le cœur. Je me sentais moins noué. Mollement avachi sur ma chaise de cuisine, je le regardais travailler. Par moments, je détachais mon regard de ce spectacle pour le poser sur la fenêtre. La pluie tombait régulièrement, et il commençait à faire nuit. Il a arrêté l'aspirateur. Il était dans un angle de la pièce, juste à côté de la porte d'entrée.

Vous voulez du café ? j'ai dit.

Il était hors d'haleine. Il s'est essuyé la figure.

J'ai mis de l'eau à chauffer et le temps qu'elle arrive à ébullition et que je l'ai versée dans les tasses il avait démonté sa machine et rangé toutes les pièces dans sa valise. Ensuite, il a ramassé la lettre. Il a regardé à qui elle était adressée et il a soigneusement examiné le nom de l'expéditeur. Il a plié la lettre en deux et l'a fourrée dans sa poche revolver. Je ne le quittais pas des yeux, mais c'est tout. Je n'ai rien fait d'autre. Le café était déjà tiède.

C'est pour un certain Mr Slater, il a dit. Je m'en charge. Puis il a ajouté : Pour le café, vous m'excuserez. J'aime autant ne pas marcher sur cette moquette. Je viens juste de la shampouiner.

Oui, c'est vrai, j'ai dit. Ensuite j'ai dit : Vous êtes sûr que la lettre est bien à ce nom-là ?

Il a récupéré sa veste sur le canapé, l'a enfilée et a ouvert la porte. Il pleuvait toujours. Il a glissé ses pieds dans les caoutchoucs, les a attachés, a enfilé son imperméable. Ensuite il s'est retourné vers moi.

Vous voulez la voir ? il a dit. Vous n'avez pas confiance en moi ?

C'est juste que ça me paraît bizarre, j'ai dit.

Bon, il faut que je me sauve, il m'a dit. Mais il n'a pas bougé. Alors, vous le prenez, cet aspirateur ?

J'ai regardé la grosse valise, bouclée et prête pour le départ.

Non, j'ai dit. J'aime mieux pas. Je dois déménager sous peu. Il ne ferait que m'encombrer.

Très bien, il a fait avant de tirer la porte derrière lui.

QU'EST-CE QUE VOUS FAITES,
À SAN FRANCISCO ?

Tout ça n'a rien à voir avec moi. C'est au sujet de ce jeune couple qui s'est installé au début de l'été dernier avec ses trois gamins dans une maison de mon circuit. Dimanche, en ouvrant mon journal, j'ai vu la photo d'un jeune gars de San Francisco qui avait tué sa femme et l'amant de sa femme à coups de batte de base-ball, et ça m'a fait penser à eux. Ce n'était pas le même homme, bien entendu, mais il y avait comme un air de famille, à cause de la barbe. Et puis la situation n'était pas sans rapport.

Mon nom est Henry Robinson. Je suis facteur des postes, entré dans la fonction publique en 1947. J'ai vécu dans l'Ouest toute ma vie, mis à part un séjour de trente-six mois dans l'armée pendant la guerre. Je suis divorcé depuis vingt ans et père de deux enfants que je n'ai pas revus depuis presque aussi longtemps. Je ne suis pas un être frivole, mais le sérieux n'est pas non plus le trait dominant de mon caractère. A mon avis, nous sommes dans une époque où il vaut mieux savoir doser les deux. J'accorde aussi une grande valeur au travail. Plus il est dur et mieux ça vaut. Un homme qui ne travaille pas a trop de temps à tuer, trop de moments où il n'a rien de mieux à faire que de se regarder le nombril et de s'appesantir sur ses problèmes.

Je suis persuadé que c'est en partie de cela que ce garçon souffrait. D'un excès d'oisiveté. Mais à mon avis c'était aussi la faute de la fille. Elle l'encourageait dans cette voie.

Des beatniks. C'est probablement ce que vous auriez dit en les voyant. Le garçon arborait un petit bouc brun à la pointe du menton et il avait l'air de quelqu'un à qui un bon repas suivi d'un bon cigare aurait fait le plus grand bien. Avec ses longs cheveux noirs qui tranchaient sur son teint clair, la fille avait du chien, il faut le reconnaître. Mais vous pouvez m'en croire, comme épouse et comme mère, elle valait pas tripette. Elle était artiste-peintre. Le garçon, je ne sais pas ce qu'il faisait. Un truc de la même farine, sans doute. Ils ne travaillaient ni l'un ni l'autre, mais ils payaient leur loyer et ils se débrouillaient pour vivre. En tout cas, ils se sont débrouillés cet été-là.

C'est un samedi matin, vers les onze heures, que je les ai vus pour la première fois. J'avais fait les deux tiers de ma tournée et en entrant dans leur rue j'ai avisé une Ford conduite intérieure de 1956 garée dans leur jardin. Une grosse remorque de déménagement, ouverte, était attachée à l'arrière de la Ford. Pine Street ne compte qu'un unique pâté de trois maisons et ils occupaient la dernière. Les deux autres étaient habitées par les Murchison, qui étaient arrivés à Arcata un an plus tôt, et les Grant, qui vivaient là depuis deux ans. Murchison travaillait chez Simpson, la grande scierie spécialisée dans le séquoia, et Grant était cuistot chez Denny's, dans l'équipe du matin. Ces deux maisons, ensuite un terrain vague, puis la maison du bout, qui jadis était celle des Cole.

Le garçon était dans la cour, debout derrière la remorque, et la fille venait de surgir sur le seuil de la porte. Elle avait une cigarette aux lèvres et portait un jean blanc moulant et un maillot de corps en coton blanc – un maillot d'homme. Elle s'est arrêtée en me voyant et elle m'a regardé avancer le long du trottoir. En arrivant à la hauteur de leur boîte aux lettres, j'ai ralenti le pas et je leur ai adressé un signe de tête.

– Alors, ai-je dit, l'installation se passe bien?

– Oh! ça ne sera pas bien long, m'a répondu la femme en écartant du revers de la main une mèche de cheveux qui lui retombait sur le front, sans cesser de tirer sur sa cigarette.

– Tant mieux, ai-je dit. Bienvenue à Arcata.

Aussitôt que j'ai eu dit ça, j'ai éprouvé comme une gêne. J'ignore pourquoi, mais j'ai toujours été mal à l'aise en présence de cette femme. C'est aussi pour cette raison que je l'ai instantanément prise en grippe.

Elle a ébauché un vague sourire et au moment où je m'éloignais, le garçon (il s'appelait Marston) a surgi de derrière la remorque, un grand carton de jouets dans les bras. Quoique Arcata n'ait rien d'une grande ville, on ne peut pas dire non plus que ça soit un trou perdu. Mais même si Arcata est loin d'être le bout du monde, les gens d'ici sont presque tous de l'espèce laborieuse. Les uns travaillent dans l'industrie du bois, d'autres ont des activités en rapport avec la pêche, et le restant est employé dans les magasins du centre. Si bien que les barbus, on n'en voit guère par chez nous. Un barbu, pour nous, c'est un oiseau rare – aussi rare qu'un homme qui ne travaille pas.

Je lui ai dit bonjour, il a posé son carton sur le capot de la voiture et je lui ai tendu la main.

– Mon nom est Henry Robinson, lui ai-je dit. Vous venez juste d'arriver?

— Hier soir, a-t-il dit.
— Quelle équipée! s'est exclamée la femme du haut de la véranda. Il nous a fallu quatorze heures pour monter de San Francisco, en traînant cette saleté de remorque.
— Eh bien, eh bien, ai-je fait en hochant la tête. San Francisco? Tiens, justement, j'y étais encore pas plus tard qu'en avril dernier, ou peut-être fin mars.
— Ah bon, vous y allez? a-t-elle dit. Qu'est-ce que vous faites, à San Francisco?
— Oh, rien de spécial. J'y descends une ou deux fois par an. Je traîne un peu à Fisherman's Wharf, je vais à un match de base-ball, et ça s'arrête là.

Il y a eu un silence que Marston a mis à profit pour remuer quelque chose dans l'herbe du bout du pied. Au moment où j'allais m'éloigner, les gosses se sont rués hors de la maison en hurlant et ils ont couru comme des dératés jusqu'à l'extrémité de la véranda. La porte à treillis s'est ouverte avec une telle violence que j'ai cru que Marston allait sauter en l'air, mais il n'a pas bronché. Il est resté là, les bras croisés, froid comme un marbre. Il n'avait pas l'air bien du tout. Tous ses gestes étaient saccadés, empreints de nervosité. Et ses yeux — il avait des yeux diablement fuyants.

Les enfants étaient trois. Deux fillettes aux cheveux bouclés qui paraissaient âgées de quatre ou cinq ans et un garçonnet haut comme trois pommes qui trottinait derrière elles.

— Ils sont mignons, vos gosses, ai-je dit. Bon, ben je vais continuer ma route, moi. Vous devriez peut-être changer le nom sur la boîte.
— Ah! oui! m'a-t-il dit. Oui, bien sûr. Je m'en occuperai d'ici un jour ou deux. Mais, de toute façon, on ne devrait pas recevoir de courrier avant un certain temps.
— Qui sait? ai-je dit. Cette vieille sacoche, on ne

sait jamais ce qu'elle vous réserve. Il vaut mieux être prêt à tout.

J'ai avancé d'un pas, puis j'ai ajouté :

— Au fait, si vous voulez du boulot dans les scieries, je peux vous dire qui il faut voir. J'ai un ami qui est contremaître chez Simpson. Il aurait sûrement quelque chose à vous...

Voyant que ça n'avait pas l'air de les intéresser, je me suis tu.

— Non, merci, m'a-t-il dit.

— Il n'a pas besoin de boulot, a renchéri la femme.

— Bon, eh bien au revoir.

— Salut, a fait Marston.

Mais la femme n'a pas proféré un mot de plus.

Comme je vous le disais, ça se passait un samedi, à la fin mai. Le lundi qui suivait étant Memorial Day, la poste était fermée, si bien que je ne suis pas repassé avant mardi. Je ne dirais pas que j'ai été surpris en constatant que la remorque était toujours à la même place. En revanche, quand j'ai vu qu'ils n'avaient même pas fini de la décharger, ça m'a sidéré. Seuls un fauteuil capitonné, une chaise de cuisine et un carton de vêtements aux rabats arrachés étaient arrivés jusqu'à la véranda. A vue de nez, ça devait représenter un quart du chargement. Un deuxième quart avait vraisemblablement rejoint l'intérieur de la maison, et la moitié restante était toujours dans la remorque. A l'arrière, le panneau mobile était baissé et les gosses s'amusaient à grimper dessus en tambourinant sur la carrosserie avec des bâtons. Leurs parents n'étaient nulle part en vue.

Le surlendemain, Marston était dans le jardin quand je suis passé et je lui ai signalé qu'il n'avait toujours pas changé le nom sur la boîte.

— Oui, il faudra que je me décide à le faire, m'a-t-il dit.
— Faut du temps, ai-je dit. On a des tas de choses à s'occuper quand on s'installe dans un nouveau logement. Les gens qui habitaient ici avant vous, les Cole, venaient juste de déménager quand vous êtes arrivés. Cole a été nommé à Eureka. Il est agent technique au génie rural.

Marston se lissait la barbe d'un air absent.
— Bon, à un de ces jours, lui ai-je dit.
— Salut, il a fait.

Bref, en fin de compte, il n'a jamais changé le nom sur la boîte aux lettres. Et dans les temps qui ont suivi, chaque fois que je m'amenais avec du courrier, il me faisait : « Marston ? Ah ! oui, c'est pour nous, ça, Marston... Va falloir que je change le nom sur cette boîte un de ces jours. Faudra que je me trouve un pot de peinture, et je n'aurai qu'à inscrire mon nom au-dessus de celui de ce... Cole. » Pendant qu'il disait cela, ses yeux se déplaçaient sans arrêt, ensuite il me regardait comme par en dessous et il soulignait sa déclaration d'un ou deux coups de menton. Mais il n'a jamais été plus loin que ça et au bout d'un moment je m'en suis fait une raison.

Il y a toujours des bruits qui courent. J'ai plus d'une fois entendu affirmer que c'était un ancien taulard, libéré sur parole, qui était venu à Arcata pour échapper à l'environnement malsain de San Franciso. D'après cette rumeur-là, la fille était mariée avec lui, mais il n'était pas le père des enfants. Une autre histoire faisait de lui un criminel en fuite, qui était venu ici se mettre au vert. Mais celle-là ne passait pas trop bien. On avait du mal à s'imaginer qu'un individu pareil fût capable de commettre un délit vraiment sérieux. L'histoire à laquelle les gens du coin accordaient le plus de crédit, ou en tout cas celle qui circulait le plus, était la plus horrible de toutes. D'après elle, la fille était une droguée et le mari l'avait amenée ici pour l'aider à se désintoxiquer. A l'appui de cette thèse, on mentionnait invariablement la visite que Sallie Wilson leur avait rendue au titre de représentante du Comité d'accueil. Elle avait débarqué chez eux à l'improviste un après-midi et elle était revenue de là en jurant ses grands dieux qu'il y avait anguille sous roche. Elle les avait trouvés bizarres, surtout la fille. Un instant elle était assise bien sagement en train d'écouter les discours de Sallie – et même de boire ses paroles, à ce qu'il semblait –, et l'instant d'après elle se levait brusquement et se mettait à travailler à sa toile comme si Sallie n'avait pas été là. Il y avait aussi sa manière de cajoler et de bécoter ses mioches puis de soudain se mettre à leur vociférer après sans raison apparente. Et même rien que ce *regard* qu'elle avait quand on s'approchait d'elle, disait Sallie Wilson. Mais ça faisait des années que Sallie Wilson fourrait son nez partout sous couvert de ses fonctions au sein du Comité d'accueil, et on savait bien qu'elle n'était qu'une vieille punaise.

– Qu'est-ce qu'on en sait ?

Voilà ce que je disais toujours quand on évoquait cette histoire devant moi.

– Qui connaît la vérité ? Ah ! si seulement il voulait bien aller bosser.

Mais néanmoins, j'avais bien l'impression qu'ils avaient eu leur lot d'embêtements à San Francisco, même si j'ignorais tout de la nature exacte des dits embêtements, et qu'ils étaient venus chercher refuge ici. Pourquoi est-ce qu'ils avaient choisi Arcata ? Ça, je serais bien en peine de vous le dire, mais en tout cas ce n'était pas dans l'espoir d'y trouver un emploi.

Les premières semaines il n'y a pratiquement pas eu de courrier, juste quelques prospectus de chez Sears, Western Auto et autres. Ensuite, les lettres ont commencé à arriver, mais il y en avait peu, une ou deux par semaine peut-être. Parfois je les apercevais l'un ou l'autre lors de mon passage, d'autres fois non. Mais les mioches étaient toujours là, galopant entre la maison et le jardin à travers la porte ouverte ou jouant dans le terrain vague d'à côté. La maison n'était déjà pas un modèle d'entretien à leur arrivée, mais leur présence n'a rien arrangé. La mauvaise herbe s'est mise à proliférer et le peu de gazon qu'ils avaient a commencé à se dessécher et à jaunir. Un spectacle pareil, ça vous fait mal au ventre. A ce que j'ai compris, le vieux père Jessup est venu les voir une ou deux fois pour leur dire d'arroser, mais ils ont prétendu qu'ils n'avaient pas de quoi se payer un tuyau. Il a fini par leur en donner un, de tuyau, mais quelque temps plus tard j'ai vu les gosses qui jouaient avec dans le pré d'à côté, et ça s'est arrêté là. A deux reprises, j'ai vu une petite voiture de sport blanche garée devant chez eux, et elle n'avait pas des plaques du comté.

Je n'ai eu directement affaire à la femme qu'une seule fois. J'étais allé frapper à leur porte, car j'avais une lettre avec une surtaxe de cinq *cents* à régler. Une des fillettes m'a fait entrer et elle a couru chercher sa mère. L'intérieur de la maison était encombré de tout un bric-à-brac de vieux meubles dépareillés et des vêtements traînaient dans tous les coins, mais à part ça c'était plutôt propre. Du désordre, sans doute, mais pas de crasse. Dans la salle de séjour, un vieux sofa et un fauteuil occupaient toute la longueur d'un mur. Au-dessous de la fenêtre, une étagère de fortune avait été montée à l'aide de briques et de planches, et elle était pleine à craquer de livres au format de poche. Dans un coin, des toiles superposées étaient appuyées face au mur et une autre toile, masquée d'un drap, trônait sur un chevalet à l'écart.

J'ai déplacé ma sacoche sur ma hanche et je n'ai pas bougé, mais je commençais à regretter de n'avoir pas réglé les cinq *cents* de ma poche. Je n'arrêtais pas de guigner le chevalet. Une forte envie de me glisser jusqu'à lui et de soulever le drap me démangeait. Au moment où j'allais y céder, j'ai entendu des pas qui s'approchaient.

La femme a surgi dans le couloir. Elle avait une mine franchement revêche.

– Qu'est-ce que vous voulez? m'a-t-elle dit. J'ai effleuré le bord de ma casquette et j'ai dit :

– Faites excuse, mais j'ai une lettre avec une surtaxe de cinq *cents* à régler.

– Faites voir. De qui est-elle? Eh, mais c'est une lettre de Jer! Quel zozo, celui-là! Il nous écrit, et il oublie le timbre. Lee! a-t-elle crié. On a une lettre de Jerry!

Marston s'est amené à son tour, mais il n'avait pas l'air de déborder de joie. J'ai attendu en faisant passer le poids de mon corps d'une jambe sur l'autre.

– Bon, puisque c'est ce vieux Jerry qui nous écrit, je vais vous régler vos cinq *cents*, a dit la femme. Tenez. Et maintenant, au revoir.

Les choses ont continué de cette façon, qui était tout sauf la bonne. Je ne dirai pas que les habitants du pays se sont habitués à leur présence, car c'est le genre de présence à laquelle on ne s'habitue jamais tout à fait. Mais au bout d'un moment, ils se sont comme qui dirait fondus dans le paysage. Les gens qui le croisaient alors qu'il poussait son caddy au supermarché regardaient sa barbe avec des yeux ronds, mais ça n'allait pas plus loin. Et les rumeurs avaient cessé.

Et puis un beau jour ils ont disparu. Ils n'ont pas pris la même route, remarquez. J'ai appris ultérieurement qu'elle s'était tirée la semaine d'avant – avec un autre homme –, et qu'au bout de quelques jours il avait emmené les enfants chez sa mère, à Redding. Pendant six jours d'affilée, du jeudi au mercredi, le courrier s'est amassé dans leur boîte aux lettres. Tous les stores de la maison étaient baissés, et personne ne savait si leur départ serait définitif ou non. Mais le mercredi en question, j'ai aperçu la Ford garée dans le jardin. Les stores étaient toujours baissés, mais on avait vidé la boîte aux lettres.

A partir du jour suivant, je l'ai trouvé dehors chaque matin à mon arrivée. Tantôt il montait la garde à côté de la boîte aux lettres, tantôt il était assis sur l'escalier de la véranda, une cigarette au bec, mais en tout cas il était avide de nouvelles, c'était l'évidence même. Dès qu'il m'apercevait, il se levait, brossait le siège de son pantalon et s'approchait de la boîte aux lettres d'un pas faussement nonchalant. Et quand j'avais une lettre pour lui, il cherchait des yeux le nom de l'expéditeur avant même qu'elle ait quitté ma main. Il était bien rare qu'on échange un mot. On se saluait tout juste de la tête quand nos regards se croisaient, ce qui n'était pas fréquent non plus. Ce garçon vivait un véritable enfer, n'importe qui s'en serait rendu compte. J'aurais voulu lui être de quelque secours, mais je ne savais pas trop quoi lui dire.

Une semaine environ après son retour, en le voyant qui tournait comme un ours en cage devant sa boîte aux lettres, les deux mains enfoncées dans ses poches de derrière, j'ai pris ma résolution. Ce que j'allais lui dire, je n'en savais encore rien, mais en tout cas j'allais lui parler. Je suivais le trottoir dans sa direction, et il me tournait le dos. Quand je suis parvenu à sa hauteur, il a fait brusquement volte-face et il avait une telle expression que les mots me sont restés coincés dans la gorge. Je me suis pétrifié sur place, son courrier à la main. Il s'est avancé vers moi et je lui ai tendu sa lettre sans rien dire. Il l'a regardée d'un air hébété.

– C'est adressé au « résident », a-t-il dit.

C'était une circulaire qui émanait d'une caisse privée d'assurance-maladie de Los Angeles. J'en avais distribué au moins soixante-quinze au cours de la matinée. Il a plié la lettre en deux et il est rentré dans la maison.

Le lendemain, il était à son poste habituel. Son visage avait retrouvé son expression coutumière, et il semblait plus d'aplomb que la veille. Cette fois j'avais l'intuition que j'avais ce qu'il attendait. J'avais jeté un coup d'œil à la lettre avant de partir du bureau de poste ce matin-là, pendant que je classais mon courrier. C'était une enveloppe blanche sur laquelle l'adresse dont l'écriture fleurie trahissait une main de femme, occupait un espace démesuré. Elle avait été postée à Portland, dans l'Oregon, et comportait en guise de nom d'expéditeur les initiales J. D., suivies d'une adresse à Portland.

– Bonjour, ai-je fait en lui tendant la lettre.

Il s'en est emparé sans rien dire et il est devenu d'une pâleur de mort. Il est resté quelques instants à danser d'un pied sur l'autre, puis il s'est éloigné en direction de la maison. Il levait la lettre vers la lumière. Je lui ai crié :

– Cette femme-là ne vaut rien, petit. Moi, je l'ai compris aussitôt que je l'ai vue. Oublie-la, va! Va donc bosser, et tu penseras moins à elle! Tu as quelque chose contre le travail? Moi, c'est de travailler jour et nuit, d'arrache-pied, qui m'a apporté l'oubli quand j'étais pareil à ce que tu es en ce moment et que je vivais dans un climat de guerre permanente...

Après ça il a cessé de m'attendre dehors, et il n'est resté là que cinq jours de plus. Chaque matin pourtant, je le voyais en train de guetter ma venue comme avant, sauf que désormais il restait à sa fenêtre à m'épier par le rideau. Il ne sortait qu'après mon passage. Dès que je m'éloignais, j'entendais la porte à treillis s'ouvrir et lorsque je me retournais je le voyais se diriger vers la boîte aux lettres avec une nonchalance très appuyée.

La dernière fois que je l'ai aperçu, il était à la fenêtre. Il avait l'air serein, reposé. Il avait décroché les rideaux et tous les stores étaient levés, si bien que je me suis dit qu'il devait être sur le départ. Mais à l'expression qu'il avait, j'ai compris que cette fois il ne guettait pas ma venue. Son regard passait au-dessus de moi, ou à travers moi si l'on veut. Il était tourné au loin vers le sud, par-delà les toits et la cime des arbres. Je suis arrivé devant chez lui, j'ai continué sans m'arrêter, mais son regard n'a pas dévié d'un iota. Je me suis retourné : il était toujours debout à la fenêtre. Le sentiment qui se dégageait de cette vision était si fort que je n'ai pu m'empêcher de tourner la tête et de regarder dans la même direction que lui. Mais, comme vous pouvez l'imaginer, je n'ai rien vu d'autre que le paysage habituel, la forêt, les montagnes, le ciel.

Le lendemain il était parti. Sans laisser d'adresse où j'aurais pu faire suivre son courrier. De temps en temps on m'apporte une lettre adressée à lui, à sa femme ou à tous les deux. S'il s'agit de courrier de première catégorie, on le garde vingt-quatre heures avant de le retourner à l'envoyeur. Mais il en arrive peu, et ça ne me contrarie pas. Ça fait partie du boulot comme le reste; et moi, le boulot, plus il y en a, plus je suis heureux.

LA FEMME ET L'ÉTUDIANT

Il lui lisait des vers de Rilke, poète qu'il admirait beaucoup, lorsqu'elle s'assoupit, la tête sur son oreiller. Il aimait déclamer des vers, et il lisait bien, d'une voix sûre et bien timbrée, basse et profonde, qui quelquefois s'élevait, frémissait. Quand il lisait, il ne quittait jamais son texte des yeux et ne s'interrompait que pour puiser une cigarette dans le paquet posé sur la table de nuit. Cette voix cuivrée la plongeait dans des rêves de caravanes quittant des cités fortifiées sous la conduite d'hommes barbus en robes. Elle l'avait écouté quelques minutes puis ses paupières s'étaient fermées et elle avait lentement dérivé vers le sommeil.

Il poursuivit sa lecture. Les enfants dormaient depuis des heures. Dehors, de rares voitures passaient en patinant sur la chaussée mouillée. Au bout d'un certain temps, il reposa son livre et se tourna sur le flanc pour tendre la main vers la lampe de chevet. Elle ouvrit subitement les yeux, comme effrayée, et elle battit des cils. Ses paupières qui clignaient au-dessus de ses yeux fixes et vitreux paraissaient étrangement lourdes, d'une couleur anormalement foncée. Il la regarda intensément, puis il lui demanda :

– Tu rêves ?

Elle hocha affirmativement la tête, leva la main

et effleura du doigt les bigoudis de plastique qui lui encadraient le visage. Le lendemain était un vendredi, jour où elle prenait en charge tous les enfants de quatre à sept ans de la résidence Woodlawn. Il continua à la regarder, appuyé sur un coude, tout en s'efforçant de défroisser le couvre-lit de sa main libre. Elle avait un visage très lisse, avec des pommettes saillantes dont elle affirmait parfois à leurs amis qu'elles lui venaient de son père, qui avait un quart de sang Nez-Percé. A la fin, elle murmura :

– Prépare-moi un petit sandwich, tu veux, Mike ? Beurré, avec de la laitue et du sel sur le pain.

Il ne dit rien et ne fit pas un geste, espérant qu'ainsi elle le laisserait dormir. Mais lorsqu'il rouvrit les yeux, elle était toujours éveillée et elle l'observait.

– Tu ne peux pas te rendormir, Nan ? dit-il d'une voix très sérieuse. Il est tard.

– Pas sans avoir mangé un morceau, dit-elle. Je ne sais pas pourquoi, mais j'ai des courbatures dans les membres, et ça me donne faim.

Il émit un bruyant soupir et se laissa rouler jusqu'au bord du lit.

Il alla lui préparer son sandwich, qu'il lui apporta sur une soucoupe. En le voyant revenir, elle se redressa sur son séant, sourit et se glissa un oreiller derrière le dos en lui prenant la soucoupe des mains. Avec sa chemise de nuit blanche, elle lui faisait l'effet d'une malade sur un lit d'hôpital.

– J'ai fait un curieux rêve, dit-elle.

– Qu'est-ce que tu as rêvé ? lui demanda-t-il en se remettant au lit. Il s'étendit sur le côté, à bonne distance d'elle, et il se mit à regarder fixement la table de chevet en attendant qu'elle lui réponde. Puis ses yeux se fermèrent tout doucement.

– Tu veux vraiment que je te raconte ? dit-elle.
– Bien sûr, dit-il.

Elle se cala confortablement sur l'oreiller et s'ôta une miette de pain de la lèvre.

– Bon. Il me semble que c'était un de ces rêves qui s'étirent à n'en plus finir, avec toutes sortes d'épisodes imbriqués les uns dans les autres, mais je ne me souviens plus de tous les détails. A mon réveil, tout était encore très clair, mais ça commence à s'estomper maintenant. J'ai dormi longtemps, Mike ? Enfin, je suppose que ça n'a pas vraiment d'importance. En tout cas, on avait pris une chambre dans un petit hôtel, toi et moi. J'ignore où étaient les enfants, on n'était que tous les deux. L'hôtel était quelque part au bord d'un lac, je ne sais pas lequel. On faisait la connaissance d'un autre couple qui habitait l'hôtel, des gens d'un certain âge, et ils nous proposaient de nous emmener faire un tour dans leur canot à moteur.

Le souvenir de ce qui suivait la fit rire et elle se pencha en avant, décollant le dos de l'oreiller.

– Aussitôt après, nous nous retrouvions sur l'embarcadère et, là, il s'avérait que le canot ne comportait qu'un seul siège, une étroite banquette à l'avant, où il y avait tout juste trois places. Et on commençait à se disputer pour savoir lequel de nous deux allait se sacrifier en se tassant à l'arrière du bateau. Tu voulais que ça soit toi, et je voulais que ça soit moi. A la fin, c'est moi qui me retrouvais toute comprimée au fond du canot. L'espace était tellement réduit que j'en avais mal dans les jambes, et je craignais que l'eau s'engouffre à l'intérieur par-dessus le plat-bord. Sur ce, je me suis réveillée.

– En voilà un rêve, articula-t-il, et du fond de sa torpeur il lui sembla qu'il serait malséant de ne rien dire de plus. Tu te souviens de Bonnie Travis ?

ajouta-t-il. La femme de Fred Travis ? Elle prétendait qu'elle faisait des rêves en technicolor.

Elle regarda le sandwich qu'elle tenait à la main et en prit une bouchée. Quand elle l'eût avalée, elle se passa la langue sur les dents, posa la soucoupe en équilibre sur ses cuisses et passa un bras dans son dos pour retaper l'oreiller. Ensuite, elle sourit et se cala dessus à nouveau.

– Tu te rappelles la nuit qu'on a passée au bord de la Tilton River, Mike ? Tu sais, la fois où tu as pêché cet énorme poisson le lendemain matin ?

Elle lui posa une main sur l'épaule.

– Hein, tu te rappelles ? fit-elle.

Le souvenir lui en était revenu tout récemment à elle-même, après qu'elle fut restée bien des années sans y penser. Un mois ou deux après leur mariage, ils étaient partis passer un week-end en pleine nature. Au soir, ils s'étaient assis devant un feu de camp après avoir mis une pastèque à rafraîchir dans la rivière qui charriait encore des restes de neige fondue. En guise de dîner, elle avait fait frire du corned-beef, des haricots en boîte et des œufs dans une poêle dont elle s'était resservie le lendemain matin pour faire cuire les pancakes et les œufs du petit déjeuner. Elle avait fait brûler la poêle les deux fois et ils n'étaient pas parvenus à faire bouillir de l'eau pour le café, mais ça n'en avait pas moins été un des plus beaux moments de leur vie. Elle se souvenait même des poèmes – car il lui en avait lu ce soir-là aussi. Des sonnets d'Elizabeth Browning et des extraits des *Roubâïates* d'Omar Khayyâm. Les couvertures qu'ils avaient entassées sur eux pesaient un tel poids qu'elle avait eu peine à remuer les pieds. Le lendemain matin, il avait ferré une grosse truite, et des automobilistes qui passaient sur la route s'étaient arrêtés pour le regarder tandis qu'il s'escrimait à la tirer hors de l'eau.

— Eh bien, tu te rappelles ou pas? insista-t-elle en lui tapotant l'épaule. Mike?

— Je me rappelle, dit-il.

Il se déplaça imperceptiblement dans le lit et ouvrit les yeux. Mais s'il avait des souvenirs, ils étaient bien flous. Tout ce que cette époque évoquait pour lui, c'étaient des cheveux peignés avec un soin maniaque et des théories vides et prétentieuses sur la vie et sur l'art, des choses qu'il aimait mieux oublier.

— Tout ça est tellement vieux, Nan, dit-il.

— On sortait tout juste du lycée et tu t'étais inscrit à l'université, dit-elle.

Il resta silencieux un moment, puis il se souleva sur un bras et tourna la tête vers elle.

— Tu as terminé ton sandwich, Nan?

Elle était toujours adossée à l'oreiller. Elle hocha affirmativement la tête et lui tendit la soucoupe.

— Je vais éteindre, dit-il.

— Si tu veux.

Il éteignit la lampe de chevet, puis il se rallongea et avança le pied jusqu'à ce qu'il entre en contact avec un des siens. Il resta immobile un instant, puis il essaya de se détendre.

— Mike, tu ne dors pas, n'est-ce pas?

— Non, dit-il. Pas du tout.

— Ne t'endors pas avant moi, je t'en prie, lui dit-elle. Je ne veux pas rester éveillée seule.

Il ne répondit pas, mais il se coula vers elle tout doucement. Elle l'enlaça par-derrière et quand elle lui posa la main à plat sur la poitrine, il lui prit les doigts et les pressa légèrement. Mais au bout d'un instant, il laissa retomber sa main et soupira.

— Mike? Dis, chéri, tu ne veux pas me frotter les jambes? dit-elle. Elles me font mal.

— Bon sang, jura-t-il entre ses dents. Je dormais à poings fermés.

— Je t'en prie, masse-moi les jambes et parle-moi. Mes épaules me font mal aussi. Mais ce sont surtout les jambes.

Il se retourna vers elle et il se mit à lui frotter les jambes, puis il se rendormit, une main posée en travers de sa hanche.

– Mike?

– Qu'est-ce que tu as, Nan? Qu'est-ce qui ne va pas?

– Je voudrais que tu me masses tout le corps, dit-elle en s'allongeant sur le dos. J'ai des courbatures aux bras et aux jambes.

Elle leva les genoux, de façon à former une pyramide avec la literie.

Il ouvrit brièvement les yeux dans l'obscurité et les referma aussitôt.

– Les douleurs de la croissance, c'est ça?

– Exactement! s'exclama-t-elle en agitant les orteils, heureuse de l'avoir enfin tiré de sa léthargie. A l'âge de dix ou onze ans, j'avais déjà ma taille d'aujourd'hui. Ah! si tu m'avais vue! En ce temps-là, je poussais si vite que j'avais les membres constamment douloureux. Pas toi?

– Pas moi quoi?

– Est-ce que tu t'es jamais senti grandir?

– Pas que je me souvienne, dit-il.

A la fin, il se dressa sur les coudes, gratta une allumette et consulta le réveil. Il retourna son oreiller et reposa la joue sur la toile plus fraîche de l'envers.

– Tu t'endors, Mike, dit-elle. Tu n'as donc pas envie de me parler?

– Mais si, dit-il sans faire le moindre geste.

– Prends-moi dans tes bras et aide-moi à m'endormir, dit-elle. Je n'arrive pas à trouver le sommeil.

Il se retourna vers elle et lui entoura l'épaule d'un bras tandis qu'elle s'allongeait sur le flanc, face au mur.

– Mike ?

Il lui tapota le pied du bout de ses orteils.

– Si tu me dressais la liste des choses que tu aimes et des choses que tu détestes ?

– Je n'en vois aucune en cet instant précis, dit-il. Tu n'as qu'à dresser ta propre liste, si tu veux.

– A condition que tu me promettes de le faire aussi. Alors, c'est promis ?

Derechef, il lui tapota le pied.

– Eh bien..., fit-elle en s'étendant à nouveau sur le dos avec satisfaction. J'aime la bonne bouffe, les steaks avec des pommes de terre sautées, ce genre de choses. J'aime les bons livres et les magazines intéressants. J'aime les trains de nuit et j'aime aussi prendre l'avion, ou en tout cas j'ai aimé ça les fois où il m'est arrivé d'en prendre. (Elle marqua un temps d'arrêt.) Bien entendu, il n'y a aucun ordre de préférence. Si je devais adopter l'ordre de préférence, il faudrait d'abord que je réfléchisse. Mais c'est vrai que j'aime l'avion. Ce moment où on quitte le sol et où on se dit que tout peut arriver. (Elle lui posa une jambe en travers de la cheville.) J'aime les soirées qui se prolongent tard dans la nuit, à condition de faire la grasse matinée le lendemain. Je voudrais qu'on puisse faire ça tous les jours, au lieu d'une fois tous les trente-six du mois. J'aime faire l'amour. J'aime qu'on me touche à l'improviste de temps en temps. J'aime aller au cinéma et boire une bière avec des copains après le film. J'aime mes amis. J'aime beaucoup Janice Hendricks. J'aimerais aller danser une fois par semaine au moins. J'aimerais ne porter que de belles fringues. J'aimerais pouvoir acheter de bons vêtements aux enfants chaque fois que le besoin s'en fait sentir, sans être forcée d'attendre. Laurie aurait bien besoin d'une robe neuve pour Pâques. Et j'aimerais acheter un petit costume à Gary, ou quelque chose de ce genre-là.

Il est assez grand. Toi aussi, j'aimerais que tu t'achètes un costume neuf. En fait, tu en as encore plus besoin que lui. J'aimerais aussi qu'on ait une maison à nous. J'aimerais qu'on cesse de déménager tous les ans ou tous les deux ans. Et ce que j'aimerais par-dessus tout, conclut-elle, c'est qu'on arrive à vivre décemment et agréablement sans avoir à se tracasser pour l'argent, les traites et tout le bataclan. Tu dors, dit-elle.

– Mais non.

– Je ne vois rien d'autre. A ton tour. Dis-moi ce que tu aimerais.

– Je ne sais pas, marmonna-t-il. Des tas de choses.

– Eh bien, dis-moi quoi. On peut toujours en parler, non?

– Pourquoi tu ne me laisses pas tranquille, Nan?

Il se fit rouler jusqu'au bord du lit et laissa pendre son bras au-dessus du sol. Elle se retourna aussi et se serra contre lui.

– Mike?

– Bon dieu, gémit-il, puis il ajouta : Bon. Laisse-moi juste le temps d'étirer mes jambes, ensuite je me réveillerai.

Au bout d'un moment, elle dit : « Mike, tu dors? » et elle lui secoua doucement l'épaule, mais il n'eut aucune réaction. Elle resta un certain temps pelotonnée contre lui, essayant de trouver le sommeil. D'abord elle demeura dans une immobilité complète, en le serrant d'aussi près que possible et en respirant doucement et régulièrement. Mais le sommeil ne venait pas.

Elle s'efforçait de ne pas écouter sa respiration mais elle lui fit vite éprouver un sentiment de malaise. Chaque fois qu'il inspirait, l'air produisait un sifflement désagréable dans ses fosses nasales. Elle essaya de régler sa respiration sur la sienne, d'inspirer et d'expirer au même rythme que lui, mais c'était peine perdue. Ce sifflement dans ses fosses nasales gâchait tout. En plus, une espèce de chuintement humide s'échappait de sa poitrine. Elle lui tourna le dos, colla ses fesses contre les siennes, étendit le bras et posa précautionneusement l'extrémité de ses doigts sur le mur froid. Au pied du lit, les couvertures s'étaient défaites et chaque fois qu'elle remuait une jambe, l'air s'insinuait à l'intérieur du lit. Elle entendit les pas de deux personnes qui montaient l'escalier. Les pas s'arrêtèrent devant la porte de l'appartement voisin, et quelqu'un émit un rire guttural avant d'ouvrir la porte. Ensuite, elle perçut le bruit d'une chaise qui raclait le plancher. À nouveau, elle se retourna. La chasse d'eau fut actionnée deux fois dans l'appartement voisin. Elle se retourna encore, s'étendit sur le dos et fit de son mieux pour se décontracter. Elle se souvenait d'un article qu'elle avait lu autrefois dans un magazine. Si l'on parvenait à dénouer ensemble tous les muscles et les articulations du corps, de sorte à réaliser un état de relaxation complète, le sommeil viendrait presque certainement. Elle prit une profonde inspiration, ferma les yeux et resta parfaitement immobile, les bras le long du corps. Elle essaya de se relaxer. Elle imagina que ses jambes flottaient dans l'air au milieu d'une espèce d'ouate impalpable. Elle se retourna sur le ventre. Elle ferma les yeux, puis elle les rouvrit. Elle concentra sa pensée sur les doigts repliés de sa main qui était posée sur le drap, juste en dessous de sa bouche. Elle souleva un doigt et le reposa sur le drap. Elle effleura du pouce l'alliance qu'elle portait à l'annulaire. Elle se retourna sur le côté, s'étendit à nouveau sur le dos. Et là-dessus une peur obscure s'empara d'elle, et son désir de dormir devint d'une intensité si poignante qu'elle se mit à prier pour que le sommeil vienne.

Je vous en prie mon Dieu, faites que je m'endorme.

Elle essayait, elle essayait.
– Mike, chuchota-t-elle.
Pas de réponse.

Dans la pièce voisine, un des enfants se retourna dans son lit et heurta la cloison. Elle tendit l'oreille, mais il n'y eut pas d'autre son. Elle plaça sa main sous son sein gauche et elle sentit les pulsations de son cœur qui se communiquaient à ses doigts. Elle se retourna sur le ventre et se mit à pleurer, la tête soulevée au-dessus de l'oreiller, la bouche contre le drap. Elle pleura, puis elle se leva et sortit du lit en passant par le bas. Elle se lava les mains et la figure dans la salle de bains. Elle se brossa les dents, et tout en se brossant les dents elle s'examina attentivement dans la glace. Elle gagna la salle de séjour et monta le thermostat du chauffage. Ensuite elle alla s'asseoir à la table de la cuisine, les pieds recroquevillés sous sa chemise de nuit, et se remit à pleurer. Elle prit une cigarette dans le paquet qui était posé sur la table et l'alluma. Au bout d'un moment, elle se leva et alla chercher sa robe de chambre.

Elle alla jeter un coup d'œil aux enfants. Elle remonta les couvertures sur les épaules de son fils, puis regagna la salle de séjour et s'installa dans le grand fauteuil club. Elle prit un magazine et essaya de lire. Elle le feuilleta, s'arrêtant çà et là sur une photo, puis essaya à nouveau de se concentrer sur la lecture. De temps en temps, une voiture passait dehors dans la rue, et à chaque fois elle levait les yeux et attendait, l'oreille dressée. Ensuite, elle retournait à son magazine. Il y en avait toute une pile dans le porte-revues, à côté du fauteuil. Elle les feuilleta tous.

Quand le jour commença à poindre au-dehors, elle se leva et s'approcha de la fenêtre. Le ciel virait au blême au-dessus des collines. Il n'y avait pas un seul nuage. Les formes des arbres et des immeubles de deux étages qui s'alignaient le long du trottoir d'en face émergeaient peu à peu de la grisaille. La lumière s'élevait rapidement de derrière les collines, et le ciel s'éclaircissait à vue d'œil. Hormis les matins où elle se réveillait avec l'un ou l'autre des enfants (et ils n'entraient pas en ligne de compte, car dans ces cas-là elle était trop occupée pour regarder dehors), elle n'avait vu le soleil se lever que quelques rares fois, quand elle était petite. Mais des levers de soleil de son enfance, aucun n'avait été pareil à celui-ci. Aucune des photos qu'elle avait vues, aucune de ses lectures ne l'avait préparée à l'idée qu'un lever de soleil pût être aussi atroce.

Elle s'attarda encore un peu, ensuite elle se dirigea vers la porte, tira le verrou et sortit sur le perron. Elle resserra sur sa gorge le col de sa robe de chambre. L'air était humide, glacial. Les contours des objets s'accusaient graduellement. Elle s'imbiba d'abord de la vision d'ensemble, puis son regard se fixa sur la lumière rouge d'un émetteur de radio qui clignotait en face d'elle au sommet d'une colline.

Elle traversa l'appartement plongé dans un demi-jour blafard et retourna dans la chambre. Il était ramassé sur lui-même au centre du lit, la tête à demi enfouie sous l'oreiller, la literie ramenée en tas sur ses épaules. Dans son pesant sommeil, avec ses deux bras étalés en travers de l'autre moitié du lit et sa mâchoire contractée, il était l'image même du désespoir. Tandis qu'elle le contemplait, la lumière envahit la chambre et la couleur indécise des draps vira au blanc cru.

Elle s'humecta les lèvres avec un bruit mouillé, puis tomba à genoux et plaça ses deux mains ouvertes sur le lit.

– Mon Dieu, dit-elle. Mon Dieu, je vous en supplie, aidez-nous.

LA PEAU DU PERSONNAGE

Quand le téléphone sonna, il était en train de passer l'aspirateur. Il avait déjà fait la plus grande partie de l'appartement et usait à présent de la brosse à coussins, pour débarrasser les sièges du salon des poils de chat qui s'amoncelaient dans leurs interstices. Il s'immobilisa, tendit l'oreille, puis il arrêta l'aspirateur et alla répondre au téléphone.

– Allô? fit-il. Myers à l'appareil.
– Myers? dit-elle. Comment vas-tu? Qu'est-ce que tu fais?
– Rien, dit-il. Bonjour, Paula.
– Il y a un pot au bureau cet après-midi, dit-elle. Tu es invité. C'est Carl qui t'invite.
– Je ne crois pas que je pourrai venir, dit Myers.
– Carl vient de me dire, appelle ton jules et dis-lui de venir boire un verre avec nous. Fais-le sortir de sa tour d'ivoire, qu'il se replonge un peu dans le monde réel. Carl a de l'humour quand il boit. Myers?
– Je t'ai entendue, dit Myers.

Jadis, Myers avait travaillé pour Carl. Carl répétait tout le temps qu'un jour il irait à Paris pour écrire un roman, et quand Myers avait quitté la firme pour se consacrer à l'écriture du sien, Carl lui avait dit qu'il serait à l'affût de son nom sur les listes de best-sellers.

– Je ne peux pas venir maintenant, dit Myers.

– On a appris une bien triste nouvelle ce matin, enchaîna Paula comme si elle ne l'avait pas entendu. Tu te souviens de Larry Gudinas ? Il était encore dans la maison quand on t'a engagé. Il était assistant-rédacteur pour les livres scientifiques, ensuite on l'a mis sur la touche et, à la fin, il s'est fait virer. On a appris ce matin qu'il s'était suicidé. Il s'est tiré une balle dans la bouche. Tu te rends compte ? Myers ?

– Je t'ai entendue, dit Myers.

Il essayait de se souvenir de Larry Gudinas. L'image qui se forma dans sa tête était celle d'un grand escogriffe aux épaules voûtées et au front dégarni, avec des lunettes à fine monture et des cravates criardes. Il imagina la violence du choc, la tête qui partait brutalement en arrière.

– Bon dieu, fit-il. Je suis désolé d'apprendre ça.

– Viens donc au bureau, mon chéri, dit Paula. Il ne s'agit que de bavarder et de boire quelques verres en écoutant des cantiques de Noël. Allez viens, dit-elle.

Les échos de la fête parvenaient à Myers depuis l'autre bout de la ligne.

– Non, ça ne me dit rien, dit-il. Paula ?

Des flocons de neige passèrent en tourbillonnant devant la fenêtre. Il frotta la vitre du doigt puis se mit à y tracer les lettres de son nom tout en attendant qu'elle parle.

– Quoi ? Oui, j'ai entendu, dit Paula. Tant pis, dit-elle. Et si on se retrouvait chez Voyles pour boire un coup, hein ? Myers ?

– D'accord, dit-il. Chez Voyles. Entendu.

– Tout le monde sera déçu que tu ne viennes pas, dit-elle. Surtout Carl. Il t'admire, tu sais.

Vraiment. Il me l'a dit. Il admire ton cran. Il dit qu'il avait autant de cran que toi il aurait plaqué son boulot depuis belle lurette. Il dit qu'il faut avoir du cran pour faire ce que tu fais. Myers ?

– Je suis là, dit Myers. Je vais voir si j'arrive à faire démarrer la voiture. Si elle ne démarre pas, je te rappelle.

– D'accord, dit Paula. Je te retrouve chez Voyles. Si je n'ai pas de tes nouvelles d'ici cinq minutes, je m'en vais.

– Tu salueras Carl pour moi, dit Myers.

– Certainement, dit Paula. Il est justement en train de parler de toi.

Après avor rangé l'aspirateur, Myers descendit les deux volées de marches qui menaient au rez-de-chaussée et se dirigea vers sa voiture. Elle était sur l'emplacement de parking le plus éloigné de l'entrée, entièrement couverte de neige. Il s'installa au volant, appuya plusieurs fois sur la pédale des gaz, puis essaya de démarrer. Le moteur répondit au quart de tour. Il garda le pied au plancher.

Tout en roulant, il regardait les passants aux bras chargés de paquets qui se hâtaient le long des trottoirs. Il leva les yeux vers le ciel gris plein de flocons tourbillonnants. Sur les façades des buildings, la neige s'était amoncelée au creux des alvéoles et au bord des fenêtres. Il s'efforçait de tout voir, de tout engranger. Il n'avait pas de récit en train et en concevait un fort sentiment d'indignité. Il parvint à la hauteur de chez Voyles. C'était un petit bar qui occupait un angle de rue, à côté d'une chemiserie. Il se gara dans l'allée de derrière et pénétra dans la salle. Il s'installa d'abord au comptoir, ensuite il prit son verre et alla s'asseoir à une petite table près de la porte.

En entrant, Paula lui souhaita un joyeux Noël. Il

se leva, l'embrassa sur la joue et tira une chaise pour la faire asseoir.
— Scotch ? questionna-t-il.
— Scotch, répondit Paula et, se tournant vers la serveuse qui s'approchait pour prendre sa commande, elle précisa : Un scotch, avec des glaçons.

Sur quoi elle s'empara du verre de Myers et le vida.

— Vous m'en donnerez un autre aussi, dit Myers à la serveuse, et quand elle se fut éloignée, il ajouta : Je n'aime pas cet endroit.

— Pourquoi, qu'est-ce qu'il a ? dit Paula. On y vient tout le temps.

— Je ne l'aime pas, c'est tout. Buvons nos scotches et changeons de crèmerie.

— Comme tu voudras, dit Paula.

La serveuse leur apporta leurs consommations. Myers la régla, ensuite il trinqua avec Paula.

Myers fixait Paula des yeux.

— Carl te dit bonjour, dit-elle.

Myers hocha la tête.

Paula but un peu de scotch, puis elle demanda :

— Tu as passé une bonne journée ?

Myers haussa les épaules.

— Qu'est-ce que tu as fait ? dit Paula.

— Rien, dit-il. Le ménage.

Elle lui caressa la main.

— Ils m'ont tous dit de te saluer.

Ils finirent leurs verres.

— J'ai une idée, dit Paula. Si on allait rendre une petite visite aux Morgan ? On ne les connaît même pas, bon dieu, et ça fait des mois qu'ils sont rentrés. On pourrait aller frapper à leur porte et leur dire : salut, nous sommes les Myers. D'ailleurs, ils nous ont envoyé une carte dans laquelle ils nous priaient de passer les voir pendant les fêtes. On est *invités*, Myers. Et puis je n'ai pas envie de rentrer tout de suite, acheva-t-elle en pêchant une cigarette au fond de son sac.

Myers se souvenait d'avoir mis la chaudière en veilleuse et éteint toutes les lumières avant de sortir. Et puis il revit la neige qui tourbillonnait de l'autre côté des vitres.

– Et cette lettre insultante qu'ils nous ont envoyée? dit-il. Tu sais, celle où ils nous accusaient d'avoir amené un chat dans la maison?

– Bah, tout ça c'est de l'histoire ancienne, dit Paula. Du reste, ce n'était pas bien grave. Oh! allons-y, Myers! Passons les voir!

– On devrait peut-être téléphoner avant, dit-il.

– Non, dit-elle. Si on téléphonait, ça ne serait plus ça. Mon idée, c'est de débarquer à l'improviste. De frapper à leur porte et de leur dire bonjour, c'est nous qui habitions ici. D'accord? Myers?

– Moi, je trouve qu'il vaudrait mieux les avertir, dit-il.

– Pas la peine puisque c'est Noël, dit Paula en se levant. Allez viens, mon bébé.

Elle le prit par le bras et ils sortirent dans la neige. Paula proposa qu'ils prennent sa voiture et qu'ils reviennent chercher celle de Myers ensuite. Il lui tint la portière ouverte, ensuite il fit le tour de la voiture et monta côté passager.

Une émotion naquit en Myers lorsqu'il vit la lumière aux fenêtres, le toit couvert de neige, le break garé dans l'allée. Les rideaux étaient ouverts, et la lueur tremblotante d'un sapin de Noël clignotait à la fenêtre de devant.

Ils descendirent de voiture. Myers tint le coude de Paula pour l'aider à enjamber un amas de neige, puis ils se dirigèrent vers l'entrée de la maison. Ils avaient à peine avancé de quelques pas dans l'allée qu'un gros chien aux poils broussailleux surgit à l'angle du garage et se précipita sur Myers.

— Oh! mon Dieu! gémit-il en reculant d'un pas, les épaules rentrées et les deux mains levées devant lui. Il dérapa sur le ciment gelé, les pans de son manteau se soulevèrent, et il s'écroula sur le gazon durci par le givre avec l'affreuse certitude que l'animal allait lui sauter à la gorge. Le chien poussa un bref grognement et il se mit à renifler le manteau de Myers.

Paula ramassa une poignée de neige et la jeta sur le chien. La lanterne du porche s'alluma, la porte s'ouvrit et une voix d'homme cria : « Buzzy! ». Myers se releva et il s'épousseta.

— Que se passe-t-il? fit l'homme debout dans l'encadrement de la porte. Qui êtes-vous? Viens ici, Buzzy! Viens, mon petit gars.

— Nous sommes les Myers, dit Paula. On est venus vous présenter nos vœux.

— Les Myers? dit l'homme. Va-t'en, Buzzy! Retourne dans le garage! Allez, file! Ce sont les Myers, ajouta-t-il à l'intention de la femme qui se tenait derrière lui et s'efforçait de voir par-dessus son épaule.

— Les Myers? dit la femme. Mais fais-les entrer, voyons. Qu'ils entrent, pour l'amour du ciel!

Elle fit un pas en avant et leur dit :

— Entrez, entrez, je vous en prie, il fait si froid. Je suis Hilda Morgan et voici Edgar, mon mari. Nous sommes ravis de faire votre connaissance. Mais entrez donc.

Ils échangèrent de rapides poignées de mains sur le perron, puis Myers et Paula entrèrent et Edgar Morgan ferma la porte derrière eux.

— Permettez que je vous débarrasse de vos manteaux, dit Edgar Morgan. Vous n'avez pas de mal?

demanda-t-il à Myers en posant sur lui un regard scrutateur.

Myers fit non de la tête.

— Je savais que ce chien était cinglé, mais c'est bien la première fois qu'il nous fait un coup pareil. J'ai tout vu. J'étais à la fenêtre quand c'est arrivé.

Myers trouvait étrange que Morgan jugeât nécessaire de lui préciser cela. Il le regarda avec plus d'attention. C'était un quadragénaire à la calvitie très prononcée, vêtu d'un pantalon à pinces et d'un gros cardigan de laine, avec aux pieds des pantoufles de cuir.

— Il s'appelle Buzzy, expliqua Hilda Morgan avec une petite grimace. C'est le chien d'Edgar. La présence d'un animal dans la maison m'est intolérable, mais j'ai autorisé Edgar à s'acheter ce chien à condition qu'il me promette de le laisser dehors.

— Buzzy dort dans le garage, dit Edgar Morgan. Il nous supplie de le laisser entrer, mais c'est impossible, vous comprenez.

Morgan eut un petit rire et il ajouta :

— Mais asseyez-vous donc, voyons. Enfin, si vous arrivez à trouver une place au milieu de tout ce foutoir. Hilda chérie, enlève donc une partie de ces objets du divan afin que Mr et Mrs. Myers puissent s'y asseoir.

Hilda Morgan rassembla les paquets, les rouleaux de papier-cadeau, la boîte de ruban et les choux de bolduc qui encombraient le divan et elle posa le tout sur le plancher.

Myers vit que Morgan s'était remis à le fixer des yeux, mais à présent il ne souriait plus.

— Myers, tu as quelque chose dans les cheveux, mon chéri, dit Paula.

Myers se passa une main sur le crâne et en ramena une brindille qu'il fourra dans sa poche.

— Ah! ce chien! fit Morgan en étouffant un nouveau rire. Nous étions en train de boire un petit remontant en emballant quelques cadeaux de dernière minute. Vous boirez bien un verre avec nous, n'est-ce pas? Qu'est-ce que je puis vous offrir?

— Oh! ce que vous voudrez, dit Paula.

— Oui, n'importe quoi, dit Myers. On ne voulait pas vous interrompre.

— Mais non, mais non, dit Morgan. Nous étions tellement, euh... curieux à votre sujet. Un grog, cher monsieur Myers?

— Ça sera parfait, dit Myers.

— Mrs. Myers?

Paula fit oui de la tête.

— Et deux grogs, deux! fit Morgan. Pour nous aussi, n'est-ce pas chérie? ajouta-t-il à l'intention de sa femme. Un événement pareil, ça se fête.

Il se saisit de la tasse de Mrs. Morgan et gagna la cuisine. Myers entendit la porte d'un placard qui claquait, puis une exclamation étouffée qui avait tout l'air d'un juron. Il cligna des yeux et dirigea son regard vers Hilda Morgan qui venait de prendre place dans un fauteuil, à l'autre extrémité du divan.

— Venez donc par ici, vous deux, dit Hilda Morgan en tapotant l'accoudoir du divan. Vous serez plus près de la cheminée. Nous demanderons à Mr Morgan de ranimer un peu le feu à son retour de la cuisine.

Myers et Paula obtempérèrent. Hilda Morgan posa ses deux mains croisées sur son giron et se pencha légèrement en avant pour examiner le visage de Myers.

La salle de séjour était bien telle qu'il s'en souvenait, à l'exception des trois petites gravures encadrées qui ornaient le mur au-dessus du fauteuil d'Hilda Morgan. L'une d'elles représentait une large avenue où circulaient des calèches et des fiacres. Au premier plan, un homme en redingote soulevait son chapeau sur le passage de deux dames à ombrelles.

– Vous vous êtes plu en Allemagne? interrogea Paula, qui était assise à l'extrême bord du coussin, son sac sur les genoux.

– L'Allemagne nous a *enchantés*, fit Edgar Morgan en surgissant de la cuisine.

Il portait un plateau sur lequel étaient posées quatre grandes tasses. Des tasses que Myers connaissait bien.

– Avez-vous déjà été en Allemagne, Mrs. Myers? interrogea Morgan.

– Nous projetons d'y aller, dit Paula. Hein, Myers? L'été prochain peut-être. Ou dans deux ans. Dès que nous aurons assez d'économies. Ou peut-être plus tôt, si Myers arrive à placer une nouvelle. Myers est écrivain, vous savez.

– J'imagine qu'un séjour en Europe ne pourrait qu'être profitable à un écrivain, dit Edgar Morgan tout en plaçant les tasses sur des sous-verres. Servez-vous donc, ajouta-t-il.

Il s'assit dans le fauteuil qui faisait face à celui de sa femme et considéra Myers.

– Dans votre lettre, vous nous annonciez que vous alliez cesser de travailler pour vous consacrer entièrement à l'écriture, dit-il.

– C'est vrai, fit Myers avant de boire quelques gorgées de grog.

– Il ne passe pratiquement pas de jour sans qu'il écrive quelque chose, dit Paula.

– Vraiment? dit Morgan. Voilà qui est impressionnant. Et qu'avez-vous écrit aujourd'hui, si ce n'est pas indiscret?

– Rien, dit Myers.

– C'est à cause des fêtes, dit Paula.

– Vous devez être fière de votre mari, Mrs. Myers, dit Hilda Morgan.

– Je le suis, dit Paula.
– Je suis heureuse pour vous, dit Hilda Morgan.
– L'autre jour, on m'a raconté une histoire qui pourrait peut-être vous intéresser, dit Edgar Morgan.

Il sortit un paquet de tabac de sa poche et entreprit de se bourrer une pipe. Myers alluma une cigarette, chercha un cendrier des yeux et, n'en voyant aucun, fit tomber son allumette derrière le divan.

– A vrai dire, elle est assez affreuse. Mais vous pourrez peut-être l'utiliser, Mr Myers.

Morgan gratta une allumette et il tira sur sa pipe.

– Transmuer ce vil plomb en or, si vous voulez, dit-il.

Il s'esclaffa et secoua son allumette.

– Il s'agit d'un ancien collègue à moi. Nous sommes sensiblement du même âge. Nous n'étions pas vraiment intimes, mais nous avions d'excellents amis communs. Au bout de deux ans, il nous a quittés pour l'université, où on lui offrait un poste. Et là, il a eu une liaison avec une de ses étudiantes. Ce sont des choses qui arrivent, vous savez.

Mrs. Morgan émit un claquement de langue désapprobateur, puis elle s'empara d'un petit paquet emballé dans du papier vert et entreprit de le décorer d'un nœud rouge vif.

– C'était une liaison très passionnée, tous les récits s'accordent sur ce point. Elle s'est poursuivie pendant plusieurs mois. En fait, elle n'a cessé que tout récemment. La semaine dernière, pour être exact. Un soir, il est allé voir sa femme – ils sont mariés depuis vingt ans – et il lui a annoncé qu'il voulait divorcer. Vous imaginez comment elle a pris ça, la malheureuse. C'était un peu comme si le ciel lui tombait sur la tête. Ça s'est soldé par une scène épouvantable. Toute la famille s'en est mêlée. Sa femme l'a fichu à la porte de la maison. Au moment où il sortait, son fils lui a lancé le premier projectile qui lui était tombé sous la main. C'était une boîte de soupe à la tomate et elle l'a atteint en plein front. A présent, il est à l'hôpital avec une fracture du crâne, et son état inspire beaucoup d'inquiétude. Morgan tira sur sa pipe et riva sur Myers un regard attentif.

— Je n'ai jamais rien entendu de pareil, Edgar, dit Hilda Morgan. C'est révoltant.
— Horrible, dit Paula.
Myers eut un début de sourire.
Morgan vit le sourire et ses paupières se contractèrent.
— Voilà un canevas rêvé pour un écrivain comme vous, Mr Myers, dit-il. Imaginez le récit que vous pourriez bâtir si vous arriviez à vous mettre dans la peau de cet homme.
— Ou dans celle de sa femme, dit Mrs. Morgan. Là aussi, quelle histoire! Se faire trahir de cette façon au bout de vingt années de vie conjugale. Imaginez ce qu'elle doit éprouver.
— Et il y a aussi ce malheureux garçon, dit Paula. Imaginez ce qu'il doit endurer, lui qui a frôlé le parricide d'un cheveu.
— Oui, tout cela est vrai, dit Morgan. Mais il y a autre chose. Quelque chose à quoi aucun d'entre vous n'a songé, dirait-on. Je trouve que ça mérite réflexion. Vous m'écoutez, Mr Myers? Dites-moi ce que vous pensez de ça. Essayez de vous mettre dans les souliers d'une étudiante de dix-huit ans qui s'est amourachée d'un père de famille. Mettez-vous à sa place, ne serait-ce qu'un instant, et vous

verrez que c'est une histoire où les potentialités ne manquent pas.

Morgan hocha la tête et il se laissa aller contre le dossier de son fauteuil, l'air satisfait.

– Je dois dire que je n'éprouve pas la moindre sympathie envers elle, dit Mrs. Morgan. Je vois d'ici le genre de fille dont il s'agit. Ces filles qui se jettent à la tête d'hommes plus âgés, on sait ce qu'elles valent. Lui non plus ne m'inspire aucune sympathie. Ce n'est pas moi qui éprouverais de la pitié pour un coureur, ah! non! Je dois dire que, compte tenu des circonstances, je suis de cœur avec la femme et le fils.

– Pour raconter une histoire pareille et la raconter honnêtement, c'est un Tolstoï qu'il nous faudrait, dit Morgan. Oui, un Tolstoï, pas moins. La braise est encore chaude, Mr Myers.

– Il faut qu'on y aille, dit Myers.

Il se leva et jeta son mégot dans la cheminée.

– Restez encore, dit Mrs. Morgan. Nous n'avons même pas eu le temps de lier connaissance. Vous ne pouvez pas savoir ce que nous avons, euh... spéculé à votre sujet. Maintenant que nous sommes enfin réunis, vous n'allez pas déjà nous quitter. Vous nous avez fait une si agréable surprise.

– Votre carte et votre petit mot nous ont fait plaisir, dit Paula.

– Notre carte? dit Mrs. Morgan.

Myers se rassit.

– Nous n'avons envoyé de cartes de vœux à personne cette année, dit Paula. Je ne m'en suis pas occupée à temps et nous avons jugé qu'il serait futile de les expédier en retard.

– Vous voulez un autre grog, Mrs. Myers? interrogea Morgan, qui à présent était debout devant elle et avait posé une main sur sa tasse. Ainsi, vous donneriez le bon exemple à votre mari.

— C'est vrai qu'il était bon, dit Paula. Et ça réchauffe.

— Exactement, dit Morgan. Ça réchauffe. Vous avez raison. Chérie, tu as entendu ce que Mrs. Myers vient de dire? Ça réchauffe. Elle est bien bonne. Mr Myers? (Il fit une pause.) Vous vous joindrez à nous?

— Bon, d'accord, dit Myers et il laissa Morgan lui prendre sa tasse des mains.

Le chien se mit à gratter à la porte en gémissant.

— Ah! ce chien, dit Morgan. Qu'est-ce qu'il peut être tordu quand il s'y met!

Il passa dans la cuisine et cette fois Myers l'entendit distinctement jurer en posant brutalement la bouilloire sur le réchaud.

Mrs. Morgan s'était mise à fredonner entre ses dents. Elle prit un paquet à moitié emballé et coupa une longueur de scotch pour le sceller.

Myers alluma une cigarette, posa l'allumette calcinée sur son sous-verre et consulta sa montre.

Mrs. Morgan leva la tête.

— Il me semble entendre chanter, dit-elle.

Elle tendit l'oreille, puis se leva de son fauteuil et se dirigea vers la fenêtre de façade.

— Mais oui, ce sont bien des chanteurs, Edgar! s'écria-t-elle.

Myers et Paula la rejoignirent à la fenêtre.

— Il y a des années que je n'avais pas vu de petits chanteurs de cantiques, dit Mrs. Morgan.

— Qu'est-ce qui se passe? dit Morgan en entrant avec son plateau. Qu'est-ce qu'il y a? Un accident?

— Non, tout va bien, chéri, dit Mrs. Morgan. Ce sont des chanteurs de cantiques. Ils sont juste en face, de l'autre côté de la rue.

— Mrs. Myers, fit Morgan en tendant le plateau vers eux. Mr Myers. Mon *cher* Mr Myers.
— Merci, dit Paula.
— *Muchas gracias*, fit Myers.

Morgan se débarrassa du plateau et vint les rejoindre à la fenêtre, sa tasse à la main. Les chanteurs, des gamins des deux sexes accompagnés d'un garçon plus âgé qui les dépassait d'une tête et portait un gros cache-nez et un pardessus, s'étaient rassemblés sur le trottoir devant la maison d'en face. Myers distingua les visages collés aux vitres — ceux des Ardrey — et quand les chanteurs eurent terminé leur cantique, Jack Ardrey parut à la porte et donna quelque chose au garçon le plus âgé. Le groupe s'éloigna le long du trottoir en faisant danser devant lui les faisceaux de ses lampes électriques et s'arrêta devant une autre maison.

— Ils ne viendront pas chez nous, fit observer Mrs. Morgan au bout d'un moment.
— Quoi? fit Morgan en se tournant vers elle. Pourquoi est-ce qu'ils ne viendraient pas chez nous? Qu'est-ce que c'est que ces bêtises? Pourquoi est-ce qu'ils ne viendraient pas chez nous, hein?
— Je le sais, c'est tout, dit Mrs. Morgan.
— Et moi, je te dis qu'ils viendront, dit Morgan. Mrs. Myers, ces chanteurs de cantiques viendront-ils ici ou non? Qu'en pensez-vous? Reviendront-ils sur leurs pas pour bénir notre humble logis? Je vous laisse juge, Mrs. Myers.

Paula collait son visage tout contre la vitre, mais à présent les chanteurs étaient à l'autre bout de la rue. Elle ne répondit pas.

— Bon, maintenant que la fièvre est retombée... commença Morgan en se dirigeant vers son fauteuil.

Il s'y assit, fronça les sourcils et entreprit de se bourrer une pipe.

Ce n'est que lorsque Myers et Paula eurent regagné le divan que Mrs. Morgan se décida enfin à se détacher de la fenêtre. Elle reprit place dans son fauteuil, leur sourit, puis considéra le contenu de sa tasse avec beaucoup d'intérêt. Ensuite, elle reposa sa tasse et fondit en larmes.

Morgan sortit son mouchoir et il le tendit à sa femme. Il regardait Myers. Bientôt, il se mit à tambouriner des doigts sur l'accoudoir de son fauteuil. Myers remua les pieds. Paula ouvrit son sac pour y prendre une cigarette.

– Vous voyez ce que vous avez provoqué? fit Morgan en fixant quelque chose sur le tapis à côté des pieds de Myers.

Myers fit mine de se lever.

– Edgar, sers-leur un autre verre, dit Mrs. Morgan tout en se tamponnant les yeux avec le mouchoir. Je voudrais leur parler de Mrs. Attenborough, ajouta-t-elle après s'être mouchée. Mr Myers est écrivain. C'est une histoire qui devrait lui plaire. Nous attendrons ton retour avant de commencer notre récit.

Morgan ramassa les tasses et il les emmena dans la cuisine. Myers entendit un cliquetis de vaisselle et plusieurs claquements de portes successifs. Mrs. Morgan posa les yeux sur lui et esquissa un pâle sourire.

– Il faut qu'on s'en aille, dit Myers. Oui, allons-nous-en. Paula, va chercher ton manteau.

– Non, non, Mrs. Myers, j'insiste, dit Mrs. Morgan. Il faut absolument que nous vous racontions l'histoire de Mrs. Attenborough. Cette pauvre Mrs. Attenborough. Cela vous intéressera aussi, Mrs. Myers. C'est l'occasion rêvée de voir à l'œuvre le mécanisme intellectuel grâce auquel votre mari façonne un matériau brut.

Morgan refit son apparition. Il leur distribua leurs grogs et se rassit précipitamment.

— Parle-leur de Mrs. Attenborough, chéri, dit Mrs. Morgan.

— Ce chien a bien failli m'arracher la jambe, dit Myers, et aussitôt il fut estomaqué d'avoir prononcé ces paroles. Il reposa sa tasse.

— Allons, allons, vous étiez loin du compte, dit Morgan. J'ai tout vu.

— Ah les écrivains! dit Mrs. Morgan à Paula. Ils aiment à fabuler, c'est connu.

— Le pouvoir de la plume et tout ça, dit Morgan.

— C'est cela, dit Mrs. Morgan. Que votre plume soit aiguisée comme un soc de charrue, Mr Myers.

— C'est Mrs. Morgan qui va nous raconter l'histoire de Mrs. Attenborough, dit Morgan sans prêter aucune attention à Myers, qui venait de se lever. Mrs. Morgan a été intimement mêlée à l'affaire. Moi, je vous ai déjà raconté l'histoire du type qui s'est fait assommer par une boîte de soupe, fit-il en gloussant de rire. A présent, c'est au tour de Mrs. Morgan.

— Raconte l'histoire toi-même, chéri, dit Mrs. Morgan. Ecoutez bien, Mr Myers.

— Il faut qu'on parte, dit Myers. Viens, Paula, on y va.

— Moi qui vous prenais pour un honnête homme, dit Mrs. Morgan.

— Tout le monde peut se tromper, dit Myers. Tu viens, Paula? ajouta-t-il.

— Je veux que vous entendiez cette histoire, dit Morgan en haussant la voix. Vous offenserez Mrs. Morgan, vous nous offenserez tous les deux, si vous refusez de l'écouter.

Morgan serrait sa pipe avec énergie.
— Je t'en prie, Myers, dit Paula avec inquiétude. Laisse-les raconter leur histoire. On s'en ira après. Myers? S'il te plaît, chéri, reste assis encore une minute.

Myers la regarda. Elle remuait les doigts comme pour lui adresser une sorte de signal. Il hésita, puis il se rassit à côté d'elle.

Mrs. Morgan commença son récit.
— Un après-midi à Munich, nous sommes allés au musée Dortmunder, Edgar et moi. Cet automne-là, il y avait une exposition sur le Bauhaus, et Edgar a dit au diable tout ça – il travaillait à sa thèse, vous comprenez –, au diable tout ça, offrons-nous une journée de liberté. Nous avons pris le tram et nous sommes allés au musée. Il fallait traverser toute la ville. Nous avons mis plusieurs heures à visiter l'exposition et nous sommes allés faire un tour dans les galeries permanentes pour revoir quelques tableaux anciens que nous chérissons particulièrement. Juste avant de partir, je suis allée aux cabinets et j'ai laissé mon sac à main dans les toilettes. Il contenait le chèque mensuel d'Edgar qui était arrivé des Etats-Unis la veille et cent vingt dollars en liquide que j'avais l'intention de déposer à la banque en même temps que le chèque. Et aussi mes papiers d'identité, bien entendu. C'est seulement en arrivant à la maison que je me suis aperçue que je n'avais plus mon sac. Edgar a aussitôt téléphoné à l'administration du musée. Mais pendant qu'il parlait, j'ai vu qu'un taxi s'arrêtait devant chez nous. Une femme en est descendue. Une dame à cheveux blancs, assez corpulente, habillée avec recherche, qui portait deux sacs à main. J'ai appelé Edgar et je suis allée à la porte. Après m'avoir déclaré qu'elle se nommait Mrs. Attenborough, cette dame m'a remis mon sac à main et m'a expliqué qu'elle avait

également visité le musée cet après-midi et que s'étant rendue aux toilettes elle avait avisé un sac à main dans la poubelle. Elle l'avait tout naturellement ouvert dans l'espoir d'y trouver une trace de sa propriétaire. Comme notre adresse à Munich figurait sur ma carte de séjour et divers autres papiers, elle avait quitté le musée séance tenante et avait pris un taxi afin de me remettre le sac à main personnellement. Le chèque d'Edgar était toujours là, mais en revanche les cent vingt dollars en liquide avaient disparu. Malgré cela, j'étais heureuse que le reste de mes biens m'eût été restitué intact. Il n'était pas loin de quatre heures, et nous avons prié cette dame de prendre le thé avec nous. Elle s'est assise, et de fil en aiguille elle s'est mise à nous raconter sa vie. Née en Australie, elle avait été élevée dans ce pays, s'était mariée de bonne heure, avait eu trois enfants, tous des garçons, avait perdu son mari et vivait toujours en Australie avec deux de ses fils. Ils étaient éleveurs de moutons, possédaient plus de vingt mille arpents de terre où leurs bêtes pouvaient s'ébattre à l'aise et employaient quantité de tondeurs et de conducteurs de troupeaux dont le nombre variait suivant les saisons. Lorsqu'elle s'est présentée chez nous à Munich, elle s'apprêtait à regagner l'Australie après avoir rendu visite à son plus jeune fils, qui était avocat à Londres. Oui, quand nous avons fait sa connaissance, elle était en route pour l'Australie, dit Mrs. Morgan, et elle profitait de son voyage pour voir un peu de pays. Elle avait encore beaucoup d'endroits à visiter sur le chemin du retour.

– Viens-en au fait, chérie, dit Morgan.
– Oui. Voici ce qui est arrivé, donc. Mr Myers, je vais passer directement au dénouement – la chute, comme vous dites, vous autres écrivains. Au bout d'une heure de conversation fort plaisante, après que cette dame nous eut parlé d'elle-même

et de ses passionnantes aventures aux antipodes, elle s'est soudain levée pour partir. Au moment où elle me tendait sa tasse, sa bouche s'est ouverte toute grande, la tasse lui a échappé, elle s'est affalée sur notre divan et elle est morte. Oui, morte. Au beau milieu de notre salle de séjour. Nous avons éprouvé le plus grand choc de notre vie.

Morgan opina gravement de la tête.

— Oh! mon Dieu, fit Paula.

— Le sort a voulu qu'elle rende son dernier soupir sur le divan de notre salon à Munich, dit Mrs. Morgan.

Myers fut pris d'un accès d'hilarité.

— Le sort... a voulu... qu'elle rende... son dernier soupir... sur le divan de notre salon? dit-il d'une voix entrecoupée de hoquets.

— Vous trouvez ça drôle, mon cher monsieur? dit Morgan. Vous trouvez qu'il y a matière à rire?

Myers fit oui de la tête. Il riait toujours. Il s'essuya les yeux avec la manche de sa chemise.

— Excusez-moi, dit-il. Je n'ai pas pu me retenir. Cette phrase... *Le sort a voulu qu'elle rende son dernier soupir sur le divan de notre salon.* Je vous demande pardon. Et ensuite, qu'est-il arrivé? se força-t-il à ajouter. J'aimerais bien savoir la suite.

— Ah! Mr Myers, nous étions bien désemparés, dit Mrs. Morgan. Ça nous a fait un choc terrible. Edgar a pris son pouls, mais il ne battait plus. Et elle changeait rapidement de couleur. Son visage et ses mains viraient au gris. Edgar s'est approché du téléphone, mais il ne savait pas qui appeler. Il m'a dit : « Regarde dans son sac, vois si tu peux trouver où elle habite. » J'ai donc retiré le sac des mains de cette malheureuse créature effondrée sur notre divan, en évitant soigneusement de la regarder. Imaginez la surprise, la stupeur, l'effarement sans bornes que j'ai éprouvés en découvrant à l'intérieur mes cent vingts dollars toujours retenus par le même trombone. Je n'avais jamais été aussi stupéfaite de ma vie.

– Et déçue, dit Morgan. Ne l'oublie pas. N'oublie pas la cuisante déception que tu as éprouvée.

Myers pouffa.

– Mr Myers, dit Morgan, si vous étiez un véritable écrivain, cela ne vous ferait pas rire. Si vous étiez écrivain, vous n'oseriez pas en rire! Vous essaieriez de comprendre. Vous plongeriez dans le tréfonds de l'âme de cette malheureuse et vous essaieriez de la comprendre. Mais vous n'avez rien d'un écrivain, mon cher monsieur!

Myers était toujours hilare.

Morgan abattit violemment son poing sur la table à café et les tasses tressautèrent sur leurs sous-verres.

– La véritable histoire est ici, dans cette maison, dans cette salle de séjour, et il est temps qu'elle soit contée! Oui, Mr Myers, la véritable histoire *est* ici! tonna Morgan. Il marchait de long en large en piétinant le papier-cadeau d'un vert brillant qui s'était déroulé en travers du tapis. Il s'arrêta face à Myers, qui était secoué de rire et se tenait le front, et il posa sur lui un regard vindicatif.

– J'ai un autre scénario à vous soumettre, Mr Myers! vociféra Morgan. Et il mérite considération! Un monsieur, que nous appellerons Mr X, est ami avec Mr et Mrs. Y, ainsi qu'avec Mr et Mrs. Z, mais par malheur Mr et Mrs. Y ne connaissent pas Mr et Mrs. Z. Je dis *par malheur* car s'ils s'étaient connus ce scénario n'aurait pas lieu d'être puisque rien de tout cela ne serait arrivé. Donc, Mr X apprend que Mr et Mrs. Y s'en vont en Allemagne pour un an et qu'ils cherchent quelqu'un pour occuper leur maison pendant leur absence. Mr et Mrs. Z sont eux-mêmes à la recherche d'un logement, et Mr X leur dit qu'il connaît un endroit qui leur conviendra parfaitement. Mais avant que Mr X ait pu organiser une rencontre entre les deux couples, Mr et Mrs. Y sont obligés de partir plus tôt que prévu. Mr X étant un ami, ils le chargent de louer la maison à des personnes de son choix, qui pourront éventuellement être Mr et Mrs. Y – je veux dire Z. C'est ainsi que Mr et Mrs, euh... Z s'installent dans la maison en compagnie d'un *chat* dont les Y apprendront l'existence ultérieurement par une lettre de Mr X. Les Z amènent un chat dans la maison alors même que l'engagement de location qu'ils avaient souscrit leur interdisait de la manière la plus expresse d'introduire un chat ou tout autre animal dans la maison à cause de l'asthme chronique dont souffre Mrs. Y. La *véritable* histoire est incluse dans la situation que je viens de vous dépeindre, Mr Myers. Mr et Mrs. Z – ou plutôt Mr et Mrs. Y – ne se sont pas contentés de s'installer dans la maison des Z, ils l'ont véritablement *envahie*. Dormir dans le lit des Z est une chose, mais ouvrir une armoire fermée à clé pour y prendre du linge et détériorer le reste des objets qu'elle contient contrevenaient aussi bien à la lettre qu'à l'esprit de l'engagement de location. Et ce sont ces mêmes Z, oui, le même couple, qui ont ouvert des cartons d'ustensiles de cuisine qui portaient pourtant la mention « Ne pas ouvrir ». Et qui ont brisé de la vaisselle, alors qu'il était précisé *en toutes lettres* dans ce même engagement de location qu'ils n'étaient pas censés faire usage des objets personnels des Z. J'insiste sur *personnels*.

Morgan avait les lèvres blanches. Il marchait toujours de long en large sur le papier-cadeau, s'arrêtant de temps à autre pour dévisager Myers en émettant de petits halètements saccadés.

– Il y a aussi les objets de toilette, chéri, dit Mrs. Morgan. N'oublie pas les objets de toilette. Faire usage des draps et des couvertures des Z, ce n'était déjà pas joli-joli, mais quand on va jusqu'à toucher à leurs objets de *toilette* et fouiller dans les petites possessions privées qu'ils ont remisées au *grenier*, c'est vraiment qu'on ne connaît pas les bornes.

– Voilà la *véritable* histoire, Mr Myers, dit Morgan.

Il essaya de bourrer sa pipe, mais ses mains tremblaient et il fit pleuvoir du tabac sur le tapis.

– C'est la véritable histoire qui n'attend plus que d'être écrite.

– Et on n'a pas besoin d'être Tolstoï pour la raconter, dit Mrs. Morgan.

– Non, pas besoin d'être Tolstoï, dit Morgan.

Myers se gondolait. D'un même mouvement, Paula et lui se levèrent et ils se dirigèrent vers la porte.

– Bonsoir ! lança Myers d'une voix joyeuse.

Morgan lui avait emboîté le pas.

– Si vous étiez un véritable écrivain, mon cher monsieur, vous coucheriez cette histoire sur le papier, et sans mâcher vos mots encore.

Myers se contenta de rire en posant la main sur la poignée de la porte.

– Encore une chose, dit Morgan. Je ne voulais pas mettre ça sur le tapis, mais le comportement que vous avez adopté ce soir me force à vous dire que mon coffret de deux disques de *Jazz at the Philarmonic* a été subtilisé. Ces disques ont une valeur sentimentale considérable pour moi. Je les ai achetés en 1955. Et à présent j'exige que vous me disiez où ils sont !

– En toute justice, Edgar, intervint Mrs. Morgan tout en aidant Paula à enfiler son manteau, il faut reconnaître qu'après avoir inventorié les disques, tu as admis que tu ne savais plus quand tu les avais vus pour la dernière fois.

— Mais, à présent, je m'en souviens, dit Morgan. Je suis sûr d'avoir vu ces disques juste avant notre départ et maintenant je veux que cet *écrivain* me dise où ils se trouvent en cet instant précis. Eh bien, Mr Myers?

Mais Myers était déjà dehors. Il prit sa femme par la main et l'entraîna rapidement vers la voiture. Leur brusque apparition sur l'allée surprit Buzzy. Le chien poussa un jappement plaintif et s'écarta d'un bond sur leur passage.

— J'insiste, Mr Myers! cria Morgan. Je veux la vérité, vous m'entendez!

Myers fit monter Paula en voiture, s'installa au volant et mit le contact. Il se retourna vers le couple debout sur le perron. Mrs. Morgan lui adressa un petit salut de la main, puis son mari et elle rentrèrent dans la maison et la porte se referma sur eux.

Myers s'engagea sur la chaussée.

— Ces gens sont cinglés, dit Paula.

Myers lui tapota la main.

— Ils étaient terrifiants, dit-elle encore.

Il ne répondit pas. Il lui semblait que la voix de Paula lui parvenait de très loin. Il continua à conduire. Des tourbillons de neige fouettaient le pare-brise. Myers fixait la chaussée devant lui en silence. Il arrivait aux dernières lignes d'une nouvelle.

JERRY ET MOLLY ET SAM

Il ne restait plus que cette solution. Non, vraiment, Al n'en voyait pas d'autre. Il fallait qu'il se débarrasse de la chienne à l'insu de Betty et des gosses. La nuit. Il faudrait que ce soit la nuit. Il ferait simplement monter Suzy en voiture, l'emmènerait quelque part – où ? ça, il serait toujours temps de voir –, ouvrirait la portière, la pousserait dehors et prendrait le large. Et le plus tôt serait le mieux. Il se sentit soulagé d'avoir pris cette résolution. Mieux valait faire n'importe quoi que de ne rien faire du tout. Il en était de plus en plus persuadé.

On était dimanche. Il se leva de la table de la cuisine où il venait d'avaler en Suisse un petit déjeuner tardif et il alla se camper à côté de l'évier, les mains aux poches. Depuis quelque temps, tout allait mal. Il avait bien assez d'emmerdements sans avoir à se soucier en plus de ce sale cabot. Chez Aerojet, on dégraissait, alors qu'en bonne logique il aurait dû y avoir de l'embauche. C'était le milieu de l'été, les contrats de la Défense affluaient, et la direction de l'usine parlait de réduire son personnel. Et le réduisait même bel et bien, à petites doses. Chaque jour, il y avait quelques licenciements de plus. Et Al était aussi menacé qu'un autre, même si son embauche à lui remontait à bientôt trois ans. Il avait d'excellentes relations avec les gens qu'il fallait, mais par les temps qui courent, l'ancienneté, le copinage, tout ça ne vaut pas un pet de lapin. Il suffisait de tirer le mauvais numéro, et vlan! Personne n'y pouvait rien. S'ils décidaient de licencier, ils licencieraient. Par paquets de cinquante, ou de cent.

Tout le monde était menacé de la même façon, depuis les contremaîtres et les chefs d'équipe jusqu'aux simples gars de la chaîne. Et trois mois plus tôt, juste avant que les dégraissages démarrent, il s'était laissé persuader par Betty de venir s'installer dans cette baraque de rêve. Deux cents tickets par mois, avec option d'achat. Tu parles d'une connerie!

Al n'avait pas vraiment envie de déménager. Il trouvait qu'ils disposaient d'un confort bien suffisant. Qui aurait pu prévoir que quinze jours après leur installation les licenciements commenceraient? Mais qui peut prévoir quoi que ce soit au jour d'aujourd'hui? Par exemple, il y avait Jill. Elle était employée chez Weinstock, dans les services comptables. Jill était une brave fille et disait à Al qu'elle l'aimait. Elle se sentait un peu seule. C'est ce qu'elle lui avait dit la première nuit. Elle lui avait dit aussi, toujours la première nuit, qu'il n'était pas dans ses habitudes de se laisser draguer par des hommes mariés. Quand il avait fait sa connaissance trois mois auparavant, juste au moment où les rumeurs de licenciements commençaient à courir, Al avait le moral à zéro et les nerfs en boule. Ils s'étaient rencontrés au *Town & Country*, un bar de son nouveau quartier. Ils avaient dansé un peu, ensuite il l'avait raccompagnée chez elle et ils s'étaient bécotés dans la voiture. Il n'était pas monté avec elle ce soir-là, et pourtant il était sûr qu'elle n'aurait pas dit non. Il avait attendu le lendemain soir.

Et maintenant il avait une *maîtresse*, bon dieu de bois! Un boulet de plus à traîner. Il ne tenait pas à ce que leur liaison s'éternise, mais il ne voulait pas rompre non plus : on ne peut quand même pas tout jeter par-dessus bord dès qu'une tempête se lève. Al était en train de partir à la dérive, il le savait, et il ne voyait vraiment pas comment ça finirait. Mais il avait le sentiment de ne plus rien contrôler. Plus rien. Ces temps-ci, la peur de la vieillesse s'était mise à le hanter après qu'il eut souffert de constipation plusieurs jours de suite car c'était un trouble qu'il associait aux gens âgés. Et puis le début de la calvitie qui était apparu au sommet de son crâne commençait à le tarabuster, et il lui arrivait de se demander s'il n'était pas temps de réviser sa manière de se coiffer. Qu'allait-il faire de sa vie? Il aurait bien voulu le savoir.

Il avait trente et un ans.

Et alors qu'il se colletait avec tous ces problèmes, voilà que Sandy, la sœur cadette de sa femme, s'était avisée d'offrir à Alex et à Mary, ses enfants, cette chienne bâtarde. Ça s'était produit quatre mois plus tôt, et Al aurait tout donné pour n'avoir jamais vu ce maudit animal. Ni cette garce de Sandy d'ailleurs. Elle leur ramenait tout le temps des cadeaux à la con qui finissaient invariablement par lui coûter du fric, des gadgets imbéciles qui se déglinguaient au bout d'un jour où deux, qu'il fallait réparer coûte que coûte, et qui pour les deux gosses étaient autant de prétextes à se chamailler, à se brailler dessus et à se filer des gnons. Purée! Et là-dessus elle s'arrangeait encore pour lui soutirer vingt-cinq dollars – par le truchement de Betty, bien entendu. Rien qu'à l'idée de tous ces chèques de vingt-cinq et de cinquante dollars, et des quatre-vingt-cinq dollars qu'elle lui avait empruntés le mois dernier pour payer une traite sur sa voiture – bon dieu, lui faire régler les traites de sa bagnole, à lui qui bientôt n'aurait peut-être plus de toit sur la tête! – il avait envie de le crever, ce sale cabot.

Sandy! Betty, Alex et Mary! Jill! Et Suzy le sale cabot!

Al, c'était cela.

Il fallait reprendre les choses en main, rectifier le tir, repartir sur de nouvelles bases. Il était temps de passer à l'action, de remettre de l'ordre dans ses idées. Et il allait s'y atteler dès ce soir.

Il ferait monter la chienne dans la voiture en catimini, puis il sortirait sous un prétexte ou un autre. Il imaginait déjà la manière dont Betty le regarderait s'habiller, les yeux baissés, les questions qu'elle lui poserait au moment où il passerait la porte – où vas-tu? quand rentres-tu? etc. – de cette voix résignée qui le rendait encore plus honteux. Il ne s'habituerait jamais à lui mentir. En outre, il répugnait à écorner les maigres réserves de confiance qui subsistaient encore entre eux en lui dissimulant quelque chose de bien différent de ce qu'elle soupçonnait. Ce serait un mensonge gâché, en quelque sorte. Mais même si pour une fois il n'allait *pas* boire, n'allait *pas* voir une autre femme, il ne pouvait pas lui avouer la vérité, lui dire qu'il allait se débarrasser de ce sale cabot et que ce serait un premier pas vers la remise en ordre de leur vie familiale.

Il se passa une main sur la figure et s'efforça de faire le vide dans son esprit. Il sortit du frigo une boîte de Lucky fraîche et fit sauter la languette d'aluminium. À force de mensonges accumulés, sa vie était devenue un inextricable dédale, et il n'était pas sûr de pouvoir trouver un fil qui lui permettrait d'en sortir.

– Saleté de clebs, dit-il à voix haute.

« Cette chienne n'a pas le moindre grain de bon sens! » : c'est ainsi qu'Al décrivait Suzy. En plus, elle était sournoise. Chaque fois qu'il sortait en laissant la porte de derrière ouverte, elle se faufilait à l'intérieur en soulevant la porte à treillis et se soulageait sur la moquette qui, à présent, était constellée d'une bonne demi-douzaine d'auréoles suspectes. Mais son repaire favori était la buanderie, où elle farfouillait dans le linge sale, si bien que tous les slips et les petites culottes de la maison se retrouvaient en charpie. Elle avait rongé les gaines des câbles d'antenne extérieurs et un jour, en rentrant du travail, Al l'avait trouvée vautrée sur la pelouse avec une de ses Florsheims dans la gueule.

– Cette chienne est folle, disait-il. Et elle me rend fou. Ma paie suffit à peine à remplacer ce qu'elle démolit. Un de ces jours, je vais la crever, cette sale bête!

Betty supportait Suzy sur des durées plus longues. Elle subissait ses sottises avec une apparente placidité pendant un temps, puis tout à coup se précipitait sur elle en brandissant les poings, la traitait de sale bête, de bâtarde, hurlait aux enfants qu'il ne fallait pas la laisser entrer dans leur chambre, ni dans la salle de séjour. Betty se comportait de la même manière avec les enfants. Elle les tolérait un certain temps, leur passait un certain nombre d'excès, puis soudain faisait pleuvoir sur eux une grêle de gifles en vociférant : « Assez! Assez! Je n'en peux plus, arrêtez-vous! »

– C'est la première fois qu'ils ont un chien, lui objectait Betty. Je suis sûre que toi aussi, tu as adoré ton premier chien.

– Mon chien avait quelque chose dans le crâne, lui, rétorquait Al. C'était un setter irlandais!

L'après-midi passa. Betty et les enfants étaient partis Dieu sait où en voiture. A leur retour, ils s'installèrent dans le petit patio pour manger des sandwiches et des chips. Al s'endormit sur la pelouse et à son réveil le soir tombait déjà.

Il prit une douche, se rasa, enfila un pantalon correct et une chemise propre. Il se sentait reposé, mais un peu gourd. En s'habillant, il se mit à penser à Jill. Puis il pensa à Betty, à Alex et à Mary, à Sandy, à Suzy. La tête lui tournait.

Betty parut à la porte de la salle de bains et, posant sur lui un regard lourd, elle lui annonça :
– Le dîner sera bientôt prêt.
– Oh! moi je n'ai pas faim, dit-il en tripotant le col de sa chemise. La chaleur me coupe l'appétit. Peut-être bien que je vais aller chez Carl's faire un petit billard, boire une bière ou deux.
– Je vois, dit Betty.
– Oh, bon dieu! siffla-t-il.
– Mais vas-y donc, dit-elle. Je m'en fiche.
– Je rentrerai de bonne heure, dit-il.
– Vas-y, je te dis, fit Betty. Puisque je te dis que je m'en fiche.

Dans le garage, il s'écria : « Allez tous vous faire voir! » et, d'un coup de pied rageur, il envoya balader le râteau en travers du sol cimenté. Ensuite, il alluma une cigarette et il tâcha de se ressaisir. Il alla ramasser le râteau et le rangea à sa place habituelle en marmonnant dans sa barbe. Il disait : « De l'ordre! De l'ordre! », et là-dessus la chienne s'approcha de l'entrée du garage. Elle renifla le chambranle de la porte, puis ses yeux se posèrent sur Al.
– Ici, dit-il. Viens, Suzy. Viens, ma fille.

La chienne se mit à remuer la queue mais elle resta à la même place.

Il s'avança jusqu'au placard au pied duquel ils

rangeaient la tondeuse à gazon et en sortit une boîte de pâtée pour chien, puis une deuxième, une troisième.

– Ce soir, tu as droit à autant de bouffe que tu voudras, ma vieille Suzy, dit-il d'une voix câline. Oui, tu vas pouvoir t'en mettre plein la lampe, ajouta-t-il en ouvrant la première boîte et en faisant glisser la pâte gluante dans le plat de la chienne.

Il tourna en rond pendant près d'une heure. Il n'arrivait pas à décider d'un endroit. S'il la lâchait au hasard dans un quartier quelconque, il suffirait que quelqu'un se mêle d'appeler la fourrière et la chienne leur serait restituée au bout d'un jour ou deux. Le premier soin de Betty serait de téléphoner à la fourrière du comté. Il se souvenait d'avoir lu des histoires de chiens perdus qui retrouvaient leur chemin et parcouraient des centaines de miles pour retourner chez eux. Des images de séries policières où des gens relevaient le numéro d'une voiture lui passèrent par la tête, et son cœur fit un bond dans sa poitrine. Si on le prenait en flagrant délit d'abandon de chien, il serait désigné à l'opprobre public, sans aucun moyen de se disculper. Il ne fallait pas qu'il se trompe d'endroit.

Il poussa jusqu'à l'American River. De toute façon, la chienne aurait eu besoin de sortir plus souvent, de sentir le vent sur son dos, de pouvoir barboter dans la rivière chaque fois qu'elle en avait envie; c'est malheureux, une bête qui reste enfermée tout le temps. Mais le paysage du côté de la digue n'était guère engageant : rien que des champs pelés, et pas une seule habitation en vue. Or, Al souhaitait que la chienne fût recueillie et bien traitée. Ce qu'il aurait voulu, c'est une grande maison ancienne, avec des enfants heureux, sages, bien élevés, qui auraient envie d'un chien, terriblement envie d'un chien. Mais il n'y avait pas de grande maison ancienne dans ce secteur, pas la queue d'une.

Al regagna la grand-route. Il jeta un coup d'œil à la chienne, qu'il n'avait pu se résoudre à regarder depuis qu'il l'avait attirée dans la voiture. Elle était tranquillement étendue sur la banquette arrière. Mais lorsqu'il quitta la route et stoppa le moteur, elle se dressa sur son séant et se mit à geindre en jetant des regards autour d'elle.

Al s'était arrêté devant un bar. Avant d'y pénétrer, il abaissa toutes les vitres de la voiture. Il passa près d'une heure à l'intérieur, buvant bière sur bière, jouant aux palets. Il se répétait qu'il aurait peut-être mieux fait de laisser aussi les portes entrebâillées. Quand il ressortit du bar, Suzy était toujours sur la banquette. En le voyant, elle se dressa sur son séant, retroussa les babines et lui montra les crocs.

Il s'installa au volant et repartit.

Sur ce, il eut une inspiration. Leur ancien quartier serait l'endroit rêvé. Non content de pulluler de mioches, il était juste au-delà de la limite du comté de Yolo. Si Suzy se faisait embarquer à la fourrière, c'est à Woodland qu'elle atterrirait, et non à Sacramento. Il n'avait qu'à s'engager dans l'une des rues du quartier, arrêter la voiture, jeter dehors une poignée de cette saleté dont elle se nourrissait, ouvrir la portière, la pousser un peu au besoin et, hop, il l'aurait larguée. Il ne lui resterait plus qu'à se cavaler en vitesse et ce serait une affaire réglée.

Il fonça droit vers la banlieue.

Il y avait des vérandas éclairées et il passa devant deux ou trois maisons où des hommes et des femmes prenaient le frais, assis sur les marches de leur perron. Il continua, à petite vitesse, et lorsqu'il arriva en vue de son ancienne maison il leva encore le pied et passa devant elle à une allure extrêmement réduite, les yeux rivés sur la porte d'entrée, la véranda, les fenêtres illuminées. La vue de cette maison ne faisait qu'accuser encore le sentiment de vacuité qu'il éprouvait. Il avait vécu là – combien de temps, déjà ? Un an ? Seize mois ? Et avant cela, il avait habité Chico, Red Bluff, Tacoma, Portland (c'est là qu'il avait connu Betty), Yakima... Toppenish, où il était né et dont il avait fréquenté l'école secondaire. Il lui semblait que depuis son enfance il n'avait pas vécu un seul jour sans être tenaillé par des tracas sans nombre. Il pensa aux randonnées d'été dans les Cascades, les nuits à la belle étoile, les parties de pêche dans les torrents, aux automnes passés à chasser le faisan derrière Sam, le pelage d'un roux flamboyant de setter lui servant de balise à travers les champs de maïs et de luzerne où le petit garçon qu'il était et ce chien qui était à lui, se lançaient dans des courses folles. Il aurait aimé continuer sa route, rouler, rouler sans trêve jusqu'à ce qu'il ait rejoint la vieille rue principale de Toppenish, avec ses pavés en brique, tourner à gauche au premier carrefour, encore à gauche, s'arrêter devant la maison de sa mère et ne plus jamais en repartir, non, plus jamais, sous aucun prétexte.

Il était entré dans la partie obscure de la rue. En face de lui, il y avait un vaste champ désert que la rue contournait en virant vers la droite. Côté champ, il n'y avait aucune habitation sur une bonne centaine de mètres et une seule maison, non éclairée, de l'autre côté de la rue. Al arrêta la voiture et, sans même réfléchir à ce qu'il faisait, saisit une poignée de pâtée pour chien, se pencha au-dessus de son siège, ouvrit la portière arrière, du côté du champ, jeta la pâtée dans l'herbe et fit :

« Va, Suzy, va! » Il poussa la chienne vers la portière ouverte et elle finit par bondir dehors, à contrecœur. Il se pencha encore un peu, referma la portière, redémarra et s'éloigna sans hâte. Ensuite, par paliers, il accéléra.

Il s'arrêta au Dupee's, le premier bar qu'il rencontra sur la route de Sacramento. Il était nerveux, suant. Contrairement à son attente, il n'éprouvait nullement la sensation d'avoir été libéré d'un poids. Mais il se répétait que c'était un pas dans la bonne direction, dont l'effet bienfaisant se ferait bientôt sentir. Demain, peut-être. Le tout était d'être patient.

Quatre bières plus tard, une fille vint s'installer sur le tabouret voisin. Elle portait un pull à col roulé, était chaussée de sandales et trimbalait une valise. Elle posa sa valise entre leurs tabourets. Apparemment, elle connaissait le barman, qui lui adressait la parole à chaque fois qu'il passait par là, et s'arrêta même une fois ou deux pour échanger de rapides propos avec elle. Elle apprit à Al qu'elle se nommait Molly, refusa la bière qu'il lui offrait, mais dit que en revanche elle partagerait volontiers une pizza avec lui.

Al lui sourit, et elle lui rendit son sourire. Il sortit ses cigarettes et son briquet et les posa sur le comptoir.

– Va pour la pizza! fit-il.

Quelque temps plus tard, il lui dit :

– Je peux vous déposer quelque part?

– Non, merci, dit la fille. J'attends quelqu'un.

– Vous partez en voyage? demanda-t-il.

– Moi? Non, dit-elle. Oh! c'est à cause de ça que vous me posez cette question, ajouta-t-elle en s'esclaffant et en effleurant sa valise du bout du pied. Non, je ne vais nulle part. Je vis ici, à West

Sacramento. Cette valise ne contient qu'un moteur de machine à laver. Il est à ma mère. Jerry, le barman, est un bon bricoleur et il lui a offert de la réparer à l'œil.

Al se leva. Il chancelait un peu. Il se pencha vers elle et dit :

— Bon ben salut, ma poule. A un de ces jours.

— J'espère bien, dit-elle. Merci pour la pizza, hein. Je n'avais rien mangé depuis midi. J'essaie de me débarrasser de ça.

Et soulevant son pull, elle pinça la chair de sa taille entre ses doigts.

— Vous êtes sûre que je ne peux pas vous déposer quelque part? dit Al.

La fille secoua négativement la tête.

Al remonta en voiture et tout en conduisant plongea une main dans sa poche pour y prendre ses cigarettes et son briquet. Il se fouilla avec un énervement croissant, puis se souvint de les avoir laissés sur le comptoir. Oh et puis merde, se dit-il, qu'elle se les garde. Qu'elle range mes cigarettes et mon briquet dans sa valise, avec la machine à laver. Ce sera une dépense de plus à porter au compte de la chienne. Mais la dernière, nom de dieu! A présent qu'il avait les idées plus claires, il en voulait à cette fille qui s'était montrée si peu accommodante avec lui. S'il avait été dans d'autres dispositions d'esprit, il l'aurait sans doute levée. Mais quand on est déprimé, tous vos gestes en portent la marque, ne serait-ce que celui d'allumer une cigarette.

Il décida d'aller voir Jill. Il s'arrêta à un magasin de spiritueux et acheta une demi-bouteille de bourbon. Il gravit l'escalier de l'immeuble et s'arrêta sur le palier de Jill pour reprendre son souffle et se nettoyer les dents de la langue. La pizza lui avait laissé un goût de champignon dans la bouche, et le bourbon lui avait incendié la gorge. Il aurait voulu foncer droit dans la salle de bains et faire usage de la brosse à dents de Jill.

Il frappa à la porte, chuchota : « C'est moi, Al! », puis, haussant la voix, il répéta : « Al! ». Il entendit Jill se lever. Elle déverrouilla la porte, puis elle essaya d'ôter la chaîne de sécurité, mais il pesait sur le battant de tout son poids.

— Une seconde, mon chéri. Al, arrête de pousser, je n'arrive pas à décrocher la chaîne. Là, voilà.

Elle ouvrit la porte, lui prit la main et le dévisagea. Ils s'étreignirent maladroitement et il l'embrassa sur la joue.

— Tiens, assieds-toi, mon chou. Ici...

Elle alluma une lampe et l'aida à s'asseoir sur le divan. Ensuite elle effleura ses bigoudis du bout des doigts et fit :

— Je vais me mettre du rouge à lèvres. Tu veux boire quelque chose en attendant? Du café? Un jus de fruit? Une bière? Oui, il me semble que j'ai de la bière. Qu'est-ce que c'est que ça... du bourbon? Alors, qu'est-ce que je te sers, mon chou?

Elle lui passa une main dans les cheveux, se pencha sur lui et le regarda dans le blanc des yeux.

— Qu'est-ce que tu veux, mon pauvre bébé? dit-elle.

— Je veux juste que tu me prennes dans tes bras, dit-il. Viens là. Assieds-toi. Pas besoin de rouge à lèvres, dit-il en l'attirant sur ses genoux. Tiens-moi, dit-il. Tiens-moi, je tombe.

Elle lui passa un bras autour des épaules.

— Viens, lui dit-elle. Viens, bébé, allons au lit, viens, que je te fasse plaisir.

— Non, je t'assure, Jill, dit-il. Je suis au bord du gouffre. Je sens que je vais tomber... Je ne sais pas.

Il la regardait fixement. Il sentait bien qu'il était

hagard, bouffi, mais il n'arrivait pas à modifier son expression.

– C'est sérieux, fit-il.

Elle hocha la tête.

– Ne pense à rien, mon bébé. Détends-toi, lui dit-elle.

Elle prit son visage entre ses mains, l'attira à elle, l'embrassa sur le front, puis sur ses lèvres. Elle pivota légèrement sur elle-même, lui dit : « Ne bouge plus, Al », fit glisser ses doigts derrière sa nuque et lui saisit fermement la tête. Al promena un regard indécis autour de lui, puis il s'efforça d'accommoder pour voir ce qu'elle était en train de faire. Elle lui maintenait le visage de ses doigts robustes et lui pressait un point noir sur le nez avec les ongles de ses pouces.

– Ne t'agite pas, lui dit-elle.

– Non, fit-il. Ne fais pas ça! Arrête! Je ne suis pas d'humeur à...

– Il est presque sorti. Ne bouge pas, je te dis!... Tiens, regarde. Hein, qu'est-ce que tu dis de ça? Tu ne savais pas qu'il était là, pas vrai? Je t'en enlève encore un, bébé, un très gros. Le dernier.

– Toilettes! éructa-t-il en la repoussant hors de son chemin.

Chez lui tout n'était que tumulte et pleurs. Avant même qu'il ait fini de se garer, Mary se précipita vers la voiture, en larmes.

– Suzy s'est sauvée, sanglotait-elle. Elle s'est sauvée et elle reviendra jamais. J'en suis sûre, papa! Elle s'est sauvée!

Il sentit son cœur se serrer. *Oh! mon Dieu, qu'est-ce que j'ai fait?*

– Ne t'en fais pas, va, mon poussin, lui dit-il. Elle doit être en train de vadrouiller Dieu sait où. Elle reviendra.

— Non, elle reviendra pas! Je sais qu'elle reviendra pas! Maman dit que si ça se trouve, on va devoir prendre un autre chien.

— Eh bien, ça ne te plairait pas, mon petit chou? D'avoir un autre chien, si Suzy ne revient pas? On ira au magasin d'animaux et...

— Je ne veux pas d'autre chien! s'écria la fillette en se cramponnant à sa jambe.

— On pourrait pas avoir un singe au lieu d'un chien? interrogea Alex. Si on va au magasin d'animaux pour acheter un chien, on pourrait pas prendre un singe à la place?

— Je ne veux pas d'un singe! beugla Mary. Je veux Suzy!

— Allez, lâchez-moi, à présent. Laissez papa rentrer à la maison. Papa a affreusement mal à la tête, dit Al.

Betty tirait du four un plat de nouilles au gratin. Elle avait un visage las, tendu... un visage de vieille femme. Elle évitait de le regarder.

— Suzy a disparu. Les enfants te l'ont dit? J'ai passé tout le quartier au peigne fin. J'ai fouillé partout, je t'assure.

— Bah, elle reviendra, dit-il. Elle est allée traîner, c'est tout. Elle reviendra, j'en suis sûr.

— Non, sérieusement, dit-elle en se retournant vers lui, les mains sur les hanches. Je crois qu'il s'agit d'autre chose. Peut-être qu'elle s'est fait écraser. Je voudrais que tu ailles faire le tour du quartier en voiture. Quand les enfants l'ont appelée hier soir, elle n'était déjà plus là. On ne l'a pas revue depuis. J'ai téléphoné à la fourrière, mais ils m'ont dit que toutes leurs camionnettes n'étaient pas encore rentrées. Je suis censée les rappeler demain matin.

Il passa dans la salle de bains, elle continua à discourir comme si de rien n'était. Il ouvrit les robinets du lavabo en se demandant si son erreur était aussi grave qu'elle le paraissait. Il avait l'estomac noué. Quand il arrêta l'eau, Betty parlait toujours. Il continua à fixer le lavabo d'un œil vide.

– Tu m'as entendu ? lui cria-t-elle. Je veux que tu prennes la voiture et que tu tâches de la retrouver aussitôt après avoir dîné. Les gosses peuvent venir avec toi, ils chercheront aussi... Al ?

– Oui, oui, dit-il.

– Quoi ? dit Betty. Qu'est-ce que tu as dit ?

– Je t'ai dit oui. Oui ! D'accord ! Tout ce que tu voudras ! Mais d'abord laisse-moi faire ma toilette, tu veux ?

Elle l'observait depuis la cuisine.

– Mais enfin, qu'est-ce que tu as à te miner comme ça, bon dieu ? Ce n'est quand même pas moi qui t'ai demandé d'aller te soûler hier soir. Si tu savais ce que j'en ai marre ! Pour tout te dire, j'ai passé une journée épouvantable. Alex m'a réveillée à cinq heures du matin pour se mettre au lit avec moi en me disant que son papa ronflait tellement fort que... que tu lui fichais la *trouille*, voilà ! Tu étais vautré dans le salon, tout habillé, complètement dans le cirage, et ça cocottait drôlement, crois-moi. J'en ai ma claque, je t'assure !

Elle regarda rapidement autour d'elle, comme si elle cherchait un projectile.

Al ferma la porte d'un coup de pied. Il lui semblait que l'univers entier s'écroulait autour de lui. Pendant qu'il se rasait, il s'immobilisa, le rasoir suspendu dans l'air, et fixa son image dans la glace. Son visage était pâteux, informe. Il suait l'immoralité. Il reposa son rasoir. Cette fois, je me suis planté pour de bon. J'ai commis la plus grave erreur de ma vie. Il saisit le rasoir, le plaça contre sa gorge et acheva de se raser.

Il ne se doucha pas, ne se changea pas.

– Tu n'as qu'à me garder mon dîner au four, dit-il. Ou alors mets-le au frigo. J'y vais. Séance tenante, dit-il.

– Attends donc la fin du dîner que les enfants puissent venir avec toi.

– Non, tant pis. Les enfants n'ont qu'à dîner et ensuite ils pourront toujours explorer les environs. Moi, je n'ai pas faim, et il va bientôt faire nuit.

– Vous devenez tous fous, ou quoi ? dit Betty. Je ne sais pas ce qu'on va devenir. Je frise la dépression nerveuse. Je sens que je vais craquer. Qu'est-ce que les enfants vont devenir si je perds la raison ?

Elle s'effondra contre la paillasse de l'évier, le visage convulsé, les joues ruisselantes de larmes.

– De toute façon, tu ne les aimes pas ! Tu ne les as jamais aimés. Ce n'est pas pour la chienne que je m'en fais. C'est pour nous ! Pour nous ! Je sais bien que tu ne m'aimes plus – maudit salaud ! –, mais tu pourrais au moins aimer les enfants !

– Betty, Betty ! fit-il. Mon Dieu ! s'écria-t-il. Tout ira bien, je te promets, dit-il. Ne t'en fais pas, dit-il. Je t'assure, tout va s'arranger. Je vais retrouver la chienne et tout ira bien, dit-il.

Il se précipita dehors, bondit du haut du perron et, comme les enfants venaient dans sa direction, il se dissimula derrière un buisson. Mary répétait : « Suzy, Suzy ! » d'une voix geignarde. Alex disait qu'elle était peut-être passée sous un train. Dès qu'ils furent entrés dans la maison, Al se coula jusqu'à la voiture.

Il pestait contre les feux rouges et râla comme un pou à cause du temps perdu lorsqu'il dut s'arrêter pour prendre de l'essence. Un soleil lourd et bas pesait sur les collines au fond de la vallée. Il lui restait une heure de jour à tout casser.

Il lui semblait qu'il avait foutu toute sa vie en l'air. Même s'il devait vivre cinquante années de plus (ce qui n'était guère probable), il ne se remettrait jamais d'avoir commis cette vilenie. S'il ne retrouvait pas la chienne, il était un homme fini. Un homme qui s'abaisse à se débarrasser d'une pauvre petite chienne n'est que la dernière des fripouilles. Une froide canaille, sans âme et sans scrupule.

Il se tortillait sur sa banquette et ne quittait pas des yeux le soleil blême et boursouflé qui sombrait peu à peu derrière les collines. La situation avait pris des proportions monstrueuses à présent, il le savait, mais il n'y pouvait rien. Il savait qu'il était indispensable qu'il retrouve la chienne, exactement comme il avait jugé indispensable de la perdre la veille au soir.

– Si quelqu'un devient fou, c'est moi, dit-il, et il s'approuva vigoureusement de la tête.

Cette fois-ci il pénétra dans la rue en sens inverse, en passant d'abord devant le champ où il l'avait lâchée. Il était à l'affût du moindre mouvement.

– Pourvu qu'elle soit là, dit-il tout haut.

Il stoppa, explora le champ du regard, puis continua lentement sa route. Un break, moteur tournant au ralenti, était garé dans l'allée de la maison isolée. Au moment où Al le dépassait, une femme élégamment vêtue, chaussée d'escarpins à hauts talons, parut sur le seuil, accompagnée d'une petite fille. Elles le regardèrent avec curiosité. Il bifurqua à gauche un peu plus loin, écarquillant des yeux pour embrasser d'un même regard toute la rue et les jardins qui la bordaient de part et d'autre. Rien. Au coin de rue suivant, deux gamins étaient debout à côté d'une voiture à l'arrêt, leurs bicyclettes à la main.

Al s'arrêta à leur hauteur, les salua et leur demanda :

– Dites, les gars, vous n'auriez pas aperçu un petit chien blanc dans les parages ? Tout blanc, avec des poils longs et touffus ? J'en ai perdu un.

L'un des gamins se contenta de le dévisager, mais l'autre répondit :

– J'ai vu une bande de mioches qui s'amusaient avec un chien cet après-midi. Par là, vous voyez, cette rue là-bas ? Je n'ai pas vu quel genre de chien c'était, mais il m'a semblé qu'il était blanc. Il y avait tout un tas de petits mômes.

– Bon, eh bien merci, dit Al. Merci infiniment, dit-il.

Arrivé au bout de la rue, il tourna à droite. Il s'appliquait à bien regarder devant lui. Le soleil s'était couché à présent, et il faisait presque nuit. Les maisons alignées au cordeau, les arbres, les pelouses, les poteaux téléphoniques, les voitures garées le long du trottoir lui donnaient une impression de sérénité sans mélange. Il entendit la voix d'un homme qui appelait ses enfants et vit la silhouette d'une femme en tablier qui s'encadrait dans la porte éclairée de sa maison.

– Est-ce que j'ai encore une chance ? dit-il tout haut.

Il s'aperçut qu'il avait les yeux pleins de larmes et en conçut un effarement sans borne. Il ne put se retenir de sourire de lui-même et sortit son mouchoir en secouant la tête. Sur quoi il aperçut une bande de gosses qui venaient dans sa direction. Il leur fit signe de s'approcher et leur demanda :

– Eh, les enfants, vous n'auriez pas vu un petit chien blanc ?

– Si, m'sieur, dit un des garçons. Pourquoi, il est à vous ?

Al fit oui de la tête.

— On le quitte à l'instant, dit l'enfant. On jouait avec lui dans le jardin de Terry. C'est là-bas, au bout de la rue.

Il lui désigna une maison du doigt.

— Vous avez des enfants ? interrogea l'une des fillettes.

— Oui, dit Al.

— Terry a dit qu'il allait le garder, dit le garçon. Il n'a pas de chien, expliqua-t-il.

— Je ne sais pas, dit Al, mais je ne crois pas que mes enfants seraient d'accord. Ce chien est à eux. C'est simplement qu'il s'est perdu, dit-il.

Il poursuivit sa route. Il faisait nuit à présent et il n'y voyait plus très bien. Sa panique le reprit et il se mit à se maudire intérieurement. Il s'en voulait d'être une telle girouette, passant sans arrêt d'un extrême à l'autre, jamais d'accord avec lui-même.

C'est alors qu'il vit la chienne. En fait, cela faisait déjà un moment qu'elle était entrée dans son champ de vision. Elle longeait une haie, lentement, le nez sur le gazon. Al sortit de la voiture, il entama la traversée de la pelouse, le buste penché en avant, en appelant : « Suzy, Suzy, Suzy ». En l'apercevant, la chienne se pétrifia sur place. Elle leva la tête vers lui. Il s'accroupit, étendit un bras devant lui et attendit. Ils étaient face à face. Suzy se mit à remuer la queue en signe de bienvenue. Elle se coucha, la tête entre ses pattes de devant, et le considéra. Il attendait. Elle se redressa, passa de l'autre côté de la haie et disparut.

Il resta là, assis sur les talons. En y réfléchissant, il s'aperçut qu'il ne se sentait pas si mal que ça. Après tout, le monde est plein de chiens. Mais il y a chien et chien. Et de certains chiens il n'y a décidément rien à tirer.

POURQUOI, MON CHÉRI ?

Cher monsieur,

Quel n'a pas été mon étonnement en recevant cette lettre dans laquelle vous m'interrogez sur mon fils. Comment saviez-vous où j'étais ? Je suis venue vivre ici il y a bien des années, quand tout a commencé. Personne ici ne sait qui je suis, mais cela ne m'empêche pas d'avoir peur. C'est de lui que j'ai peur. En voyant les journaux, je secoue la tête et je me pose mille questions. Je lis ce qu'on écrit de lui et je me demande : est-il possible que cet homme soit vraiment mon fils ? Toutes ces actions qu'on lui prête sont-elles vraiment les siennes ?

C'était un brave gosse, sauf qu'il piquait des crises de rage et qu'il était incapable de dire la vérité. Pour quelle raison ? Je ne l'ai jamais su. C'est un été que je m'en suis aperçue la première fois, juste après le 4 juillet. Il devait avoir dans les quinze ans. Mrs. Cooper, qui habite derrière chez nous, est venue me voir le lendemain soir pour m'annoncer que Trudy s'était traînée dans son jardin, mourante, dans le courant de l'après-midi. Trudy était toute déchirée, m'a dit Mrs. Cooper, mais je l'ai reconnue, c'était bien elle. Elle m'a dit qu'elle l'avait enterrée dans son jardin.

— Toute déchirée ? ai-je dit. Qu'est-ce que vous entendez par là, Mrs. Cooper ?

Son mari avait surpris deux gamins dans le pré voisin alors qu'ils étaient occupés à enfoncer des pétards dans les oreilles de Trudy. Ils lui en avaient fourré aussi dans son machin. Mr Cooper avait essayé de les en empêcher, mais ils lui avaient échappé.

Mais qui a bien pu faire une chose pareille ? Mr Cooper a-t-il vu qui c'était ?

L'un des deux lui était inconnu, mais le second s'est sauvé vers chez vous, et Mr Cooper s'est dit que ça devait être votre gars.

J'ai secoué la tête. Non, ce n'est pas possible, il n'aurait pas pu faire une chose pareille. Il adorait Trudy. Trudy était dans la famille depuis si longtemps. Non, ce n'était pas mon fils.

Ce soir-là, je lui ai annoncé que Trudy avait disparu. Il a eu l'air surpris, peiné, et il m'a dit qu'on devrait offrir une récompense. Il a tapé un avis sur sa machine et il m'a dit qu'il le placarderait au lycée. Mais au moment d'aller se coucher ce soir-là, il m'a dit ne le prends pas trop à cœur, maman, Trudy était vieille, en années de chat elle avait vécu l'équivalent de soixante-dix ans, ça fait vieux.

Il avait trouvé une place d'aide-magasinier chez Hartley. Il travaillait tous les week-ends. J'avais une amie chez Hartley. Betty Wilk. C'est elle qui m'avait dit pour la place, et elle m'avait promis qu'elle dirait un mot en sa faveur. Quand je lui ai annoncé ça ce soir-là, il m'a dit tant mieux, à mon âge c'est la croix et la bannière pour trouver du boulot.

Le soir où il devait toucher sa première paie je lui ai préparé son plat favori et j'ai dressé la table des grands jours. A son retour, je l'ai serré sur mon cœur en m'exclamant : voilà l'homme de la maison. Je suis si fière de toi, mon chéri, je lui ai dit, combien est-ce que tu as touché? Quatre-vingts dollars, il m'a fait. Je n'en revenais pas. Oh! c'est merveilleux, mon chéri! C'est à n'y pas croire! Si on dînait? Il m'a dit. J'ai les crocs.

J'étais ravie, mais j'avais du mal à comprendre. C'était plus que ce que je gagnais moi-même.

En faisant ma lessive, j'ai trouvé le talon de sa fiche de paie dans une de ses poches. Il indiquait vingt-huit dollars au lieu des quatre-vingts qu'il m'avait annoncés. Pourquoi avait-il eu besoin de me raconter un bobard? Je ne comprenais pas.

Je demandais : où t'étais hier soir, mon petit lapin? Au cinéma, il répondait, et là-dessus j'apprenais qu'en fait il était au bal du lycée ou qu'il avait passé la soirée à se balader en voiture avec un copain. Et je me disais, mais qu'est-ce que ça peut bien lui faire? Pourquoi est-ce qu'il ne me dit pas la vérité, tout simplement? Qu'a-t-il besoin de me faire des cachotteries, à moi sa mère?

Je me rappelle qu'un jour qu'il était supposé avoir été à une classe de nature avec le lycée je lui ai demandé, alors qu'est-ce que vous avez vu de beau, mon chéri? Il a haussé les épaules, et il m'a dit, oh! des formations quaternaires, des roches volcaniques, des cendres, on a visité un endroit où il y avait un grand lac il y a un million d'années, et maintenant ce n'est plus qu'un désert. Tout en me racontant ça, il me regardait dans le blanc des yeux. Et voilà que le lendemain, je reçois un mot du lycée m'annonçant qu'une classe de nature devait avoir lieu prochainement et me demandant si j'étais d'accord pour qu'il y aille.

Vers la fin de sa dernière année de lycée, il s'est acheté une auto. Il était tout le temps par monts et par vaux. Moi je m'inquiétais pour ses notes mais ça le faisait rigoler. C'était un brillant élève, mais si vous avez étudié sa vie c'est sûrement la première chose que vous avez entendu dire de lui. Plus tard, il s'est acheté aussi un fusil et un couteau de chasse.

Voir ça dans la maison, moi, ça m'embêtait et je me suis pas gênée pour le lui dire. Là aussi, il a rigolé. Ça, pour vous rire au nez, il était toujours prêt. Il m'a dit puisque ça te gêne, je vais les laisser dans le coffre de la voiture, d'ailleurs comme ça je les aurai à portée de la main.

Un samedi soir, il est parti et il n'est pas rentré de la nuit. Je me suis fait du mauvais sang, quelque chose de terrible. Le lendemain sur le coup de dix heures il est arrivé et il m'a demandé de lui préparer son petit déjeuner. La chasse m'a mis en appétit, il m'a dit. Il s'est excusé de ne pas être rentré, en m'expliquant que le trajet avait été plus long que prévu. Moi, ça m'a paru suspect. Il était mal à l'aise, ça se voyait.

Où t'étais donc ?

On est montés dans les Wenas. On a fait un peu de tir.

Avec qui t'étais, mon chéri ?

Avec Fred.

Fred ?

Il m'a regardé avec des yeux vides et je n'ai pas été plus loin.

Le dimanche suivant, je suis entrée dans sa chambre sur la pointe des pieds pour prendre ses clés de voiture. La veille, il m'avait promis de faire les courses du petit déjeuner en revenant de son travail, et je me figurais qu'il avait dû laisser les trucs dans la voiture. Ses chaussures neuves étaient sous le lit, pleines de boue et de sable. Il a ouvert les yeux.

Mais qu'est-ce qui est arrivé à tes chaussures, chéri ? Tu as vu de quoi elles ont l'air ?

Je suis tombé en panne. J'ai dû aller chercher de l'essence à pied. Il s'est dressé sur son séant. Qu'est-ce que ça peut te faire ?

Je suis ta mère.

Pendant qu'il se douchait j'ai pris ses clés et je suis sortie. J'ai ouvert le coffre de sa voiture, mais les provisions n'étaient pas dedans. Il ne contenait que son fusil, posé sur une couverture matelassée, son couteau et une chemise roulée en boule. J'ai déployé la chemise et j'ai constaté qu'elle était pleine de sang. Je l'ai lâchée, ça collait aux doigts. J'ai refermé le coffre et au moment où je me retournais vers la maison, j'ai vu qu'il m'épiait de la fenêtre. Il m'a ouvert la porte et il m'a dit :

J'avais oublié de t'en parler, mais j'ai saigné du nez. Si ça ne part pas au lavage, tu n'auras qu'à la jeter, cette chemise. Il souriait.

Quelques jours plus tard, je lui ai demandé s'il était content à son travail. Tout va très bien, il m'a dit, j'ai eu de l'augmentation. Mais là-dessus je rencontre Betty Wilk dans la rue et elle me dit que chez Hartley tout le monde regrettait son départ. Il était si populaire, qu'elle me dit, Betty Wilk.

Le surlendemain soir, alors que j'étais au lit et que je fixais le plafond, sans pouvoir m'endormir, j'entends sa voiture qui remonte l'allée. J'ai écouté la suite : sa clé qui tournait dans la serrure, le bruit de ses pas dans la cuisine et le couloir, la porte de sa chambre qu'il refermait derrière lui. Je me suis levée. Voyant qu'il y avait de la lumière sous sa porte, j'ai frappé, j'ai passé la tête à l'intérieur et j'ai dit : Tu veux boire une tasse de thé avec moi, chéri ? Je n'arrive pas à dormir. Il était penché au-dessus de la commode. Il a refermé le tiroir avec fracas, il s'est tourné vers moi et il a hurlé fous le camp, fous le camp d'ici tu m'entends, j'en ai marre que tu m'espionnes ! Je suis retournée dans ma chambre et j'ai tant pleuré que j'ai fini par m'endormir. C'est ce soir-là qu'il m'a brisé le cœur.

Le lendemain quand je me suis levée il était déjà

parti, mais moi ça m'allait très bien. A partir de dorénavant, s'il ne voulait pas mettre un peu d'eau dans son vin, j'étais bien décidée à ne plus le traiter que comme un locataire. Il m'avait poussée à bout. S'il ne me présentait pas des excuses en bonne et due forme, il ne nous resterait plus qu'à vivre comme deux étrangers dans la même maison.

Ce soir-là, en revenant de mon travail, j'ai trouvé le dîner prêt, la table mise. Comment vas-tu ? m'a-t-il dit en m'aidant à ôter mon manteau. Tu as passé une bonne journée ?

Oh ! mon chéri, je n'ai pas fermé l'œil de la nuit, lui ai-je dit. Je m'étais jurée de ne pas en faire une histoire, et ce n'est pas non plus que je veuille te donner mauvaise conscience, mais c'est trop dur de s'entendre parler comme ça par son propre fils.

Je vais te montrer quelque chose, il m'a dit, et il m'a fait lire la dissertation qu'il était en train d'écrire pour son cours d'instruction civique. Je crois qu'il s'agissait des rapports entre le Congrès et la Cour Suprême. C'est pour cette dissertation-là qu'il a eu un prix au moment de la remise des diplômes. J'ai essayé de la lire, et puis je me suis dit que c'était le moment où jamais. Mon chéri, j'ai dit, j'aimerais qu'on ait une petite discussion, tous les deux. C'est dur d'élever un enfant à l'époque qu'on vit, surtout quand il n'y a pas de père, comme chez nous, pas d'homme vers qui on peut se tourner au besoin. Tu es un grand garçon maintenant, presque un adulte, mais c'est encore moi qui s'occupe de toi, et il me semble que j'ai droit à un minimum de respect et de considération. J'ai toujours fait de mon mieux pour être juste et sincère envers toi. Tout ce que je te demande, mon chéri, c'est de me dire la vérité. La vérité, c'est tout. Je me suis jetée à l'eau et j'ai ajouté, écoute, chéri, imagine que tu aies un enfant et qu'à chaque fois que tu lui poses une question, même la plus anodine, qu'à chaque fois que tu lui demandes ce qu'il a fait, où il a été, où il va, n'importe quoi, il ne te dise jamais, absolument jamais, la vérité? Que quand tu lui demandes s'il pleut dehors il te réponde mais non, il fait soleil, avec l'air de rigoler au-dedans de lui et de se dire que tu es trop vieux ou trop bête pour t'apercevoir que ses vêtements sont tout mouillés? Et tu te dis, mais qu'est-ce qu'il a à me mentir comme ça, à quoi ça l'avance, je me le demande? J'ai beau me creuser la cervelle, je n'arrive pas à m'expliquer pourquoi tu fais ça. Pourquoi, mon chéri?

D'abord, il n'a rien dit. Il me fixait, simplement. Ensuite il est venu se placer à côté de moi et il a dit, tu vas voir pourquoi. Je veux que tu t'agenouilles, tu comprends, que tu te mettes à plat ventre devant moi, à genoux, tu m'entends, c'est cela la raison.

Je me suis précipitée dans ma chambre et j'ai fermé ma porte à double tour. C'est cette nuit-là qu'il m'a quittée. Il a pris ses affaires, tout ce à quoi il tenait, et il est parti. Croyez-le ou non, je ne l'ai pas revu depuis. J'étais là le jour où il a reçu son diplôme, mais c'était au milieu d'une foule. J'étais assise dans la salle, je l'ai vu monter sur le podium pour recevoir son parchemin et le prix qu'il avait décroché pour cette dissertation, et quand il a terminé son petit laïus j'ai applaudi comme tout le monde.

Aussitôt après je suis rentrée chez moi.

C'est la dernière fois que je l'ai vu. Enfin, sauf à la télé bien sûr, et en photo dans les journaux.

J'ai entendu dire qu'il s'était engagé dans les Marines et qu'après avoir fini son service il était allé à l'université quelque part dans l'Est. Quand il a épousé cette fille et qu'il s'est lancé dans la politique, les journaux se sont mis à mentionner son nom de plus en plus fréquemment. Je me suis procurée son adresse et je lui ai écrit. Je lui écrivais plusieurs fois par an, mais il n'a jamais répondu à mes lettres. Là-dessus, il a été élu gouverneur. Il était célèbre désormais. C'est à partir de là que la peur m'a prise.

Je m'imaginais toutes sortes de choses. J'étais morte de peur. Alors, naturellement, j'ai cessé de lui écrire. J'espérais qu'il me croirait morte. Je suis venue m'enterrer ici. J'ai fait mettre mon numéro sur la liste rouge. Et puis je me suis dit qu'il valait mieux changer de nom. Quand on est un homme puissant et qu'on veut retrouver quelqu'un, on y arrive, ce n'est pas si sorcier que ça.

Je devrais être fière de lui, mais au lieu de ça j'ai peur. La semaine dernière, j'ai vu une voiture garée devant chez moi avec un homme assis à l'avant. Il m'espionnait, j'en suis sûre. Je suis vite rentrée dans la maison et j'ai fermé la porte à double tour. Il y a quelques jours, le téléphone s'est mis à sonner alors que j'étais au lit. Comme la sonnerie ne s'arrêtait pas, j'ai fini par décrocher et il n'y avait personne au bout du fil.

Je suis vieille. Je suis sa mère. Je devrais être la maman la plus heureuse du pays, mais je n'éprouve rien que de la peur.

Je vous remercie de votre lettre. Je voulais que quelqu'un soit au courant. Si vous saviez comme j'ai honte.

Je voulais aussi vous demander comment vous avez su mon nom et de quelle façon vous vous êtes procuré mon adresse. J'ai prié le Ciel pour que nul ne sache où j'étais. Mais vous avez retrouvé ma piste. Pourquoi avez-vous fait cela ? Dites-moi pourquoi, je vous en prie.

         Bien sincèrement.

LES CANARDS

Cet après-midi-là, une bourrasque soudaine amena des rafales de pluie et les canards jaillirent du lac en gerbes noires pour aller chercher refuge dans de petites mares au creux de la forêt. Il était en train de fendre du bois derrière la maison et il les vit passer au-dessus de la route et piquer sur les marais, de l'autre côté des arbres. Il les regarda défiler volée après volée, les uns par groupes de six, et d'autres – plus nombreux – par paires. Le ciel par-dessus le lac était déjà obscur et voilé d'une fine brume, si bien qu'il ne discernait plus, sur l'autre rive, la silhouette de la scierie. Il activa le mouvement, frappant de toute sa force pour enfoncer le biseau de sa cognée dans les gros rondins de bois sec, les fendant si profondément que les cœurs pourris éclataient. Sur la corde à linge accrochée entre deux pins à sucre, les draps et les couvertures claquaient au vent avec de bruyantes détonations. Il se dépêcha de mettre ses bûches à couvert sous l'auvent du porche avant l'averse. Il lui suffit d'un aller et retour pour tout transporter.

– Le dîner est prêt ! lui cria sa femme de la cuisine.

Il entra et se débarbouilla. Ils parlèrent un peu en mangeant. La conversation roula principalement sur le week-end à Reno. Encore deux jours de travail, puis ce serait la paie, et après ils fileraient à Reno. Le dîner fini, il gagna le porche arrière et entreprit de ranger ses canards en bois dans un sac. Il s'interrompit en voyant qu'elle était sortie à son tour. Debout dans l'embrasure de la porte, elle l'observait.

– Tu vas encore aller chasser demain?

Il détourna les yeux et laissa errer son regard en direction du lac.

– Tu as vu ce temps? dit-il. Demain matin, ça sera du tout bon, sûrement.

Les draps claquaient toujours au vent et une couverture était tombée par terre. Il la désigna de la tête.

– Ton linge va se mouiller, dit-il.

– De toute façon, il n'était pas sec. Ça fait deux jours que je l'ai étendu, et il n'est pas encore sec.

– Qu'est-ce qu'il y a? Tu n'es pas bien?

– Si, si, ça va, fit-elle.

Elle réintégra la cuisine, ferma la porte et le regarda de la fenêtre.

– C'est seulement que ça m'embête que tu sois tout le temps parti. Tu n'es quasiment jamais là, dit-elle à la fenêtre.

Son haleine avait embué la vitre, mais la buée s'effaça aussitôt.

Il rentra, posa son sac de canards en bois dans un coin et s'avança vers elle pour prendre sa gamelle. Elle était adossée au placard, les paumes à plat sur le rebord de la paillasse. Il lui toucha la hanche, pinçant le tissu de sa robe.

– Attends seulement qu'on soit à Reno, lui dit-il. On va s'en payer une tranche.

Elle hocha la tête. Il faisait une chaleur d'étuve dans la cuisine, et elle avait des perles de transpiration au-dessus des sourcils.

— A ton retour, je me lèverai et je te préparerai le petit déjeuner.

— Non, dors. J'aime autant que tu dormes.

Il passa le bras derrière elle pour prendre sa gamelle.

— Fais-moi une bise, dit-elle.

Il l'enlaça. Elle lui mit les deux bras autour du cou et l'étreignit.

— Je t'aime, dit-elle. Sois prudent en conduisant.

Elle alla à la fenêtre de la cuisine pour le regarder courir jusqu'à son camion à plate-forme. Il bondissait au-dessus des flaques d'eau. Une fois à bord de la cabine, il se retourna vers elle et lui adressa un signe de la main. Il faisait presque nuit et il pleuvait des cordes.

Elle était assise près de la fenêtre de la pièce de séjour, écoutant la radio et le bruit de la pluie, lorsque les phares du camion à plate-forme trouèrent la nuit à l'entrée de l'allée. Elle se leva d'un bond et gagna en hâte la porte de derrière. Il était debout sur le seuil. Elle effleura du bout des doigts la toile humide de son ciré.

— Ils nous ont dit de tous rentrer chez nous. Le chef d'équipe a eu une crise cardiaque. Il est tombé raide mort au beau milieu d'un atelier.

— Tu m'as fait peur, dit-elle en lui prenant sa gamelle des mains et en fermant la porte. Quel chef d'équipe? Celui qui s'appelle Mel?

— Non, celui-là s'appelait Jack Granger. Il devait avoir dans les cinquante ans.

Il s'avança jusqu'au poêle à mazout et s'y réchauffa les mains.

— C'est drôle la vie, tout de même! Il s'était arrêté à mon établi pour me demander si tout allait bien et à peine cinq minutes plus tard voilà Bill

Bessie qui s'amène et qui m'annonce que Jack Granger est tombé mort dans l'atelier de sciage. Comme ça, clac.

Il secoua la tête.

— N'y pense pas, va, lui dit-elle en lui prenant les mains et en lui frottant les doigts.

— Oh! j'y pense pas, dit-il. C'est des trucs qui arrivent, voilà. On peut jamais savoir.

Une violente rafale de pluie cingla la maison en crépitant sur les carreaux.

— Bon dieu, quelle chaleur! dit-il. On a encore de la bière?

— Oui, je crois qu'il en reste, répondit-elle en le suivant dans la cuisine.

Il avait les cheveux mouillés. Elle y passa les doigts tandis qu'il s'asseyait. Elle lui ouvrit une bière et s'en versa un peu pour elle-même dans une tasse. Il but à petites gorgées, le regard fixé sur la forêt enténébrée de l'autre côté des vitres.

— Paraît que Granger avait une femme et deux grands fils, dit-il.

— C'est affreux ce qui lui est arrivé, dit-elle. Je suis contente que tu sois rentré, mais quand même, c'est triste, un malheur pareil.

— C'est ce que j'ai dit aux copains. Je suis content de pouvoir rentrer, je leur ai dit, mais ça m'emmerde que ce soit dans ces conditions-là.

Il se tassa imperceptiblement sur sa chaise.

— Tu sais, je crois que pour la plupart ils n'auraient pas demandé mieux que de continuer à bosser, mais dans l'atelier de sciage y a des gars qui ont dit qu'il n'était pas question qu'ils travaillent avec son corps étalé là.

Il vida le reste de sa bière et se leva.

— Je suis heureux qu'ils aient refusé, tu peux me croire, dit-il.

— Et moi je suis heureuse que tu sois rentré, dit-elle. Tout à l'heure, quand tu es parti, j'avais un pressentiment bizarre. C'est à ça que je pensais justement, à mon pressentiment bizarre, quand j'ai aperçu tes phares dans l'allée.

— Pas plus tard qu'hier soir, je l'ai encore vu qui racontait des blagues à la cantine. Il était bon zigue, Granger. Toujours le mot pour rire.

Elle hocha la tête.

— Je vais faire quelque chose à manger – enfin, si t'as le cœur à ça.

— Je n'ai pas faim, mais je mangerais bien un morceau quand même, dit-il.

Assis dans la pièce de séjour, ils regardaient la télé en se tenant par la main.

— Je n'avais jamais vu aucune de ces émissions, dit-il.

— Moi, je ne les regarde plus guère, dit-elle. On a du mal à trouver quelque chose de valable. Le week-end, ça va encore. Mais dans la semaine, y a jamais rien.

Il se laissa aller en arrière et allongea les jambes.

— Je suis vanné, dit-il. Je crois que je vais aller au dodo.

— Moi, je vais prendre un bain, et ensuite je me coucherai aussi, dit-elle.

Elle lui passa une main dans les cheveux, lui caressa la nuque.

— Si on se faisait une petite fête ce soir? dit-elle. C'est pas tous les jours qu'on en a l'occasion.

Elle lui effleura la cuisse de son autre main, se pencha vers lui et l'embrassa.

— Hein, qu'est-ce que tu en dis?

— C'est une idée, dit-il.

Il se leva et s'avança vers la fenêtre. Elle s'était dressée aussi et son image reflétée par la vitre se détachait, légèrement en biais, sur la masse sombre des arbres.

– Va donc prendre ton bain, minou, et ensuite on ira au lit, lui dit-il.

Il resta encore un moment à regarder la pluie qui battait les carreaux. Il consulta sa montre. S'il avait été au travail, ç'aurait été l'heure de la pause-repas. Il passa dans la chambre et entreprit de se déshabiller.

Il regagna la pièce de séjour en caleçon et ramassa un livre qui traînait par terre. *Trésors de la poésie américaine*. Il se dit qu'il avait dû être envoyé par la poste par ce club auquel elle avait adhéré. Après avoir éteint toutes les lumières de la maison, il retourna dans la chambre, se mit au lit, superposa leurs deux oreillers et abaissa la tige de la lampe articulée de façon à ce que la lumière tombe exactement sur le livre. Il l'ouvrit au hasard, lut quelques poèmes en diagonale, puis le posa sur la table de nuit et retourna la lampe vers le mur. Il alluma une cigarette et il fuma, la tête sur ses bras repliés. Il fixait le mur en face de lui. La clarté de la lampe révélait une myriade de minuscules fissures, d'invisibles aspérités. Dans un angle, juste au-dessous du plafond, il y avait une toile d'araignée. La pluie ruisselait sur le toit avec un bruit de cataracte.

Elle se dressa dans la baignoire, prit une serviette pour se sécher. Voyant qu'il la regardait, elle sourit, se drapa la serviette autour de l'épaule, prit une pose de danseuse et demanda :

– Quel effet ça fait ?
– C'est parfait, dit-il.
– Ah ! bon ! fit-elle.
– Je croyais que tu avais tes... enfin, tu vois, dit-il.

— Je les ai, c'est vrai.

Elle acheva de se sécher, laissa tomber sa serviette par terre, enjamba le bord de la baignoire et posa dessus un pied précautionneux. A côté d'elle, le miroir était couvert de buée, et l'odeur de son corps parvenait jusqu'à lui. Elle se retourna et prit une boîte de carton sur l'étagère murale. Ensuite elle passa la ceinture hygiénique et mit le tampon blanc en place. Elle essayait de le regarder, de lui sourire. Il écrasa sa cigarette et il rouvrit son livre.

— Qu'est-ce que tu lis ? demanda-t-elle.
— Je sais pas, dit-il. Des conneries.

Il feuilleta le livre jusqu'aux dernières pages et se mit à parcourir les notices biographiques.

Elle éteignit dans la salle de bains et entra dans la chambre en se brossant les cheveux.

— Tu y vas toujours demain matin ? demanda-t-elle.
— Oh! non, dit-il.
— A la bonne heure, dit-elle. On dormira tard, et en se levant on prendra un énorme petit déje.

Il tendit la main vers la table de nuit et prit une nouvelle cigarette.

Elle rangea sa brosse dans un tiroir et en ouvrit un autre dont elle sortit une chemise de nuit.

— Tu te rappelles quand tu me l'as offerte ? demanda-t-elle.

En guise de réponse, il la regarda.

Elle vint s'allonger près de lui et ils demeurèrent côte à côte, sans bouger, tirant à tour de rôle sur la cigarette. Lorsqu'il lui fit signe qu'il n'en voulait plus, elle l'écrasa dans le cendrier. Il se souleva au-dessus d'elle, lui effleura l'épaule d'un baiser et éteignit la lampe de chevet.

— Tu sais, lui dit-il en se rallongeant sur le dos, je crois qu'il serait temps qu'on bouge d'ici, qu'on aille s'installer ailleurs.

Elle se rapprocha de lui et glissa une jambe entre les siennes. Ils étaient étendus sur le flanc, face à face, leurs lèvres se touchant presque. Il se demanda s'il avait l'haleine aussi fraîche qu'elle.

– J'ai envie de partir, dit-il. Ça fait si longtemps qu'on est là. J'ai envie de rentrer au pays, voir mes vieux. Ou on pourrait peut-être aller dans l'Oregon. C'est beau, comme pays.

– Si c'est vraiment ce que tu souhaites, dit-elle.

– Oui, je crois bien, dit-il. On a plein d'endroits où aller.

Elle modifia légèrement sa position, lui prit la main et se la posa sur la poitrine. De l'autre main, elle attira sa tête à elle, ouvrit la bouche et l'embrassa. Puis elle se souleva très lentement vers le haut du lit, en lui abaissant doucement la tête vers son sein. Il prit son téton dans sa bouche et le suça. Il essayait de se dire qu'il l'aimait, mais tout à coup il n'en était plus aussi sûr que ça. Il entendait le bruit de la pluie, mêlé à celui de sa respiration. Longtemps, ils restèrent dans cette position.

– Si tu n'en as pas envie, ça ne fait rien, dit-elle.

– Ce n'est pas ça, dit-il, sans savoir lui-même ce qu'il entendait par là.

Quand il fut certain qu'elle s'était endormie, il la lâcha et s'éloigna d'elle. Il essaya de penser à Reno. Il essaya d'imaginer les machines à sous, le cliquetis des dés, les lueurs qu'ils jetaient en tournoyant sous les néons. Il imagina le son de la boule ricochant de case en case sur la roulette étincelante. Il se concentra sur l'image de la roulette elle-même. Mais il avait beau regarder de tous ses yeux, écouter de toutes ses oreilles, il n'entendait que le hurlement des scies qui peu à peu diminuait, s'arrêtait.

Il se leva du lit et s'avança vers la fenêtre. Il faisait si noir dehors qu'il ne voyait plus rien, même pas la pluie. En revanche, il l'entendait cascader du haut du toit et s'abîmer dans une flaque au pied de la fenêtre. Elle tambourinait sur toute la maison. Il fit courir son doigt le long de la vitre où la pluie traçait de lentes coulures.

Il se remit au lit, se serra contre elle et lui mit une main sur la hanche.

– Réveille-toi, chérie, murmura-t-il.

Elle remua faiblement dans son sommeil et s'écarta de quelques centimètres vers son bord du lit, mais ses yeux ne s'ouvrirent pas.

– Réveille-toi, murmura-t-il. J'entends quelque chose dehors.

ET ÇA, QU'EST-CE QUE TU EN DIS?

Il ne restait plus trace en lui de l'optimisme qui avait teinté sa fuite de la ville. Il s'était évaporé au soir du premier jour, tandis qu'ils roulaient vers le nord entre deux rangées ténébreuses de séquoias géants. Désormais, les pâturages de l'ouest de Washington, leurs vaches, leurs corps de ferme épars, ne semblaient plus rien lui promettre, rien en tout cas de ce qu'il désirait vraiment. Et à mesure qu'il avançait, un sentiment de révolte et de désespoir grandissait en lui.

Il maintenait la voiture à une allure régulière de quatre-vingts à l'heure – le maximum sur une route pareille. Il avait le front et la lèvre supérieure emperlés de sueur. Une odeur de trèfle forte et pénétrante imprégnait l'air tout autour d'eux. Le paysage se mit à changer. La route plongea brusquement, franchit un petit pont, remonta, puis le bitume cessa et ils se retrouvèrent sur un large chemin de terre. Il continua à rouler, soulevant derrière lui un nuage de poussière ahurissant. Au moment où ils passaient devant les décombres calcinés d'une maison qui se dressaient un peu en retrait de la route, au milieu d'un bouquet d'érables, Emily ôta ses lunettes noires et se pencha au-dehors.

– Mais oui! s'écria-t-elle. C'est bien la maison

des Owens. Owens était un ami de papa. Il avait un alambic dans son grenier et des percherons superbes qu'il faisait concourir dans toutes les foires. Il est mort d'une péritonite quand j'avais dix ans. La maison a cramé l'année suivante, à Noël, et les Owens sont allés vivre à Bremerton.

– C'est vrai? dit-il. A Noël? Où est-ce que je tourne? ajouta-t-il. Je vais où, Emily? A droite ou à gauche?

– A gauche, dit-elle. A gauche!

Elle remit ses lunettes noires puis, au bout de quelques instants, les retira à nouveau.

– Tu n'as qu'à suivre cette route jusqu'au prochain carrefour, Harry. Là, tu tourneras à droite, et ensuite c'est tout droit.

Après cela, Emily garda le silence. Elle fumait cigarette sur cigarette en regardant les champs bien entretenus, les bosquets de sapins isolés, les rares maisons aux façades délavées par les intempéries.

Il rétrograda et tourna à droite. La route descendait en pente douce vers le fond d'une vallée modérément boisée. Très loin en avant d'eux – il supposait que ça devait être vers la frontière du Canada –, il discernait les premiers contreforts d'une chaîne de montagnes dont les hautes cimes se découpaient en noir sur le ciel.

– Au fond de la vallée, il y a une petite route, dit Emily. C'est celle-là.

C'était un mauvais chemin creusé d'ornières profondes. Il s'y engagea avec prudence et roula tout doucement, à l'affût des premiers signes de la maison. Emily était sur des charbons ardents, c'était visible. Elle s'était remise à fumer. Elle était aussi impatiente que lui d'apercevoir la maison. Deux branches basses au feuillage abondant fouettèrent le pare-brise et il battit machinalement des cils. Emily se pencha légèrement en avant, et elle lui posa la main sur la cuisse. « On va y être », dit-elle. Il ralentit, franchit à une allure d'escargot une petite mare limpide formée par un ru minuscule qui sourdait des hautes herbes à sa gauche, traversa un épais buisson de cornouillers dont les rameaux griffèrent la carrosserie au passage. A partir de là, le chemin montait. « La voilà », dit Emily en lui lâchant la cuisse.

L'aspect de la maison le confondit. Il reporta son regard sur le chemin et ne se décida à la regarder à nouveau que lorsqu'il se fut garé juste devant l'entrée. Ensuite il se lécha les lèvres, se tourna vers Emily et se força à sourire.

– Eh bien nous y voilà, dit-il.

Elle le dévisageait, sans se soucier le moins du monde de la maison.

Harry avait toujours vécu dans des villes. San Francisco ces trois dernières années, et avant cela Los Angeles, Chicago, New York. Mais il caressait depuis longtemps le rêve d'aller s'installer à la campagne. Où, à la campagne ? Au début il n'avait eu que des idées très vagues sur ce point ; il savait seulement qu'il voulait renoncer à son existence citadine et repartir à zéro. Il aspirait, disait-il, à une vie plus simple, réduite à l'essentiel. Il avait trente-deux ans et se donnait volontiers le titre d'écrivain, mais il était aussi acteur et musicien à ses heures. Il jouait du saxophone, participait de loin en loin à des spectacles montés par la troupe des Bay City Players, et il travaillait à son premier roman. Ce roman, il l'avait commencé au temps où il vivait encore à New York. Par un lugubre dimanche après-midi de mars, alors qu'il parlait une fois de plus de changer de vie, de repartir sur des bases plus saines quelque part à la campagne, elle lui avait signalé, en plaisantant tout d'abord, qu'elle était propriétaire d'une maison inhabitée – l'ancienne maison de son père – dans le nord-ouest du Washington.

– Oh! mon Dieu! s'était exclamé Harry. Et ça ne t'ennuierait pas? De vivre à la dure, je veux dire? De mener une existence rustique, en pleine nature?
– Mais rappelle-toi, Harry : moi, la campagne, j'y suis née! lui dit-elle en riant. J'y ai vécu longtemps, tu sais. On s'y fait. Ça a ses bons côtés. Je pourrais y retourner. Mais en ce qui te concerne, Harry, je ne sais pas. Je ne suis pas sûre que ça te réussirait vraiment.

Elle le dévisagea, sérieuse à présent. Depuis quelque temps, il lui semblait qu'elle le dévisageait constamment.

– Tu n'aurais pas de regrets? demanda-t-il. Tu pourrais renoncer à ce qu'on a ici?
– Oh! tu sais Harry, je ne renoncerais pas à grand-chose, dit-elle en haussant les épaules. Mais j'aime mieux ne pas t'encourager dans cette idée, Harry.
– Tu pourrais peindre, là-bas? demanda-t-il.
– Oh! moi, je peux peindre n'importe où, dit-elle. Et puis Bellingham n'est pas loin, ajouta-t-elle. A Bellingham, il y a une université. Ou sinon, Seattle ou Vancouver.

Elle le dévisageait toujours. Assise sur un tabouret, devant une toile encore à l'état d'ébauche – un portrait de couple –, elle tournait et retournait deux pinceaux entre ses doigts.

Cette scène s'était déroulée trois mois plus tôt. Ils en avaient reparlé bien des fois depuis, et à présent ils étaient là.

Il s'approcha de la porte et éprouva le mur du poing.

— C'est du costaud, dit-il. L'essentiel, c'est que les fondations soient solides.

Il évitait soigneusement de la regarder. Elle n'était pas née de la dernière pluie. Elle aurait pu lire quelque chose dans ses yeux.

— Je t'avais prévenu qu'il ne fallait pas se faire trop d'idées, dit-elle.

— Oui, c'est vrai. Je m'en souviens très bien, dit-il en évitant toujours son regard.

Il donna un dernier petit coup de ses jointures pliées à la planche grossièrement rabotée, puis il vint se placer à côté d'elle. Il faisait une chaleur moite, étouffante. Il était vêtu d'un jean de toile blanche, d'une paire de sandales et d'une chemise aux manches retroussées.

— Quelle tranquillité! fit-il observer.

— Ça vous change de la ville, pas vrai?

— Ça, pas qu'un peu... Et puis c'est joli, comme coin, ajouta-t-il en s'efforçant de sourire. Bien sûr, ça aurait besoin de quelques réparations, mais ça ne demandera jamais qu'un peu d'huile de coude. On y sera très bien si on décide de rester. En tout cas, c'est pas les voisins qui risquent de nous déranger.

— Quand j'étais petite, on avait des voisins, dit-elle. Il fallait prendre la voiture pour aller les voir, mais c'étaient des voisins quand même.

La porte était faussée. Le gond supérieur était arraché. Harry jugea que ce n'était pas bien grave. Ils passèrent lentement d'une pièce à l'autre. Il s'efforçait de dissimuler sa déception. Deux fois, il cogna sur les cloisons en déclarant : « C'est du costaud », ou encore : « Des maisons comme ça, on n'en fait plus. Une maison pareille, on peut en tirer un maximum. »

Emily s'arrêta net à l'entrée d'une pièce aux vastes proportions et elle retint son souffle.

— C'était ta chambre?

Elle fit un signe de dénégation.

— Et tu dis que ta tante Elsie pourra nous fournir le mobilier?

— Oui, tout ce qu'il nous faudra, dit-elle. Enfin, à condition qu'on décide de rester. Je ne veux pas te forcer la main. Il n'est pas trop tard pour revenir en arrière. Rien n'est perdu.

Dans la cuisine, ils découvrirent un poêle à bois et un matelas debout contre un mur. Quand ils eurent regagné la salle de séjour, il promena un regard circulaire autour de lui et dit :

— Je pensais qu'il y aurait une cheminée.

— Je ne t'ai jamais dit qu'il y en avait une.

— Non, mais quelque chose m'a fait penser qu'il y en aurait une... Je ne vois pas non plus de prises de courant, ajouta-t-il au bout d'un instant, puis il s'exclama : il n'y a pas d'électricité!

— Ni de w.c. non plus, dit-elle.

Il s'humecta les lèvres.

— Bah, dit-il en se retournant pour examiner quelque chose dans l'angle de la pièce, j'imagine qu'on pourrait installer une baignoire et tout le reste dans une de ces pièces. On trouvera bien quelqu'un pour nous faire la plomberie. Mais pour l'électricité, c'est une autre histoire, non? Il faudra bien qu'on se collète avec tous ces problèmes le moment venu, je veux dire. Mais on verra ça au coup par coup, d'accord? Qu'est-ce que tu en penses? On n'aura qu'à...

— Tu ne veux pas te taire un peu, dis?

Elle tourna les talons et sortit.

L'instant d'après, il jaillit dehors à son tour, dévala les marches de la véranda et aspira une grande goulée d'air. Ils allumèrent chacun une cigarette. A l'extrémité du pré, une nuée de corbeaux prit son essor et s'enfonça lentement et silencieusement dans la forêt.

Ils se dirigèrent vers la grange, s'arrêtant pour inspecter au passage les pommiers rabougris. Il arracha une brindille desséchée qu'il tourna et retourna entre ses doigts tandis qu'Emily, debout à côté de lui, tirait sur sa cigarette. C'est vrai que la campagne était paisible ; il s'en dégageait un certain charme aussi, et l'idée de se retrouver propriétaire de quelque chose de vraiment durable, de vraiment permanent, ne manquait pas d'attrait non plus. Il éprouva un subit élan de tendresse envers le modeste verger.

– Ces pommiers redonneront des fruits, tu verras, dit-il. Ça ne demandera jamais qu'un peu d'eau et un minimum de soins.

Il s'imagina sortant de la maison avec un panier d'osier et cueillant de grosses pommes rouges, encore emportées de rosée. Cette idée l'enchantait vraiment.

En arrivant à la grange, il se sentait un peu ragaillardi. Il examina brièvement les vieilles plaques d'immatriculation rouillées clouées sur la porte. Des plaques vertes, jaunes ou blanches, toutes de l'Etat du Washington. Chacune avec sa date. 1922, 1923, 1924, 1925, 1926, 1927, 1928, 1934, 1936, 1937, 1940, 1941, 1949 : il les déchiffra une à une, comme si elles avaient pu lui donner la clef de quelque code secret. Il fit jouer le gros loquet en bois, s'escrima un moment sur le lourd vantail jusqu'à ce qu'il cède devant lui. A l'intérieur, l'air sentait le renfermé, mais l'odeur ne lui parut pas si déplaisante que ça. Des rais de soleil fusaient par les fissures du toit.

– En hiver, on avait toujours des pluies abondantes, dit Emily. Mais je ne me rappelle pas qu'on ait jamais eu une si grosse chaleur en juin. Un jour, mon père a tué un chevreuil hors saison. Je devais avoir dans les huit, neuf ans.

Elle se retourna vers Harry, qui était en train d'examiner un vieux collier d'attelage accroché à un clou près de la porte.

– Papa était ici, dans la grange, avec le chevreuil, quand la voiture du garde-chasse est entrée dans notre cour. Il faisait nuit. Maman m'a dit d'aller chercher papa et le garde-chasse m'a suivie. C'était un gros malabar, avec un chapeau sur la tête. Papa descendait justement du fenil, une lanterne à la main. Il a bavardé un moment avec le garde-chasse. Le chevreuil était là, suspendu à un croc, mais le garde-chasse n'a rien dit. Il a offert une chique de tabac à papa, mais papa a refusé. Il n'aimait pas chiquer, mais même s'il avait aimé ça, il ne l'aurait pas prise. Ensuite, le garde-chasse m'a pincé l'oreille et il est parti. Mais je ne veux pas penser à tout ça, s'empressa-t-elle d'ajouter. Ça fait des années que je n'avais pas remué ce genre de souvenirs. Je ne veux pas faire de comparaisons, dit-elle.

« Non, dit-elle en reculant d'un pas et en secouant la tête. Non, je ne pleurerai pas. Je sais que ça doit te paraître mélodramatique et même bête. Excuse-moi de te donner cette impression-là, mais à vrai dire, Harry... (Elle secoua la tête à nouveau.) Je ne sais pas. Peut-être que j'ai fait une erreur en revenant ici. Je sens bien que tu es déçu.

– Qu'est-ce que tu en sais ? dit-il.

– Non, c'est vrai, je n'en sais rien, dit-elle. Excuse-moi. Vraiment, je n'essaie pas de t'influencer dans un sens ou dans l'autre. Mais je ne pense pas que tu aies envie de rester. Est-ce que je me trompe ?

Il eut un haussement d'épaules et il sortit une cigarette. Emily lui prit la cigarette des mains et elle attendit qu'il lui donne du feu, attendit que leurs regards se croisent au moment où il lui présenterait la flamme de l'allumette.

— Quand j'étais petite, reprit-elle, je rêvais d'être artiste de cirque. Je ne voulais pas être infirmière ou maîtresse d'école. Ni artiste-peintre non plus, en ce temps-là je ne pensais même pas à la peinture. Je voulais être Emily Horner, danseuse de corde. Je m'en faisais tout un cinéma. Je venais m'exercer ici, dans la grange. Je marchais sur les poutres. Cette grosse poutre, là-haut, je l'ai arpentée des centaines de fois.

Elle s'apprêtait à dire autre chose, mais elle tira une bouffée de sa cigarette, la jeta par terre et l'écrasa soigneusement sous son talon.

Dehors, un oiseau gazouilla. Harry perçut un bruit de course furtive sur le plancher du fenil. Emily passa devant lui, sortit dans la lumière et se dirigea vers la maison à travers l'herbe haute et drue.

— Qu'est-ce qu'on va faire, Emily? lui cria-t-il.

Elle s'arrêta et il la rejoignit.

— On va survivre, dit-elle.

Elle secoua la tête, esquissa un sourire et lui posa une main sur le bras.

— Mon Dieu, on s'est fourrés dans de sales draps, hein? Mais je ne sais pas quoi te dire d'autre, Harry.

— Il faut qu'on prenne une décision, dit-il sans savoir au juste ce qu'il entendait par là.

— C'est à toi de la prendre, Harry. Si ce n'est pas déjà fait. Oui, la décision t'appartient. Moi, ça m'est égal de rentrer. Rentrons, si ça t'arrange mieux. On n'a qu'à rester un jour ou deux chez tante Elsie, puis on retournera à San Francisco. Ça te va? En attendant, donne-moi une cigarette, tu veux? Je vais faire un tour jusqu'à la maison.

Il fit un pas vers elle, croyant qu'ils allaient

s'embrasser. Il en avait envie. Mais elle n'esquissa pas le moindre geste; elle se borna à le fixer des yeux, si bien qu'il lui effleura simplement le nez du bout de l'index en lui disant :
– A tout à l'heure, Emily.

Il la regarda s'éloigner, ensuite il consulta sa montre, tourna les talons et se dirigea vers le bois. Il traversa lentement le pré, dont l'herbe lui montait jusqu'aux genoux. A la lisière du bois, il découvrit une espèce de sentier. A cet endroit, l'herbe était nettement plus clairsemée. Il se frotta l'arête du nez par-dessous ses lunettes de soleil, se retourna vers la maison et la grange puis, à pas lents, il continua. Une nuée bourdonnante de moustiques s'assembla autour de sa tête et le suivit dans sa marche. Il s'arrêta pour allumer une cigarette, chassa les moustiques d'un revers de main et se retourna à nouveau, mais cette fois il ne voyait plus la maison ni la grange. Il resta là, tirant sur sa cigarette, s'imprégnant peu à peu du silence de la végétation, des arbres, des ombres du sous-bois. N'était-ce pas là le silence même auquel il aspirait ? Il reprit sa marche, cherchant un endroit où s'asseoir.

Il alluma une autre cigarette et se cala le dos contre un tronc d'arbre. Il ramassa quelques éclats de bois dans l'humus entre ses jambes. Il tira sur sa cigarette. Il pensa à un recueil de pièces de Ghelderode posé au sommet du bric-à-brac entassé sur le siège arrière de la voiture, puis il se remémora quelques-uns des patelins qu'ils avaient traversés ce matin : Ferndale, Lynden, Custer, Nooksack. Tout à coup, il se souvint du matelas dans la cuisine et s'aperçut que sa vue avait fait naître en lui une obscure terreur. Il essaya d'imaginer Emily en équilibre sur la grosse poutre de la grange. Mais cette image lui faisait peur aussi. Il tira sur sa cigarette. Tout bien considéré, il éprouvait un grand calme. Il n'allait pas rester dans cet endroit, il en était sûr à présent, mais cette certitude ne le dérangeait pas. Il était heureux de se connaître si bien. Il décida que tout cela n'était pas grave. Il n'avait que trente-deux ans. Ce n'est pas si vieux. Il était dans une mauvaise passe, ça, il fallait le reconnaître. Mais après tout, ce sont les aléas de la vie, n'est-ce pas? Arrivé à ce point de ses méditations, il écrasa sa cigarette. Quelques instants plus tard, il en alluma une autre.

Au moment où il débouchait à l'angle de la maison, Emily achevait d'exécuter une roue. Elle atterrit avec un choc sourd, les genoux à demi fléchis, et c'est alors qu'elle l'aperçut.

– Ohé! lui lança-t-elle en souriant gravement.

Elle se dressa sur la pointe des pieds, leva ses deux bras écartés au-dessus de sa tête, se lança en avant et tournoya deux autres fois sur elle-même. Ensuite, elle lui cria : « Et ça, qu'est-ce que tu en dis? » se laissa tomber avec légèreté sur les mains, trouva son équilibre et s'avança vers lui. Son mouvement était vacillant, indécis,, elle avait la figure empourprée, son chemisier lui pendait sur le menton, ses jambes battaient maladroitement l'air, mais elle avançait tout de même.

– Tu as décidé? fit-elle d'une voix essoufflée.

Il hocha affirmativement la tête.

– Alors? fit-elle.

Elle se laissa choir sur les épaules et roula sur elle-même, un bras replié sur les yeux dans un geste qui semblait plus destiné à mettre ses seins en valeur qu'à la protéger du soleil.

– Harry, dit-elle.

Il s'apprêtait à allumer une cigarette avec sa dernière allumette, mais ses mains se mirent à trembler. L'allumette s'éteignit et il resta là, tenant sa cigarette d'une main et sa pochette d'allumettes vide de l'autre, fixant d'un œil vide la forêt qui s'étalait à l'infini à l'extrémité de la prairie d'un vert cru.

– Harry, il faut qu'on s'aime, dit Emily. Il ne nous reste plus qu'à nous aimer, dit-elle.

BICYCLETTES, MUSCLES, CIGARETTES

Evan Hamilton avait cessé de fumer depuis deux jours, et depuis deux jours il lui semblait que toutes ses paroles, toutes ses pensées renvoyaient d'une manière ou d'une autre aux cigarettes. Il leva ses mains pour que le plafonnier de la cuisine les éclaire mieux. Il se renifla les jointures, le bout des doigts.

– Je sens l'odeur, dit-il.
– Oui, je sais, dit Ann Hamilton. On dirait qu'elle vous suinte par tous les pores. Moi, quand j'ai arrêté, l'odeur m'a poursuivie partout pendant trois jours. Même en sortant du bain, je puais le tabac à plein nez. C'était abominable.

Elle était en train de mettre le couvert du dîner.

– J'ai de la peine pour toi, chéri. Je sais ce que tu dois endurer. Mais si ça peut te consoler, sache que le deuxième jour est le plus dur de tous. Le troisième jour n'est pas commode non plus, certes, mais si tu as pu tenir jusque-là, la partie est gagnée. En tout cas, tu ne peux pas savoir comme je suis heureuse que tu te sois décidé à arrêter pour de bon.

Elle lui posa une main sur le bras.

– A présent, si tu veux bien appeler Roger, on va pouvoir dîner.

Hamilton ouvrit la porte de devant. Il faisait déjà nuit. On était début novembre, les journées étaient de plus en plus courtes et fraîches. Un gamin qu'il ne connaissait pas était debout sur sa bicyclette au milieu de l'allée. Il se tenait en équilibre sur la pointe des pieds, le buste légèrement penché en avant, les fesses juste sous la selle. Le vélo était de petite taille, mais il n'y manquait pas un accessoire. Le gamin paraissait un peu plus âgé que son fils.

– Vous êtes Mr Hamilton ? demanda-t-il.

– Oui, c'est moi, dit Hamilton. Qu'est-ce qu'il y a ? C'est Roger ?

– Roger est à la maison, il discute avec ma mère. Il est avec Kip et un autre garçon qui s'appelle Gary Berman. C'est au sujet du vélo à mon frère. Je ne connais pas toute l'histoire, ajouta-t-il en manipulant les poignées du guidon, mais en tout cas maman m'a demandé de venir vous chercher. De venir chercher l'un ou l'autre des parents de Roger.

– Il n'a pas de mal, au moins ? dit Hamilton. Bon, d'accord, je suis à toi tout de suite.

Il rentra dans la maison et il mit ses chaussures.

– Tu l'as trouvé ? demanda Ann Hamilton.

– Il s'est fourré dans une histoire, répondit Hamilton. C'est au sujet d'une bicyclette. Un gamin est là, dehors. Je n'ai pas saisi son nom. Il veut qu'un de nous deux l'accompagne jusqu'à chez lui.

– Il n'a pas de mal, au moins ? dit Ann Hamilton en retirant son tablier.

– Mais non, voyons. Hamilton la regarda en secouant la tête.

– Apparemment, il ne s'agit que d'une dispute entre mioches et la mère de l'autre garçon s'en est mêlée.

— Tu veux que j'y aille ? demanda Ann Hamilton.

Il réfléchit un instant.

— Oui, j'aimerais autant que ça soit toi qui y ailles, mais je vais y aller quand même. Garde-nous le dîner au chaud en attendant. Ça ne sera pas long.

— Je n'aime pas le savoir dehors après la tombée de la nuit, dit Ann Hamilton. Non, vraiment, je n'aime pas ça.

Le gamin était toujours assis sur sa bicyclette et, à présent, il tripotait le frein.

— C'est loin ? demanda Hamilton au moment où ils arrivaient sur le trottoir.

— On habite Villa Arbuckle, dit le gamin, et comme Hamilton le regardait d'un air interloqué, il précisa : C'est pas loin. A deux blocs d'ici à peu près.

— Qu'est-ce qui pose problème ?

— Je ne sais pas exactement. Je n'ai pas tout compris. Apparemment, mon frère avait prêté son vélo à Roger pendant qu'on était parti en vacances et lui, Kip et ce Gary Berman l'ont esquinté. Il paraît qu'ils l'ont fait exprès. Moi, je sais pas. Mais en tout cas, c'est de ça qu'ils discutent. Mon frère ne retrouve plus son vélo et c'est eux qui l'avaient en dernier. Kip et Roger. Maman est en train d'essayer de tirer tout ça au clair.

— Kip, je le connais, dit Hamilton. Qui est l'autre garçon ?

— Gary Berman. Il est nouveau dans le quartier, je crois. Son père passera dès qu'il sera rentré de son travail.

Ils tournèrent un coin. Le gamin avait pris la tête, mais il roulait très lentement. Hamilton eut juste le temps d'entrevoir un jardin fruitier, puis ils tournèrent et pénétrèrent dans une impasse. Il ignorait jusqu'à l'existence de cette rue et il était sûr de n'y connaître personne. Il regarda toutes ces maisons inconnues autour de lui et fut frappé de l'étendue de la vie sociale de son fils.

Le gamin s'engagea dans une allée, descendit de sa bicyclette et la posa contre la façade de la maison. Il ouvrit la porte et entra. Hamilton lui emboîta le pas, traversa la pièce de séjour et le suivit dans la cuisine. Son fils était assis à la table de la cuisine, flanqué de Kip Hollister et d'un autre garçonnet. Hamilton regarda Roger avec attention, puis il se tourna vers la femme brune et corpulente qui était assise en face des trois enfants.

— Vous êtes le papa de Roger? s'enquit-elle.

— Oui, je suis Evan Hamilton. Bonsoir, madame.

— Je suis Mrs. Miller, la maman de Gilbert, dit la femme. Navrée d'avoir dû vous faire venir jusqu'ici, mais nous avons un problème.

Hamilton s'assit sur une chaise à l'autre extrémité de la table et il regarda autour de lui. Un garçon d'une dizaine d'années était assis à côté de la femme. Hamilton supposa que c'était celui dont la bicyclette avait disparu. Un garçon plus âgé, qui devait avoir dans les quatorze ans, était assis sur la paillasse de l'évier, les jambes pendantes, et en observait un deuxième qui bavardait au téléphone. Le garçon au téléphone accueillit d'un sourire égrillard une déclaration de son interlocuteur. Il tenait une cigarette à la main. Il tendit le bras vers l'évier, et Hamilton entendit le grésillement de la cigarette qui s'éteignait dans un verre d'eau. Le gamin qui lui avait servi de guide s'adossa au réfrigérateur et croisa les bras sur sa poitrine.

— Tu as trouvé les parents de Kip? lui demanda la femme.

— Sa sœur m'a dit qu'ils étaient allés faire des courses. Je suis passé chez Gary Berman. Son père sera là d'ici quelques minutes. J'ai laissé l'adresse à sa mère.

– Je vais tout vous expliquer, Mr Hamilton, dit la femme. Le mois passé, nous étions en vacances et Kip a demandé à Gilbert de bien vouloir lui prêter sa bicyclette afin que Roger puisse l'aider à livrer ses journaux. La bicyclette de Roger avait un pneu à plat, ou quelque chose comme ça. Et là-dessus, figurez-vous que...

– Gary a essayé de m'étrangler, papa, intervint Roger.

– Quoi ? fit Hamilton en dévisageant son fils.

– Il a essayé de m'étrangler. J'ai des marques.

Roger abaissa le col de son tee-shirt pour exhiber son cou.

– Ils étaient dans le garage, continua la femme. Je ne savais pas ce qu'ils fabriquaient et j'ai chargé Curt, mon fils aîné, d'aller voir ce qui se passait.

– C'est lui qui a commencé ! s'écria Gary Berman à l'adresse de Hamilton. Il m'a traité de connard.

Gary Berman coula un rapide regard en direction de la porte d'entrée.

– Mon vélo valait dans les soixante dollars, intervint Gilbert Miller. Vous n'avez qu'à me le rembourser, c'est tout.

– Ne te mêle pas de ça, Gilbert, dit la femme.

Hamilton poussa un soupir.

– Continuez, lui dit-il.

– Eh bien, en fin de compte, après s'être servis de la bicyclette de Gilbert pour livrer leurs journaux, Kip et Roger, ainsi que Gary – en tout cas c'est ce qu'ils affirment – se sont amusés à jouer à la « poussette» avec à tour de rôle.

– Qu'est-ce que c'est que ça, la poussette ? dit Hamilton.

– C'est un de leurs jeux, dit la femme. Ça consiste à pousser la bicyclette dans une pente sur laquelle elle doit rouler le plus longtemps possible avant de tomber. Après cela, figurez-vous que Kip et Roger n'ont rien trouvé de mieux que de l'emmener jusqu'au terrain de sport de leur école où ils se sont amusés à la précipiter contre un poteau de but. Ils viennent de me l'avouer à l'instant.

Les yeux de Hamilton se posèrent à nouveau sur son fils.

— C'est la vérité, Roger ? demanda-t-il.

— Oui, sauf pour un détail, dit Roger en baissant les yeux et en frottant la table de l'index. On ne l'a poussée qu'une seule fois chacun. D'abord Kip, puis Gary et moi en dernier.

— Une fois, c'est encore de trop, dit Hamilton. Je suis surpris que tu aies pu faire ça, Roger. Surpris et déçu. Ça vaut aussi pour toi Kip, ajouta-t-il.

— Seulement vous voyez, dit la femme, il y a quelqu'un qui nous raconte des galéjades ici ce soir, ou qui au moins ne nous dit pas toute la vérité. Car le fait est que cette bicyclette est toujours manquante.

Les deux frères aînés de Gilbert s'étaient mis à rigoler et à échanger des plaisanteries avec le garçon qui parlait au téléphone.

— On ne sait pas où il est, ce vélo, Mrs. Miller, déclara le petit Kip. On vous l'a déjà dit. La dernière fois qu'on l'a vu, c'est quand on l'a ramené chez moi, Roger et moi, après avoir été à l'école avec. Enfin non, ça, c'était l'avant-dernière fois. La toute dernière fois, c'est quand je l'ai ramené ici le lendemain matin. Je l'ai laissé derrière la maison, acheva-t-il en secouant la tête. Je vous jure, on sait pas où il est, dit-il encore.

— Soixante dollars, dit le petit Gilbert au petit Kip. Tu n'auras qu'à me verser cinq dollars par semaine, disons.

— Vas-tu te taire, Gilbert, dit la femme. Vous voyez, continua-t-elle en fronçant les sourcils, ce qu'ils prétendent, c'est que la bicyclette a disparu alors qu'elle était ici, derrière la maison. Mais comment pouvons-nous les croire, sachant qu'ils n'ont pas été entièrement sincères jusque-là ?

– On vous a dit la vérité, dit Roger. C'est tout ce qu'on sait.

Gilbert se laissa aller en arrière sur sa chaise et secoua la tête d'un air dégoûté.

Le carillon de la porte retentit et le garçon assis sur la paillasse sauta à terre et passa dans la salle de séjour.

Un homme à la démarche raide, avec des cheveux taillés en brosse et des yeux gris perçants, entra dans la cuisine sans dire un mot. Il jeta un bref coup d'œil à Mrs. Miller et alla se placer derrière la chaise de Gary Berman.

– Vous êtes sans doute Mr Berman ? dit la femme. Ravie de vous connaître. Je suis la maman de Gilbert et voici Mr Hamilton, le papa de Roger.

L'homme adressa un signe de tête à Hamilton, mais ne lui tendit pas la main.

– De quoi s'agit-il ? demanda-t-il à son fils.

Les garçons assis à la table se mirent tous à parler en même temps.

– Taisez-vous ! fit Berman. C'est à Gary que je parle. Vous parlerez quand on vous le demandera.

Le petit Gary raconta sa version de l'affaire. Berman l'écoutait avec attention. De temps en temps, il se tournait vers Kip et Roger et les étudiait en rétrécissant les yeux.

Quand Gary Berman eut terminé son récit, la femme dit :

– Je voudrais bien qu'on arrive à se mettre d'accord. Je n'accuse personne, comprenez-vous, Mr Hamilton, Mr Berman. Mais je voudrais bien qu'on arrive à se mettre d'accord.

En disant cela, elle ne quittait pas des yeux Roger et Kip, qui de leur côté regardaient Gary Berman en secouant la tête.

— Ce n'est pas vrai, Gary, dit Roger.

— Papa, je peux te parler seul? demanda Gary Berman.

— Allons-y, dit Berman, et ils passèrent dans la salle de séjour.

Hamilton les regarda sortir. Il lui semblait qu'il aurait dû les en empêcher, leur interdire de faire des cachotteries. Il avait les paumes moites. Machinalement, il plongea une main dans la poche de sa chemise pour y prendre une cigarette. Ensuite, il aspira une grande goulée d'air, se passa le dos de la main sur la racine du nez et dit :

— Roger, tu es sûr que tu ne sais rien de plus que ce que tu nous as dit? Que tu ne sais pas où se trouve la bicyclette de Gilbert?

— Non, je n'en sais rien, répondit son fils. Je te le jure.

— Quand est-ce que tu l'as vue pour la dernière fois? demanda Hamilton.

— Quand on l'a laissée chez Kip en revenant de l'école.

— Kip, est-ce que tu sais où se trouve la bicyclette de Gilbert actuellement?

— Je n'en sais rien, je vous jure, répondit l'enfant. Je l'ai ramenée ici le lendemain matin et je l'ai laissée derrière le garage.

— Il me semblait t'avoir entendu dire que tu l'avais laissée derrière la maison, intervint précipitamment Mrs. Miller.

— Oui, la maison, la maison! C'est ce que je voulais dire, dit Kip.

— Est-ce que tu n'es pas revenu la prendre par la suite? demanda-t-elle en se penchant vers lui.

— Non, je ne suis pas revenu, répondit-il.

— Kip? insista-t-elle.

— Je vous dis que non! Je sais pas où elle est! vociféra Kip.

Mrs. Miller eut un haussement d'épaules.

— Allez savoir qui il faut croire, dit-elle à Hamilton. Moi, tout ce que je sais, c'est que la bicyclette de Gilbert n'est plus là.

Gary Berman et son père refirent leur apparition.

— C'est Roger qui a eu l'idée de jouer à la poussette avec, dit Gary.

— Non, c'est toi! s'écria Roger en se levant d'un bond. C'est toi qui a voulu! Et après tu as dit qu'on n'avait qu'à l'emmener dans le verger pour la démonter!

— Tu vas la boucler, oui? lui dit Berman. Tu parleras quand on te le demandera, mon garçon, et pas avant. Je m'en charge, Gary. Se faire traîner hors de chez soi à une heure pareille à cause de deux vulgaires voyous! Ecoutez-moi bien, vous deux, continua-t-il en regardant successivement Roger et Kip. Si vous savez où se trouve la bicyclette de ce garçon, je vous conseille de vous mettre à table.

— Là, je crois que vous exagérez un peu, dit Hamilton.

Le front de Berman s'assombrit.

— Quoi? fit-il. Et moi, je crois que vous feriez mieux de vous mêler de vos oignons.

— Allons-nous-en, Roger, dit Hamilton en se levant. Kip, tu n'as qu'à venir avec nous, si tu veux.

Il se tourna vers la femme.

— Je ne vois pas ce que nous pouvons faire de plus ce soir. Je compte bien aller un peu plus au fond des choses avec Roger, mais s'il faut vous dédommager pour la perte de la bicyclette, il me semble qu'étant donné qu'il a participé au saccage, il serait équitable que je vous en paie un tiers.

— Je ne sais pas quoi vous dire, dit la femme en le suivant dans la salle de séjour. J'en discuterai avec le père de Gilbert. Il est en voyage actuellement. Nous verrons. Ça ne mérite sans doute pas qu'on en fasse tout un plat, mais il faut d'abord que j'en parle avec mon mari.

Hamilton s'écarta pour laisser passer les deux enfants et au moment où il allait les rejoindre sur la véranda, il entendit la voix de Gary Berman qui disait dans son dos :

— Il m'a traité de connard, papa.

— Vraiment? fit la voix Berman. Eh bien, le connard c'est lui. Il a une gueule de con, d'ailleurs.

Hamilton se retourna et il dit :

— Mr Berman, je trouve vraiment que vous passez les bornes ce soir. Vous ne pouvez pas vous contenir un peu?

— Et moi, je vous ai déjà dit que vous n'aviez qu'à vous mêler de vos oignons! aboya Berman.

Hamilton s'humecta les lèvres.

— Rentre à la maison, Roger, dit-il. Je suis sérieux, dit-il. Allez, file!

Roger et Kip gagnèrent le trottoir. Debout dans l'encadrement de la porte, Hamilton regardait Berman qui traversait la salle de séjour avec son fils.

La femme avait l'air inquiète.

— Mr Hamilton..., commença-t-elle, mais elle laissa sa phrase en suspens.

— Qu'est-ce que vous me voulez? dit Berman. Allons, laissez-moi passer, ou gare!

Il exerça une poussée rapide sur l'épaule de Hamilton, qui perdit pied, tomba du haut de la véranda et s'abattit avec fracas dans un buisson épineux. Il avait du mal à croire que ça lui arrivait vraiment. Il se releva, enjamba le rebord de la

véranda et se jeta sur Berman. Ils s'écrasèrent lourdement sur la pelouse. Ils roulèrent un moment l'un sur l'autre, puis Hamilton parvint à faire toucher les épaules à Berman et il lui écrasa les biceps sous ses genoux. Ensuite il l'empoigna par de col et se mit à lui cogner le crâne contre la pelouse tandis que la femme glapissait :
– Au secours! Au secours! Arrêtez-les! Que quelqu'un appelle la police, pour l'amour du ciel!
Hamilton s'arrêta.
Berman leva les yeux sur lui et il dit :
– Lâchez-moi!
– Vous n'avez pas de mal? leur cria la femme tandis qu'ils se séparaient. Oh! bonté divine! ajouta-t-elle. Elle considéra les deux hommes qui se tenaient à quelques pas l'un de l'autre, dos à dos, le souffle court. Les trois adolescents s'étaient précipités dehors pour ne pas manquer le spectacle. Maintenant qu'il était fini, ils restèrent encore un moment à observer les deux hommes, puis ils se mirent à boxer entre eux, feintant et s'expédiant des swings et des crochets.
– Rentrez dans la maison, les enfants, leur dit la femme. Jamais je n'aurais imaginé, dit-elle en se plaquant une main sur la poitrine.
Hamilton était en nage. Il essaya d'aspirer un grand coup, mais ses poumons le brûlaient. Il avait la gorge nouée, si bien qu'il fut un moment sans pouvoir avaler sa salive. Il gagna le trottoir et se mit en marche, flanqué de son fils et du petit Kip. Il entendit des portières claquer, le bruit d'un moteur qui démarrait. Les phares de la voiture le balayèrent au passage.
Roger fut secoué d'un bref sanglot, et Hamilton lui entoura les épaules de son bras.
– Vaut mieux que je rentre, dit Kip. Papa doit se demander ce qui m'arrive.
Sur quoi il fondit en larmes et détala.

— Je suis désolé, dit Hamilton à son fils. Désolé de t'avoir infligé un spectacle pareil.

Ils continuèrent leur marche et lorsqu'ils furent en vue de leur maison, Hamilton retira son bras des épaules de Roger.

— Et s'il avait sorti un couteau, papa ? Ou une matraque ?

— Il n'aurait quand même pas été jusque-là, dit Hamilton.

— Oui, mais s'il l'avait fait ? insista l'enfant.

— On est capable de tout quand on est en colère, dit Hamilton.

Ils entrèrent dans leur allée et se dirigèrent vers la porte. A la vue des fenêtres éclairées, Hamilton sentit les battements de son cœur s'accélérer.

— Je peux te tâter les muscles ? dit Roger.

— Pas maintenant, dit Hamilton. Allez, rentre, mange ton dîner et va vite te coucher. Dis à maman que tout va bien. Je vais juste rester cinq minutes assis sur la véranda.

Le garçonnet regarda son père en se balançant d'un pied sur l'autre, ensuite il se rua à l'intérieur de la maison en criant : « Maman ! Maman ! ».

Hamilton s'assit sur la véranda, le dos appuyé au mur du garage, et allongea les jambes. La sueur avait séché sur son front. Il était moite et ses vêtements lui collaient au corps.

Un jour, il avait vu son père, un homme pâle, lent de paroles, avec des épaules en devant de brouette, en venir aux mains avec un valet de ferme dans un café. L'affrontement avait été rude, et les deux adversaires s'en étaient sortis aussi amochés l'un que l'autre. Hamilton avait beaucoup aimé son père et avait gardé de lui bien des souvenirs. Mais à présent, cet unique pugilat prenait une importance démesurée dans sa mémoire, comme si son père n'avait jamais rien accompli d'autre dans sa vie.

Quand sa femme sortit sur la véranda, elle le trouva assis à la même place.

– Seigneur Dieu, dit-elle en lui prenant le visage entre ses mains. Rentre donc, va prendre une douche et ensuite tu mangeras un morceau et tu me raconteras tout. Ton dîner est encore chaud. Roger est allé se coucher.

Mais là-dessus il entendit son fils qui le hélait de l'étage.

– Il ne dort pas encore, dit-elle.

– Je vais monter le voir, dit Hamilton. Je n'en ai que pour une minute. Et après, on pourrait peut-être boire un verre.

Elle secoua la tête.

– Je n'arrive pas à croire que tout ça est vraiment arrivé, dit-elle.

Hamilton entra dans la chambre de Roger et s'assit au pied de son lit.

– Il est bien tard, mais comme tu étais encore réveillé, je suis venu te dire bonne nuit, expliqua-t-il.

Roger avait les mains croisées derrière la nuque, les coudes pointés vers l'avant.

– Bonne nuit, dit-il.

Il était en pyjama, et Hamilton aspira à pleines narines la bonne odeur d'enfant propre qui émanait de lui. Il lui tapota la cuisse à travers les couvertures.

– Tu vas arrêter tes bêtises, hein. Dorénavant, je veux que tu évites cette partie du quartier et gare à toi si j'entends dire que tu as esquinté une bicyclette ou n'importe quel autre objet qui ne t'appartient pas. C'est bien compris ?

Roger acquiesça de la tête. Il retira ses mains de sous sa nuque et se mit à tripoter le couvre-lit.

— Bon, eh bien bonne nuit, alors, dit Hamilton.
— Papa, est-ce que grand-père était aussi costaud que toi ? Enfin, tu vois, quand il avait ton âge et que toi...
— Et que j'avais moi-même neuf ans ? C'est ce que tu veux dire ? Oui, ton grand-père était costaud, lui aussi.
— Des fois j'ai du mal à me rappeler de lui, dit l'enfant. C'est pas que je veuille l'oublier ni rien, mais... Tu me suis, papa ?

Comme Hamilton tardait à lui répondre, Roger poursuivit :

— Quand tu étais enfant, est-ce que c'était pareil qu'entre toi et moi ? Est-ce que tu l'aimais plus que je t'aime, ou juste autant ?

Le garçonnet avait dit cela avec une certaine brusquerie. Il agita ses pieds sous les couvertures et détourna les yeux. Comme Hamilton ne lui répondait toujours pas il ajouta :

— Est-ce qu'il fumait ? Dans mon souvenir, il avait une pipe, je crois.
— C'est vrai qu'il s'était mis à la pipe peu avant sa mort, dit Hamilton. Dans le temps, il fumait des cigarettes, et puis quand il avait ses crises d'abattement, il s'arrêtait de fumer, et plus tard il recommençait, mais en changeant de marque. Tiens, je vais te montrer quelque chose, dit-il. Renifle mon poing.

Roger lui prit la main, la flaira et dit :

— Ça ne sent rien, papa. Enfin, moi, je ne sens rien, pourquoi ?

Hamilton flaira le dos de sa main, puis il se flaira les doigts.

— Moi non plus, je ne sens plus rien à présent, constata-t-il. L'odeur était bien là avant, mais elle est partie. Peut-être bien que c'est la frousse qui l'a chassée, songeait-il.

— Je voulais te montrer quelque chose, dit-il. Bon, il est tard maintenant, il faut dormir.

L'enfant se retourna sur le flanc et il regarda son père se diriger vers la porte. Au moment où il posait la main sur l'interrupteur, Roger lui dit :

— Papa? Tu vas penser que je suis dingue, mais j'aurais voulu te connaître quand tu étais petit. Quand tu avais à peu près l'âge que j'ai maintenant, tu vois. Je ne sais pas comment t'expliquer ça, mais ça me manque. Quand j'y pense, ça me fait comme un trou. Comme si une partie de toi n'était déjà plus là. C'est dingue, tu trouves pas? Bon, mais à part ça, laisse la porte ouverte, s'il te plaît.

Hamilton laissa la porte grande ouverte, mais ensuite il se ravisa et la referma à demi.

QU'EST-CE VOUS VOULEZ?

Il faut qu'ils vendent la voiture en catastrophe, et Leo a demandé à Toni de s'en occuper. Toni, c'est une fine mouche. Elle a un sacré entregent. Jadis, elle faisait du porte-à-porte avec des encyclopédies pour enfants. Elle était arrivée à lui en placer une, et pourtant il n'avait pas d'enfants. Là-dessus, Leo lui avait proposé de sortir avec lui, et cette sortie les avait menés là. Il fallait vendre la voiture au comptant, et dès ce soir. S'ils attendaient un jour de plus, un de leurs créanciers serait fichu d'y faire apposer les scellés. Lundi, ils passaient au tribunal, et à partir de là plus personne ne pourrait plus rien contre eux. Mais leur avocat avait posté la veille les lettres qui annonçaient leur déconfiture, et à présent tout le monde était au parfum. L'avocat leur avait dit que l'audience de lundi n'avait rien de bien redoutable. Le juge se bornerait à leur poser un certain nombre de questions et à leur faire signer quelques papiers. Mais il leur avait conseillé de vendre la décapotable sans délai. Aujourd'hui même. Ce soir même. La petite chiotte de Leo, ils pouvaient la garder sans problème. Mais si le juge apprenait qu'ils étaient propriétaires d'une grosse décapotable de luxe, il la confisquerait sans faire ni une ni deux.

Toni se met sur son trente et un. Il est déjà

quatre heures, et Leo s'inquiète. Les marchands de voitures d'occasion ferment tôt. Mais Toni prend tout son temps. Elle enfile posément le chemisier à manches de dentelle, le tailleur, les escarpins à talons aiguille, qu'elle a achetés le jour même. Elle transfère le contenu de son fourre-tout en paille tressée dans le sac à main en cuir verni qu'elle s'est acheté en même temps que les fringues. Elle examine la petite trousse à maquillage en lézard et la range avec le reste. Elle a passé deux bonnes heures à se maquiller et à se coiffer. Debout à la porte de leur chambre, Leo l'observe en se tapotant les lèvres du poing.

— Que tu es agaçant, lui dit-elle. Ne reste donc pas planté là comme un poireau. Alors, comment tu me trouves ? ajoute-t-elle.

— Tu es parfaite, dit-il. Sensationnelle. Moi, je t'achèterais ta voiture aussi sec.

— Oui, mais toi, tu n'as pas le rond, rétorque-t-elle en s'examinant dans la glace.

Elle fronce les sourcils, rectifie sa coiffure.

— Et en plus, tu es insolvable, ton crédit ne vaut pas un clou.

Elle accroche son regard dans la glace et ajoute :

— Je te taquine, voyons. Ne prends pas cet air tragique, lui dit-elle. Puisqu'il faut le faire, je le ferai. Si c'était toi qui allais la vendre, tu n'en tirerais guère plus de trois cents dollars, quatre cents avec de la chance, et tu le sais aussi bien que moi. Peut-être même qu'ils arriveraient à te persuader de les payer pour qu'ils acceptent de la prendre !

Elle tapote une dernière fois ses cheveux, se mâche les lèvres, essuie l'excès de rouge avec un Kleenex. Puis elle quitte enfin son reflet des yeux et s'empare de son sac à main.

— Il faudra sûrement que je dîne dehors, je te l'ai

déjà dit. Je les connais, c'est comme ça qu'ils travaillent, Mais ne t'inquiète pas, je m'en sortirai sans dommage, dit-elle. Je suis une grande fille, tu sais.

– Bon sang, dit Leo, tu avais vraiment besoin de dire ça?

Elle le regarde posément et lui dit :

– Tu ne me souhaites pas bonne chance?

– Bonne chance, dit-il. Tu as pris l'imprimé rose?

Elle fait oui de la tête et passe dans la salle de séjour. Leo lui emboîte le pas. Les talons hauts la font paraître encore plus grande. Elle a un buste menu, haut perché, qui contraste avec ses hanches larges et ses cuisses plantureuses. Leo se gratte un bouton sur le cou.

– Tu es sûre que tu l'as? dit-il. Vérifie. Si tu ne l'as pas, toute l'affaire est à l'eau.

– Je t'ai dit que je l'avais, dit-elle.

– Vérifie.

Elle ouvre la bouche pour lui répondre, mais en fin de compte elle se borne à regarder son reflet dans la vitre et à secouer la tête.

– Tu m'appelleras, au moins? dit-il. Comme ça, je saurai ce qui se passe.

– D'accord, dit-elle, je t'appellerai. Allez, fais-moi la bise. Ici, dit-elle en désignant le coin de sa bouche. Fais gaffe, dit-elle.

Leo lui ouvre la porte.

– Par où tu vas commencer? interroge-t-il. Elle passe devant lui et sort sur le perron.

Ernest Williams les observe depuis l'autre côté de la rue. Sa bedaine pend au-dessus de son bermuda, et il observe Toni et Leo du coin de l'œil tout en arrosant ses bégonias. Un soir de l'hiver précédent, alors que Toni et les enfants étaient partis passer les fêtes chez sa mère, Leo avait ramené une femme à la maison. Le lendemain matin, sur le coup de neuf heures, Leo avait raccompagné sa conquête jusqu'à sa voiture. C'était un samedi, il faisait froid et il y avait du brouillard. En arrivant sur le trottoir, il s'était trouvé nez à nez avec Ernest Williams qui rentrait chez lui, un journal à la main. Debout au milieu du brouillard qui flottait lentement autour de lui, Ernest Williams l'avait regardé d'un air interdit, puis il s'était frappé la cuisse de son journal. Vigoureusement.

Leo se rappelle le bruit du journal claquant sur la cuisse d'Ernest Williams et ses épaules se voûtent imperceptiblement.

– Hein, par où tu comptes commencer ? demande-t-il.

– Je vais les faire tous à tour de rôle, dit Toni. En commençant par le premier de la rangée.

– Demandes-en neuf cents dollars pour commencer, dit-il. Après, tu pourras transiger. Neuf cents dollars, c'est le minimum à l'Argus, même pour une vente au comptant.

– Je sais à quelle hauteur il faut démarrer, dit-elle.

Ernest Williams dirige son jet d'eau vers eux. Il les fixe à travers la fine nuée de gouttelettes. Leo se sent pris d'une envie subite de tout avouer.

– Je voulais m'en assurer, c'est tout, dit-il.

– D'accord, d'accord, dit Toni. Bon, j'y vais.

La voiture est à son nom, à elle. Ils disent toujours : la voiture à Toni, et ce n'en est que plus pénible encore. Ils l'ont achetée il y a trois ans, et ils l'ont achetée neuve. Les enfants avaient commencé l'école, et comme Toni avait besoin d'une occupation elle avait repris son boulot de démarcheuse. Leo travaillait six jours sur sept à l'usine de fibre de verre. Pendant un temps, ils avaient eu de l'argent à ne plus savoir qu'en faire. Ils avaient versé mille dollars d'acompte et avaient doublé ou même triplé les traites, si bien qu'au bout d'un an

la décapotable était payée. Un peu plus tôt, pendant qu'elle se pomponnait, Leo a retiré le pneu de secours et le cric du coffre et a vidé la boîte à gants de son contenu – bouts de crayon, pochettes d'allumettes, timbres-primes de supermarché. Ensuite il a lavé la voiture et il a donné un coup d'aspirateur à l'intérieur. Le capot et les ailes rutilent.
  – Bonne chance, dit Leo en prenant le coude de Toni.
  Elle hoche distraitement la tête. Elle est déjà là-bas, en train de marchander.
  – Les choses vont changer! lui lance-t-il au moment où elle met le pied dans l'allée. Lundi, on repart à zéro. Tu verras!
  Ernest Williams leur jette un regard, tourne la tête et crache par terre. Toni monte dans la voiture et elle allume une cigarette.
  – Dans une semaine, tout ça ne sera plus que de l'histoire ancienne! lui crie Leo.
  Il la salue de la main au moment où elle s'engage sur la chaussée en marche arrière. Elle passe en première, redémarre, accélère et les pneus émettent une espèce de geignement.

Leo va se préparer un scotch dans la cuisine et sort dans le jardin par la porte de derrière. Les enfants sont chez sa mère. Il a reçu une lettre il y a trois jours, avec son nom calligraphié au crayon noir sur une enveloppe maculée de taches de doigts – la seule lettre de tout l'été qui n'était pas une sommation à payer. On s'amuse bien, disait la lettre. Mémé est gentille avec nous. On a un chien, il s'appelle Mister Six, on l'aime, il est super. Grosses bises.
  Il va se chercher un autre verre. Il ajoute des glaçons et s'aperçoit que sa main tremble. Il place

sa main tendue au-dessus de l'évier, l'examine un moment, puis il pose son verre et étend l'autre main. Ensuite il reprend le verre, retourne dehors et s'assied sur les marches du porche. Un jour, quand il était petit, son père lui avait désigné une superbe maison blanche entourée de pommiers et d'une haute clôture à claire-voie laquée de blanc. « C'est chez Finch », lui avait dit son père d'une voix admirative. « Il a fait faillite au moins deux fois, et regarde-moi cette baraque. » Pourtant, la faillite, c'est une entreprise qui s'effondre, des cadres qui s'ouvrent les veines ou se jettent par la fenêtre, des milliers d'ouvriers à la rue.

Leo et Toni avaient encore leurs meubles. Ils avaient encore leurs meubles, et les gosses avaient encore des vêtements sur le dos. Ces choses-là, ce sont des biens inaliénables. Quoi d'autre? Les bicyclettes des enfants, qu'il avait expédiées à sa mère pour qu'elle les garde en sûreté. Le climatiseur portatif, la machine à laver et le sèche-linge tout neufs, on les leur avait repris voilà déjà plusieurs semaines. Que leur restait-il? Quelques bricoles, rien de bien folichon, des machins qui avaient fait leur temps ou s'étaient déglingués depuis belle lurette. Mais ils s'étaient tout de même payé de sacrées noubas et quelques beaux voyages – les virées à Reno et au lac Tahoe, à cent trente à l'heure, avec la capote rabattue et la radio à fond. Et la bouffe, ils ne s'en étaient pas privés non plus. Qu'est-ce qu'ils avaient pu bouffer! Ils avaient dû claquer plusieurs milliers de dollars rien qu'en aliments de luxe. Au supermarché, Toni dévalisait le rayon épicerie fine. « Moi, j'ai dû me serrer la ceinture quand j'étais gosse », disait-elle. « Mes gosses à moi ne seront privés de rien. » Comme si Leo avait tenu à les priver de quoi que ce soit. Elle adhérait à tous les clubs de livres. « On n'avait jamais de livres à la maison quand j'étais gosse », disait-elle en déchirant l'emballage des énormes paquets. Ils s'étaient aussi inscrits à des clubs de disques pour avoir quelque chose à passer sur leur chaîne neuve. Ils commandaient tout et n'importe quoi – ils étaient allés jusqu'à acheter par correspondance une chienne terrière à pedigree nommée Ginger. Elle lui avait coûté deux cents dollars et il l'avait retrouvée écrasée dans la rue au bout d'une semaine. Ils s'autorisaient toutes les fantaisies. S'ils n'avaient pas de quoi payer comptant, ils prenaient un crédit. Ils n'arrêtaient pas de signer des traites.

Son maillot de corps est trempé. Il sent la sueur qui lui dégouline des aisselles. Assis sur les marches du porche, son verre vide à la main, il regarde les ombres qui peu à peu emplissent le jardin. Il s'étire, s'essuie le visage. Il écoute le grondement lointain de la circulation sur l'autoroute et l'idée lui vient de descendre à la cave, de se jucher sur le lavoir en ciment de la buanderie et de se pendre avec sa ceinture. Oui, il voudrait être mort, il vient seulement de le comprendre.

Il retourne dans la cuisine, se verse un scotch bien tassé, allume la télé et se réchauffe un reste de chili. Il s'attable devant un bol de chili et des crackers et regarde un feuilleton dont le héros est un détective aveugle. Il débarrasse la table, lave sa casserole, son bol, les essuie, les range dans le placard et c'est seulement alors qu'il s'autorise à consulter l'horloge murale.

Neuf heures et des poussières. Ça fait près de cinq heures que Toni est partie.

Il se verse du scotch, ajoute des glaçons et emporte son verre dans la salle de séjour. Il s'affale sur le divan, mais il a les épaules tellement raides qu'il n'arrive pas à se laisser aller contre le dossier. Il sirote son scotch en regardant la télé sans la voir. Bientôt, il va se chercher un autre verre et se rassied à la même place. Les informations de dix heures viennent de commencer. Il s'exclame : « Mais qu'est-ce qui a bien pu lui arriver, bon dieu ? », puis retourne dans la cuisine, se verse une nouvelle dose de scotch, revient s'asseoir sur le divan et ferme les yeux. Il les rouvre brusquement en entendant la sonnerie du téléphone.

— Je voulais t'appeler, dit Toni.
— Où es-tu ? demande-t-il.

Il perçoit une musique de piano à l'arrière-plan, et son cœur se serre.

— Je n'en sais rien, dit Toni. Dans un bar. On boit un verre, ensuite on s'en ira dîner ailleurs. Je suis avec le chef des ventes. Il est un peu rustaud, mais ça peut aller. Il a acheté la voiture. Bon, il faut que je te quitte. J'étais en route pour les toilettes quand j'ai aperçu ce téléphone.

— Quelqu'un t'a acheté la voiture ? dit Leo.

Et tout en disant cela, il jette un regard dehors par la fenêtre de la cuisine, vers l'endroit où elle la gare habituellement.

— Je viens de te le dire, fait Toni. Il faut que j'y aille, Leo.

— Une minute, quoi bon dieu ! s'exclame-t-il. Tu l'as vendue, cette voiture, oui ou non ?

— Il venait juste de sortir son chéquier quand je suis partie, dit-elle. Il faut que j'y aille maintenant. J'ai une envie pressante, tu comprends.

— Attends ! glapit Leo.

Mais il n'y a plus rien à l'autre bout du fil. Il écoute le bip-bip de la tonalité.

— Oh ! nom de dieu ! gémit-il et il reste planté là, le combiné à la main.

Il décrit un cercle autour de la cuisine et regagne la salle de séjour. Il s'assied. Il se relève. Il va dans la salle de bains. Il se brosse les dents, très méticuleusement. Ensuite il fait usage du fil dentaire. Il se lave la figure, puis il regagne la cuisine. Il jette un coup d'œil à l'horloge murale et prend un verre propre, qui fait partie d'une série de six dont chacun a une main de poker différente peinte sur son flanc. Il remplit le verre de glaçons. Il reste un moment à contempler d'un œil hébété le verre qu'il vient de poser dans l'évier.

Il s'assied à un bout du divan, soulève les jambes et pose ses pieds à l'autre bout. Il regarde la télé et s'aperçoit qu'il ne saisit pas un traître mot de ce que disent les créatures qui gesticulent sur l'écran. Il fait tourner le verre vide dans sa main et une envie lui vient de mordre dedans. Puis il se met à frissonner et il se dit qu'il est temps d'aller au lit, mais en sachant d'avance qu'il rêvera de la grosse dame à cheveux gris. Dans ce rêve, il est toujours en train de lacer ses souliers, et quand il se redresse, cette grosse dame à cheveux gris le regarde d'un air sévère, si bien qu'il se baisse à nouveau et refait son nœud. Il regarde sa main. Lentement, il ferme le poing. Le téléphone sonne.

– Où tu es, ma chérie ? demande-t-il d'une voix douce, en détachant bien ses mots.

– On est au restaurant, annonce-t-elle, et sa voix à elle est forte, claironnante.

– Quel restaurant, ma chérie ? dit Leo.

Il se pose le dos de la main sur la paupière et appuie.

– C'est un restaurant du centre ville, dit-elle, mais je ne sais pas lequel. Le New Jimmy's, je crois. Excusez-moi, dit-elle à quelqu'un hors ligne, c'est bien le New Jimmy's, ici ? Oui, c'est ça, Leo, confirme-t-elle. On est au New Jimmy's. Tout va bien. On a presque fini. Ensuite, il me ramènera à la maison.

– Chérie ? fait Leo en serrant l'écouteur contre son oreille et en se balançant doucement sur lui-même, les yeux fermés. Chérie ?

— Il faut que j'y aille, dit Toni. Je voulais juste t'appeler en vitesse. Dis, tu sais combien j'en ai tiré? Devine.
— Ma chérie, dit-il.
— Six cent cinquante. Je les ai dans mon sac. Il paraît que les décapotables se vendent mal. On doit être nés sous une bonne étoile, dit-elle en riant. Je lui ai tout expliqué. Je ne pouvais pas faire autrement.
— Ma chérie.
— Quoi?
— S'il te plaît, ma chérie.
— Il m'a dit qu'il était de cœur avec nous, dit-elle. Mais c'était pour me faire plaisir, bien sûr, ajoute-t-elle en s'esclaffant à nouveau. Il m'a dit que pour sa part, il aimerait mieux passer pour un gangster ou un détraqué sexuel que d'être déclaré insolvable. Mais il est plutôt bon bougre à part ça, conclut-elle.
— Reviens, dit Leo. Saute dans un taxi et rentre à la maison.
— Je ne peux pas, dit Toni. On n'a pas fini de dîner, je viens de te le dire.
— Je viens te chercher.
— Non, dit-elle. Puisque je te dis qu'on n'a pas fini. Le dîner, ça fait partie du marché. Ils essaient toujours d'en profiter, c'est normal. Mais ne t'inquiète pas, on s'en va bientôt. Je ne vais pas tarder, va.

Elle raccroche.

Leo laisse passer quelques instants, puis il forme le numéro du New Jimmy's. A l'autre bout du fil, une voix d'homme lui annonce :

— New Jimmy's. Le service est terminé pour ce soir.
— Je voudrais parler à ma femme, dit Leo.
— Elle travaille ici? demande la voix. Comment s'appelle-t-elle?

— Non, c'est une cliente, dit Leo. Elle est avec un homme. Un dîner d'affaires.
— Est-ce que je la connais ? demande la voix. Je peux avoir son nom ?
— Vous ne la connaissez sûrement pas, dit Leo, puis il ajoute précipitamment : Non, écoutez, ça ne fait rien, la voilà justement qui arrive.
— Le New Jimmy's vous remercie de votre appel, fait la voix.

Leo se précipite vers la fenêtre. Une voiture qu'il ne connaît pas fait mine de s'arrêter devant la maison, puis elle redémarre en trombe. Il attend. Deux heures s'écoulent ainsi, ou même trois peut-être, puis le téléphone sonne à nouveau. Mais quand il décroche, il n'y a personne au bout du fil. Il n'y a que le bip-bip de la tonalité.
— Je suis là ! hurle Leo dans l'appareil.

Juste avant l'aube, Leo entend des pas sur la véranda. Il s'extirpe du divan. L'écran vide de la télé luit dans l'ombre, vibrant sourdement. Il ouvre la porte et Toni entre. Elle trébuche en passant le seuil et elle se cogne au chambranle. Un sourire niais lui fend la bouche, et elle a le visage bouffi, comme si elle venait de passer une nuit sous somnifères. En voyant le poing de Leo se lever, elle se mord les lèvres, rentre la tête dans les épaules et chancelle.
— Vas-y donc, dit-elle d'une voix pâteuse.
Elle lui fait face en chancelant, puis elle pousse un grognement, se jette sur lui, saisit sa chemise au col et la déchire en hurlant : « Failli ! ». Elle échappe à Leo qui veut la retenir et fait subir à son maillot de corps le même sort qu'à la chemise.
— Espèce de salaud ! crache-t-elle en essayant de le griffer au visage.
Il lui tord les poignets, la relâche, recule d'un

pas, cherchant autour de lui un objet lourd. Elle se dirige vers la chambre d'un pas mal assuré. « Failli, failli », marmonne-t-elle. Il l'entend s'écrouler sur le lit en gémissant.

Leo laisse passer un moment, puis il va s'asperger le visage d'eau froide et pénètre dans la chambre. Il allume la lumière, regarde Toni et entreprend de lui ôter ses vêtements. Il la tourne et la retourne en la déshabillant. Elle marmonne des paroles indistinctes dans son sommeil et agite la main. Il lui retire sa petite culotte, la lève vers lui, l'inspecte soigneusement et la jette dans un coin. Il rabat la literie et la fait rouler dans le lit, entièrement nue. Ensuite, il ouvre son sac à main, y trouve le chèque. Pendant qu'il l'examine, une voiture s'engage dans leur allée.

Il va soulever le rideau et il voit la décapotable dans l'allée. Ses phares sont allumés, son moteur ronronnne doucement. Leo ferme les yeux, les rouvre. Un homme de haute taille descend de la voiture et s'avance vers la véranda. Il dépose quelque chose au sommet des marches, puis il retourne vers la voiture. Il porte un complet en lin blanc.

Leo allume la lanterne extérieure et ouvre la porte avec circonspection. La trousse à maquillage de Toni est posée sur la marche supérieure de l'escalier. L'homme regarde Leo par-dessus le capot, remonte en voiture et débloque le frein à main.

– Attendez! lui crie Leo en descendant l'escalier.

Il s'avance dans la lumière des phares. L'homme appuie sur la pédale des freins et la voiture s'immobilise avec un grincement. Leo s'efforce de rassembler les pans déchirés de sa chemise et de les fourrer dans son pantalon.

– Qu'est-ce que vous voulez? dit l'homme.

Ecoutez, il faut que je m'en aille, dit-il. Vous n'avez pas de raison d'être vexé. Moi, j'achète et je vends des voitures, c'est tout. Votre dame a oublié sa trousse de maquillage. C'est une femme très bien, elle a beaucoup de classe. Qu'est-ce que vous voulez, hein ?

Leo s'accoude à la portière, regarde l'homme. L'homme lâche le volant, l'empoigne à nouveau. Il passe en marche arrière et la voiture recule imperceptiblement.

– Il faut que je vous dise, commence Leo en s'humectant les lèvres.

La lumière s'est allumée dans la chambre d'Ernest Williams. A présent, le store se lève.

Leo secoue la tête, refourre sa chemise dans son pantalon. Il fait un pas en arrière.

– Lundi, dit-il.

– Lundi, fait l'homme, en surveillant ses mouvements.

Lentement, Leo hoche la tête.

– Eh bien, bonne nuit, dit l'homme, et il laisse échapper une brève toux. Vous excitez pas, hein. Lundi, c'est ça. D'accord, d'accord.

Il lâche le frein, recule d'un mètre et freine de nouveau.

– Dites, je peux vous poser une question ? Entre nous, ce compteur, vous ne l'auriez pas un peu arrangé ?

Il attend, se racle la gorge et ajoute :

– Bah, de toute façon, ça n'a pas tellement d'importance. Bon, je vous laisse, hein. Du calme, d'accord ?

Il redescend jusqu'à la rue en marche arrière, démarre en vitesse et bifurque au prochain coin sans ralentir.

Leo regagne la maison en rajustant toujours sa chemise. Il donne un tour de clé, vérifie que la porte est bien fermée, va dans la chambre, tire le verrou. Il rabat les couvertures et regarde Toni avant d'éteindre la lumière. Il ôte ses vêtements, les plie méticuleusement, les pose par terre et s'allonge à côté d'elle dans le lit. Etendu sur le dos, il médite un moment en se tiraillant les poils de l'abdomen. Il regarde la porte de la chambre, que la pâle lumière du jour naissant encadre d'un filet laiteux. Ensuite il tend une main vers Toni et lui effleure la hanche. Elle ne bouge pas. Il se retourne sur le flanc, lui pose la main sur la hanche, fait courir ses doigts sur sa peau. Ses doigts décèlent les vergetures, en suivent le tracé. Les vergetures sont comme des routes qui sillonnent en tous sens la chair de Toni. Il les parcourt l'une après l'autre avec ses doigts. Il les arpente dans les deux sens. Il y en a des dizaines, des centaines peut-être. Il se souvient du jour où ils avaient acheté la voiture. Il la revoit telle qu'il l'avait aperçue en se réveillant le lendemain matin, trônant au milieu de l'allée, étincelante, sous un grand soleil d'été.

SIGNES

Ce soir-là, Wayne et Caroline étaient bien décidés à faire des folies. La première des extravagances qu'ils avaient programmées était un dîner chez Aldo's, un restaurant très élégant qui venait d'ouvrir au fin fond du quartier nord. Ils traversèrent un petit jardin clos parsemé de statuettes et furent accueillis par un homme en habit, dégingandé et grisonnant, qui les salua avec une extrême civilité et poussa devant eux la lourde porte en chêne.

À l'intérieur, Aldo les reçut en personne et leur montra la volière. Il y avait là un paon, un couple de faisans dorés, un faisan à collier et une quantité d'autres volatiles qui voletaient de-ci de-là ou restaient cramponnés à leurs perchoirs. Ensuite, Aldo les mena personnellement à leur table, aida Caroline à s'asseoir, puis se tourna vers Wayne et lui dit : « Charmante dame » avant de s'éloigner. C'était un petit homme noiraud, à la tenue impeccable, qui s'exprimait avec une pointe d'accent chantant.

Sa sollicitude les avait touchés.

– D'après le journal, un de ses oncles occupe un poste important au Vatican, dit Wayne. C'est ainsi qu'il s'est procuré des copies de certains tableaux. (Il désigna de la tête un Velasquez accroché au mur juste à côté d'eux.) Son oncle du Vatican, dit Wayne.

— Il a été maître d'hôtel au Copacabana de Rio, dit Caroline. Il a bien connu Frank Sinatra, et il était à tu et à toi avec Lana Turner.

— Ah! bon? dit Wayne. Je n'étais pas au courant. Dans le journal, ils disaient qu'il avait travaillé à l'hôtel Victoria de Vevey et dans je ne sais plus quel palace parisien. Mais ils ne parlaient pas du Copacabana à Rio.

Caroline déplaça son sac à main tandis qu'un garçon posait devant eux deux grands verres à pied en cristal épais. Le garçon versa de l'eau dans le verre de Caroline, puis il fit le tour de la table pour se placer à la gauche de Wayne.

— Tu as vu son costume? dit Wayne. Un costume comme ça, ça ne se trouve pas sous le pas d'un cheval. Il a dû coûter trois cents dollars au bas mot.

Il prit le menu posé sur son assiette, le parcourut et demanda :

— Qu'est-ce que tu vas prendre?

— Je ne sais pas, dit Caroline. Je n'ai pas encore décidé. Et toi?

— Je n'en sais rien, dit-il. Moi non plus, je n'ai pas encore décidé.

— Si on prenait un de ces plats français, Wayne? Ou celui-ci, peut-être? Là, tu vois, en haut à droite.

Elle lui désigna le plat du doigt puis le scruta du regard tandis qu'il s'efforçait d'identifier le langage, pinçait les lèvres, fronçait les sourcils et secouait la tête.

— Je ne sais pas, dit-il. J'aime mieux être sûr de ce que je commande. Non, vraiment, je ne sais pas.

Le garçon revint à leur table avec un calepin et un

crayon et il dit quelque chose que Wayne ne saisit pas.

– Nous n'avons pas encore choisi, dit Wayne.

Et comme le garçon ne bougeait pas, il secoua la tête et ajouta :

– Je vous ferai signe quand nous serons prêts.

– Je crois que je vais prendre une entrecôte, tout bêtement. Tu n'as qu'à commander ce qui te plaît, dit-il à Caroline quand le garçon se fut éloigné. Il reposa son menu et leva son verre. Des roucoulements lui parvenaient de la volière à travers le brouhaha étouffé des conversations. Il vit Aldo accueillir un groupe de quatre personnes et échanger avec eux des propos enjoués qu'il soulignait de hochements de tête en les conduisant à leur table.

– Ils auraient quand même pu nous donner une meilleure table, dit Wayne. On est en plein milieu, et tous les gens qui passent peuvent regarder ce qu'on mange. Ils auraient pu nous installer contre le mur. Ou là-bas, près de la fontaine.

– Je crois que je prendrai le tournedos Rossini, dit Caroline.

Mais elle ne referma pas son menu. D'une pichenette, Wayne fit jaillir une cigarette de son paquet, l'alluma et jeta un regard circulaire sur les autres dîneurs. Caroline était toujours plongée dans son menu.

– Bon, eh bien puisque tu as choisi, referme donc ce menu, comme ça, peut-être qu'il viendra prendre notre commande, dit Wayne.

Il leva le bras pour attirer l'attention du garçon qui devisait avec un collègue à l'autre bout de la salle.

– On dirait qu'il n'a rien de mieux à faire que de bavasser avec ses copains, bougonna Wayne.

— Le voilà, dit Caroline.
— Monsieur? fit le garçon.

C'était un type maigre, au visage grêlé de petite vérole, vêtu d'un costume noir trop lâche et d'un nœud papillon également noir.

— ... et apportez-nous aussi une bouteille de champagne, voulez-vous? Une demie, ça nous suffira. Une marque locale, vous voyez?
— Oui, monsieur, dit le garçon.
— Vous n'avez qu'à nous l'apporter séance tenante. Avant la salade et les hors-d'œuvre.
— Si, apportez-nous quand même les hors-d'œuvre, dit Caroline. Un plateau complet, s'il vous plaît.
— Bien, madame, dit le garçon.

— Ce sont tous des fripouilles, dit Wayne. Tu te souviens de Bruno? Tu sais, ce gars qui travaillait au bureau pendant la semaine et servait dans un restaurant le week-end? Fred l'a surpris en train de chaparder dans la cagnotte. On l'a viré.
— Si on parlait de choses agréables? dit Caroline.
— Bon, d'accord, si tu veux, dit Wayne.

Le garçon versa un peu de champagne dans le verre à vin de Wayne. Wayne porta le verre à ses lèvres, fit tourner le champagne dans sa bouche et dit :

— Excellent, excellent, il fera parfaitement l'affaire.

Ensuite il leva son verre et ajouta :

— A ta santé, chérie. Joyeux anniversaire.

Ils choquèrent leurs verres.

— J'aime bien le champagne, dit Caroline.
— Moi aussi, j'aime bien ça, dit Wayne.

— On aurait pu prendre une bouteille de Lancer's[1], dit Caroline.

— Pourquoi n'as-tu rien dit, si c'est ce que tu voulais? dit Wayne.

— Je ne sais pas, dit Caroline. Ça ne m'est pas venu à l'esprit, voilà tout. Mais ce champagne est excellent, tu sais.

— Oh! moi, le champagne, ce n'est pas mon fort. Je ne suis pas connaisseur. Je ne suis pas d'un niveau culturel assez élevé pour ça, je le reconnais volontiers.

Il s'esclaffa et essaya de capter son regard, mais elle était occupée à sélectionner une olive sur le plateau de hors-d'œuvre.

— Je ne suis pas aussi raffiné que ces gens avec qui tu traînes depuis quelque temps. Mais si tu avais envie de boire du Lancer's, tu n'avais qu'à en commander, acheva-t-il.

— Vas-tu te taire, à la fin! s'écria-t-elle. Tu ne peux par parler d'autre chose, non?

Là-dessus, elle leva la tête et il fut incapable de soutenir son regard. Il détourna les yeux en remuant ses pieds sous la table.

— Encore un peu de champagne, chérie? demanda Wayne.

— Oui, merci, dit Caroline d'une voix douce.

— Je bois à nous deux, dit-il.

— A nous deux, chéri.

Ils vidèrent leur verre en se regardant dans les yeux.

— On devrait faire ça plus souvent, dit Wayne.

Elle acquiesça de la tête.

— Une petite sortie de temps en temps, ça fait du

---

[1]. Le Lancer's est un mousseux rosé exporté du Portugal, très populaire aux Etats-Unis. *(N.d.T.)*

bien. Je pourrai peut-être me libérer plus souvent, si ça te fait plaisir.

— A toi de décider, dit-elle en prenant du céleri.

— Mais non, enfin! s'écria-t-il. Ce n'est pas moi qui ai... qui suis...

— Qui est quoi? dit-elle.

— Fais ce que tu veux, ça m'est égal, dit-il en baissant les yeux.

— Vraiment? dit-elle.

— Je ne sais pas pourquoi je t'ai dit ça, dit Wayne.

Après leur avoir servi le potage, le garçon débarrassa les verres à vin et la bouteille de champagne et remit de l'eau dans leurs verres à eau.

— Je peux avoir une cuillère à soupe? demanda Wayne.

— Monsieur?

— Une cuillère à soupe, répéta Wayne.

Le garçon prit un air étonné, puis franchement perplexe. Il coula un regard en direction des tables voisines. Wayne mima le geste de tremper une cuillère dans son bol. Aldo s'approcha de leur table.

— Que se passe-t-il? interrogea-t-il. Quelque chose ne va pas?

— Il semblerait que mon mari n'ait pas de cuillère à soupe, dit Caroline. Désolée pour cette petite perturbation, dit-elle.

— Mais bien sûr, dit Aldo. *Une cuillère, s'il vous plaît*[1], ajouta-t-il d'une voix parfaitement égale à l'adresse du garçon. Il jeta un rapide coup d'œil à Wayne, puis expliqua à Caroline :

— Paul fait ses débuts chez nous ce soir même.

---

1. En français dans le texte. *(N.d.T.)*

Son anglais laisse à désirer, mais néanmoins c'est un excellent serveur, comme vous vous en êtes sans doute aperçu. Le garçon de salle a oublié la cuillère en dressant la table, dit-il en souriant. Et ce pauvre Paul n'était pas préparé à une éventualité pareille.

— Votre restaurant a beaucoup de classe, dit Caroline.

— Merci, madame, dit Aldo. Je suis ravi de vous avoir parmi nous ce soir. Vous plairait-il de visiter la cave à vin et les salons particuliers ?

— Mais certainement, dit Caroline.

— Je chargerai quelqu'un de vous faire faire le tour du propriétaire aussitôt que vous aurez fini de dîner, dit Aldo.

— Nous nous en ferons une joie, dit Caroline.

Aldo lui fit une courte révérence et jeta un autre coup d'œil à Wayne.

— Eh bien, je vous souhaite un excellent dîner, leur dit-il.

— Quel abruti, dit Wayne.

— Qui ça ? dit Caroline. De qui parles-tu ? demanda-t-elle en posant sa cuillère.

— Du garçon, voyons, dit Wayne. Le plus novice et le plus bête de toute la boîte, et il a fallu qu'on en écope.

— Mange donc ton potage, dit Caroline. Ça ne vaut quand même pas un coup de sang.

Wayne alluma une cigarette. Le garçon arriva avec la salade et il emporta leurs bols. Quand ils en furent au plat de résistance, Wayne dit :

— Eh bien, qu'est-ce que tu en penses ? Tu crois qu'on a encore une chance ?

Il baissa les yeux et fit mine d'arranger sa serviette.

— Peut-être, dit Caroline. Une chance, il y en a toujours.

— Ne me sors pas ce genre de salades, dit-il. Réponds-moi sans détour, pour une fois.

— Ne m'aboie pas dessus, dit-elle.

— Je t'en prie, dit-il. Réponds-moi franchement, dit-il.

— Tu veux un pacte signé de mon sang? demanda-t-elle.

— C'est une idée, dit Wayne.

— Ecoute, Wayne! s'écria-t-elle. Je t'ai donné les meilleures années de ma vie. Les meilleures, tu m'entends!

— J'en ai autant à ton service, dit Wayne.

— Wayne, j'ai trente-six ans. Trente-sept ans ce soir. Là, maintenant, ce soir, à cette minute précise, je suis incapable de te dire quels sont mes plans. J'aviserai, voilà.

— Fais ce que tu veux, je m'en fous, dit-il.

— Vraiment? dit-elle.

Il lâcha sa fourchette et jeta sa serviette sur la table.

— Tu as terminé? demanda Caroline d'une voix badine. Prenons du café et un dessert. Ce qu'ils ont de mieux comme dessert. Quelque chose de vraiment extra.

Et elle finit son plat sans en laisser une miette.

— Deux cafés, dit Wayne au garçon.

Il jeta un regard à Caroline et ajouta :

— Qu'est-ce que vous avez comme dessert?

— Monsieur? fit le garçon.

— Comme dessert! s'écria Wayne.

Le regard du garçon se posa sur Caroline, puis il revint à Wayne.

— On n'a qu'à pas prendre de dessert, dit Caroline.

— Mousse au chocolat, dit le garçon. Sorbet à l'orange, dit-il.

Il sourit, exhibant des dents gâtées.

— Monsieur?

— Et quant à la visite guidée, je n'en veux pas, dit Wayne quand le garçon se fut éloigné.

Au moment où ils se levaient, Wayne laissa tomber un billet d'un dollar à côté de sa tasse vide. Caroline sortit deux autres billets de son sac, les défroissa et les déposa près du premier en les alignant soigneusement.

Elle resta debout près de Wayne tandis qu'il réglait l'addition. Du coin de l'œil, Wayne observait Aldo, qui se tenait près de l'entrée et jetait des graines dans la volière. Les oiseaux accouraient vers lui. Aldo regarda dans leur direction, et il sourit tout en continuant à rouler ses graines entre ses doigts. Ensuite, il se frotta énergiquement les mains et s'avança vers Wayne, qui affecta de regarder ailleurs, puis se détourna ostensiblement à son approche. Mais en se retournant, il vit Aldo prendre la main que Caroline lui tendait et lui effleurer le poignet d'un baiser en claquant des talons.

— Le dîner vous a plu, madame? dit Aldo.

— Il était exquis, dit Caroline.

— Nous honorerez-vous encore de votre visite? dit Aldo.

— J'y compte bien, dit Caroline. Chaque fois que j'en aurai l'occasion. La prochaine fois, je vous demanderai d'avoir l'amabilité de me faire visiter vos locaux, mais ce soir nous sommes décidément trop pressés.

— Chère madame, dit Aldo. Un instant, je vous prie. J'ai quelque chose pour vous.

Il se dirigea vers un vase posé sur un guéridon

près de la porte et virevolta gracieusement sur lui-même, une rose à longue tige dans la main.

— Tenez, chère madame, dit Aldo. Mais soyez prudente, n'est-ce pas. A cause des épines. Vous avez une bien charmante femme, dit-il à Wayne avec un grand sourire avant de lui tourner le dos pour aller accueillir un autre couple.

Caroline restait là, sa rose à la main.

— Allons-nous-en, dit Wayne.
— On voit comment il s'y est pris pour séduire Lana Turner, dit Caroline.

Elle faisait tourner la rose entre ses doigts.

— Bonsoir ! lança-t-elle en direction du dos d'Aldo.

Mais Aldo était occupé à choisir une autre rose.

— A mon avis, il n'a jamais vu Lana Turner de sa vie, dit Wayne.

TAIS-TOI, JE T'EN PRIE, TAIS-TOI !

Quand Ralph Wyman quitta la maison familiale pour la première fois, à l'âge de dix-huit ans, son père, principal de l'école élémentaire Thomas-Jefferson et trompettiste dans l'orchestre du Club des Elks de Weaverville, l'avertit que la vie était une affaire des plus sérieuses, une entreprise notoirement ardue, et néanmoins gratifiante, dans laquelle un jeune homme qui s'essaie à voler de ses propres ailes doit s'armer d'un grand courage et d'une vision claire de sa destinée : telle était la conviction du père de Ralph Wyman, et c'est en ces termes qu'il l'exprima.

Mais au collège, la vision que Ralph se faisait de son avenir demeura floue. Il crut qu'il voulait être médecin, crut qu'il voulait être avocat, s'inscrivit en année préparatoire de médecine et suivit des cours d'histoire juridique et de droit commercial avant de s'apercevoir qu'il n'était doué ni du détachement émotionnel nécessaire à la pratique de la médecine, ni de la capacité de lecture prolongée indispensable à l'étude du droit, surtout quand la lecture portait sur des questions de propriété et d'héritage. Tout en continuant à suivre çà et là des cours de P.C.B. et de droit des affaires, Ralph s'inscrivit également à un certain nombre d'U.V. de lettres et de philosophie, et il sentit qu'il était à deux doigts d'une formidable révélation sur lui-même. Mais cette révélation ne lui vint jamais. C'est durant cette période – son « passage à vide», comme il devait le dire plus tard – que Ralph se crut menacé d'un effondrement complet de ses facultés mentales; il était membre d'une fraternité et il se soûlait tous les soirs. Il buvait tellement qu'il se fit une réputation et qu'on le surnomma « Jackson», par allusion au barman de La Chope.

Puis, lors de sa troisième année d'études, Ralph subit l'influence d'un professeur à la personnalité exceptionnelle. Le nom de cet être rare, auquel Ralph allait vouer une reconnaissance éternelle, était Maxwell – le Docteur Maxwell. C'était un quadragénaire charmant et gracieux, à la politesse raffinée, qui avait gardé une infime trace d'accent sudiste. Diplômé de l'Université Vanderbilt de Nashville, il avait parachevé ses études en Europe et collaboré à des revues littéraires de la côte Est. Ralph avait opté pour la carrière d'enseignant. La décision lui était venue en un éclair; il l'avait prise quasiment du jour au lendemain. Il refréna ses excès alcooliques, s'attela sérieusement à l'étude, et dans l'année qui suivit fut élu à l'Omega Psi, la fraternité nationale de journalisme, adhéra au Club d'Anglais, se remit au violoncelle, dont il n'avait pas joué depuis trois ans, et fut invité à se joindre à un orchestre de musique de chambre étudiant en formation; il alla jusqu'à présenter sa candidature au secrétariat de l'association des étudiants de dernière année, et fut élu. C'est alors qu'il fit la connaissance de Marian Ross, une jeune fille svelte et élancée, à la pâleur délicate, qui s'était assise sur le siège voisin du sien durant un cours de littérature médiévale.

Marian Ross avait de longs cheveux qu'elle laissait flotter librement sur ses épaules, arborait volontiers des pulls à col roulé et promenait partout un grand sac en cuir qui lui ballottait de l'épaule au bout d'une longue courroie. Elle avait d'immenses yeux qui semblaient capables de tout absorber d'un seul regard. Ralph se sentait bien en sa compagnie. Ils allaient ensemble à La Chope ou dans d'autres établissements fréquentés par les étudiants, mais ne laissèrent jamais leurs sorties interférer avec leur travail, non plus d'ailleurs que leurs fiançailles, qui eurent lieu l'été suivant. Ils étaient aussi bûcheurs l'un que l'autre, et leurs parents respectifs ne se firent pas faute de donner leur aval à une aussi heureuse association. Au printemps, Ralph et Marian effectuèrent leur stage d'enseignement dans le même lycée, à Chico, et ils passèrent leur examen ensemble à la session de juin. Quinze jours après, ils se mariaient à l'église épiscopale Saint-James.

La veille de la cérémonie, ils s'étaient pris par la main juste avant de dormir et ils avaient fait vœu de préserver à tout jamais la ferveur et le mystère de leur union.

Ils avaient passé leur lune de miel à Guadalajara, et en dépit du plaisir qu'ils prenaient à visiter des églises délabrées et des musées chichement éclairés, et des après-midi qu'ils passaient à explorer les marchés regorgeant d'échoppes fabuleuses, Ralph fut secrètement choqué par le mélange de misère sordide et de sensualité débridée qui s'étalait devant ses yeux. Il avait hâte de retrouver la quiétude de la Californie. Mais la vision qu'il devait toujours garder de ce voyage et qui le troubla par-dessus tout, n'avait strictement rien à voir avec le Mexique. Un soir que Ralph remontait la route poussiéreuse qui menait à la *casita* qu'ils avaient louée, il aperçut Marian accoudée à la balustrade de fer forgé de leur balcon. Elle était rigoureusement immobile, ses longs cheveux qui pendaient en avant d'elle lui masquaient les épaules, et son regard était perdu au loin, vers l'horizon. Elle portait un corsage blanc et s'était noué autour du cou un foulard d'un rouge vif. Ralph distingua nettement le relief de ses seins qui palpitaient doucement sous l'étoffe blanche du corsage. Il avait sous le bras une bouteille de vin d'un rouge sombre, dépourvue de toute étiquette, et cette vision le fit songer à une image de cinéma, une scène d'une intensité dramatique poignante où Marian avait naturellement sa place, mais dont il était lui-même exclu.

Juste avant de partir en voyage de noces, ils avaient accepté des postes d'enseignants au lycée d'Eureka, un gros bourg de la région forestière du nord de la Californie. Au bout d'un an, lorsqu'ils furent certains que la localité et le lycée correspondaient bien à leurs aspirations, ils achetèrent une maison à tempérament dans le quartier de Fire Hill. Quoiqu'il ne s'interrogeât jamais à ce sujet, Ralph avait le sentiment que Marian et lui s'entendaient à la perfection – ou du moins aussi bien que deux individus peuvent s'entendre. En outre, il était persuadé de bien se connaître lui-même, d'être conscient de ses limites, d'avoir une perception suffisamment claire de ses qualités et de ses défauts pour s'assigner des objectifs à sa portée. Ils avaient eu deux enfants, Dorothea et Robert, âgés maintenant de cinq et quatre ans. Quelques mois après la naissance de Robert, Marian avait accepté un poste de professeur de français et d'anglais dans un collège d'enseignement supérieur de la périphérie, et Ralph était demeuré au lycée. Ils se considéraient comme un couple heureux, et l'harmonie de leurs rapports n'avait été rompue que par une seule fausse note, vieille de bientôt deux ans. Ils n'avaient jamais reparlé de cette affaire, et désormais elle appartenait à un passé révolu. Pourtant il arrivait à Ralph d'y penser – et il fallait même reconnaître que depuis quelque temps il y pensait de plus en plus fréquemment. D'horribles visions se formaient dans sa tête, des images d'une précision vertigineuse. Car il s'était persuadé que sa femme l'avait trompé, cet hiver-là, avec un certain Mitchell Anderson.

Mais, en ce dimanche de novembre, Ralph éprouvait un immense bonheur. C'était le soir, les enfants dormaient, et le sommeil le gagnait lentement lui-même tandis qu'il corrigeait des copies, assis sur le divan du salon, bercé par la musique de la radio qui jouait en sourdine dans la cuisine, où Marian était en train de repasser. Un moment encore, il considéra d'un œil vide les copies étalées devant lui, puis il les rassembla et éteignit la lampe.

– Tu as fini, chéri? dit Marian avec un sourire en le voyant paraître à la porte de la cuisine. Elle était assise sur un haut tabouret et avait déjà posé son fer debout sur le talon, comme si elle avait pressenti sa venue.

– Foutre non, dit-il avec une grimace exagérée en jetant ses copies sur la table.

Marian éclata d'un rire sonore en levant le visage vers lui pour qu'il l'embrasse. Il lui déposa un rapide baiser sur la joue, attira une chaise à lui, s'y assit et la regarda en se balançant en arrière. Elle lui fit un autre sourire, puis elle baissa les yeux.

– Je dors debout, lui dit-il.

– Café? fit-elle en tendant le bras vers la cafetière à percolation.

Il fit un signe de dénégation.

Elle prit la cigarette qu'elle avait posée dans le

cendrier, en tira une bouffée en fixant le sol à ses pieds et la reposa dans le cendrier. Elle leva les yeux sur Ralph, et une expression de tendresse passa fugacement sur ses traits. Elle était grande, élancée, avec un buste bien pris, une taille fine et des yeux magnifiques, immenses, profonds.

— Est-ce qu'il t'arrive de penser à cette soirée ? demanda-t-elle en évitant de le regarder.

Cette question le sidéra. Il changea de position sur sa chaise et répondit :

— Quelle soirée ? Tu veux dire celle d'il y a deux ans, c'est ça ?

Elle fit oui de la tête.

Il attendit, et comme elle n'ajoutait pas d'autre commentaire, il dit :

— Pourquoi ? Hein, pourquoi ? Dis-le, puisqu'il a fallu que tu en parles. Il t'a embrassée ce soir-là, n'est-ce pas ? ajouta-t-il. Je le savais bien, va. Alors, il l'a fait, oui ou non ?

— J'étais en train d'y penser, c'est pour ça que je t'ai posé la question, dit Marian. J'y pense encore de temps en temps, dit-elle.

— Il t'a embrassée, n'est-ce pas ? Allez, avoue, Marian.

— Et toi, est-ce qu'il t'arrive de penser à cette soirée ? demanda-t-elle.

— Pas vraiment, dit-il. C'est de l'histoire ancienne, tout ça. Ça remonte à combien de temps ? Trois ans ? Quatre ans ? Tu peux bien me le dire, allez, insista-t-il. C'est à ce vieux Jackson que tu parles, ne l'oublie pas.

Ils éclatèrent de rire simultanément, et tout à coup, Marian s'interrompit et elle dit :

— Oui.

— C'est vrai, dit-elle, il m'a embrassée plusieurs fois.

Elle souriait en disant cela, et Ralph savait qu'il aurait dû sourire aussi, mais il n'y arrivait pas.

– Ce n'est pas ce que tu m'as raconté, dit-il. Tu m'as soutenu qu'il s'était borné à te passer un bras autour des épaules en conduisant. Alors, laquelle des deux versions est la bonne ?

« *Pourquoi as-tu fait ça ?* » *disait-elle d'un air rêveur.* « *Où étais-tu cette nuit ?* » *vociférait-il, debout au-dessus d'elle, les jambes flageolantes, le poing levé, prêt à la frapper à nouveau.* « *Je n'ai rien fait* », *disait-elle alors.* « *Je n'ai rien fait, pourquoi m'as-tu frappée ?* »

– Comment est-ce qu'on en est arrivés à discuter de ça ? dit-elle.

– C'est toi qui en as parlé, dit Ralph.

– Je ne sais pas ce qui m'y a fait penser, dit-elle en secouant la tête.

Elle se mordit la lèvre et se remit à fixer le sol. Puis elle se redressa et releva les yeux sur Ralph.

– Range donc cette planche à repasser pour moi, chéri, et je nous préparerai une boisson chaude. Un rhum beurré. Hein, ça te dirait ?

– Bonne idée, dit Ralph.

Elle passa dans la salle de séjour, alluma la lampe et se baissa pour ramasser un magazine qui traînait par terre. Il regardait ses hanches bouger sous sa jupe de laine à carreaux. Elle alla se placer devant la fenêtre et resta un moment à regarder la rue doucement illuminée par la lueur des réverbères. Elle lissa le devant de sa jupe de la paume, puis se mit à rentrer machinalement le bas de son chemisier dans sa ceinture. Ralph se demandait si elle sentait ses yeux posés sur elle.

Il alla ranger la planche à repasser dans le placard à balais de la véranda, puis il revint s'asseoir à la même place. Au moment où Marian revenait dans la cuisine, il lui demanda :

– Et qu'est-ce qui s'est passé d'autre entre Mitchell Anderson et toi cette nuit-là ?

— Rien, dit Marian. Je n'y pensais déjà plus.
— A quoi pensais-tu, alors ?
— Aux enfants. A la robe que je voudrais acheter à Dorothea pour Pâques. Et à mon cours de demain. Je me demandais s'il n'était pas trop tôt pour leur faire étudier Rimbaud. (Elle s'esclaffa.) Tiens, ça rime. Je ne l'ai pas fait exprès. Non, Ralph, je t'assure, il n'est rien arrivé d'autre. Je regrette de t'en avoir parlé.
— Bon, dit Ralph.
Il se leva, s'adossa au mur à côté du réfrigérateur et la regarda préparer les grogs. Elle mesura deux cuillerées de sucre, les versa dans les tasses, ajouta le rhum et mélangea. L'eau frémissait déjà dans la bouilloire.
— Ecoute chérie, puisque tu en as reparlé, et vu qu'il s'agit d'une histoire vieille de quatre ans, je ne vois vraiment pas ce qui peut nous empêcher d'en discuter tranquillement si ça nous plaît, dit Ralph. Hein, qu'est-ce qui te gêne là-dedans ?
— Ça ne mérite vraiment pas qu'on en discute, dit Marian.
— Je veux savoir, dit-il.
— Savoir quoi ?
— Ce qu'il a fait, à part t'embrasser. Nous sommes adultes. Ça fait des années, littéralement, que nous n'avons pas vu les Anderson, nous ne les reverrons probablement jamais, et tout ça s'est passé il y a bien longtemps, alors je ne vois vraiment pas pour quelle raison on ne pourrait pas en parler.
Il était un peu surpris de s'entendre parler d'une voix aussi raisonnable. Il se rassit, posa les yeux sur la nappe, les releva sur Marian.
— Eh bien ? fit-il.
— Eh bien..., dit-elle.
Un sourire mutin se forma sur ses lèvres, elle

pencha la tête de côté comme une fillette qui se retient de rire. Elle se souvenait.

— Non, Ralph, écoute. Vraiment, j'aimerais mieux pas.

— Mais enfin quoi bon Dieu, Marian ! Je suis sérieux à présent, dit-il et il comprit soudain que c'était vrai.

Elle éteignit le gaz sous la bouilloire, posa une main sur son tabouret, puis se jucha dessus et accrocha ses talons au barreau inférieur. Elle se pencha en avant, les bras croisés en travers de ses cuisses, et le tissu de son chemisier se tendit sur ses seins. Elle tripotait machinalement sa jupe. Tout à coup, elle leva les yeux et se mit à parler.

— Tu te rappelles, Emily était partie avec les Beatty, mais Mitchell, lui, est resté pour une raison ou une autre. D'ailleurs, il avait été d'humeur plutôt grincheuse pendant toute la soirée. Peut-être qu'Emily et lui étaient en froid, je ne sais pas. Il ne restait plus que nous deux, les Franklin, et Mitchell Anderson. On était tous un peu pompettes. Je ne sais pas au juste pourquoi, mais je me suis retrouvée seule avec Mitchell dans la cuisine. Je suppose qu'il s'agissait d'une pure coïncidence. On n'avait plus rien à boire, il ne nous restait plus qu'un vague fond de vin blanc. Il ne devait pas être loin d'une heure du matin parce que Mitchell m'a dit : « Si nous déployons nos ailes de géants, nous aurons peut-être une chance d'arriver au magasin de spiritueux avant la fermeture. » Tu te rappelles comme il pouvait être théâtral quand il s'y mettait ? Esquisser un pas de claquette, se livrer à toutes sortes de mimiques ? En tout cas, moi, ce soir-là, je l'ai trouvé très drôle, très spirituel. Et il était rond comme une bille, bien entendu. Moi aussi, d'ailleurs. J'ai fait ça sur l'inspiration du moment, Ralph. Je ne sais pas pourquoi, ne me demande pas ce qui m'a pris, mais quand il a dit :

« On y va ? » j'ai immédiatement accepté. On est sortis par la porte de derrière, sa voiture était là. On est partis comme ça, sans rien... on n'a même pas été chercher nos manteaux, on se disait qu'on n'en aurait que pour quelques minutes. Enfin, je ne sais pas ce qu'il pensait, c'est ce que je me disais, moi. Je ne sais pas pourquoi j'y suis allée, Ralph. Je te l'ai dit, j'ai fait ça sur l'inspiration du moment. Et ce n'était sans doute pas la bonne. (Elle fit une pause.) Ce qui est arrivé cette nuit-là était entièrement de ma faute, Ralph, et je le regrette. Je n'aurais jamais dû faire ça, je le sais bien.

— Merde ! s'écria Ralph avec emportement. Mais tu as toujours été comme ça, Marian !

Et aussitôt il sut qu'il venait d'exprimer une vérité neuve et profonde.

Une foule d'accusations se pressaient dans sa tête, et il s'efforçait d'en formuler une en particulier, mais il n'y arrivait pas. Il regarda ses mains et elles lui parurent inertes, mortes, exactement comme lorsqu'il l'avait vue sur le balcon de la *casita*. Il se saisit du crayon à bille rouge qui traînait sur la table à côté des copies, le reposa.

— Je t'écoute, dit-il.

— Qu'est-ce que tu écoutes ? dit Marian. Tu t'emportes, tu dis des gros mots, et c'est pour rien, Ralph. Pour rien, mon chéri. Il n'y a rien d'autre, dit-elle.

— Continue, dit Ralph.

— Mais qu'est-ce qui nous arrive ? dit-elle. Comment est-ce que ça a commencé, tu le sais, toi ? Je ne comprends pas ce qui nous a pris !

— Continue, Marian, dit-il.

— Mais c'est tout, Ralph, protesta-t-elle. Je t'ai tout dit. On a pris la voiture, on a roulé en bavardant. Il m'a embrassée. Je ne vois toujours pas comment on a fait pour rester partis pendant trois heures, comme tu me le soutenais.

– Dis-le-moi, Marian, insista Ralph, et il comprit que non seulement il s'était passé autre chose mais qu'en plus il l'avait toujours su. Un bref spasme lui contracta l'estomac, et il ajouta :

– Non. Si tu ne veux pas me le dire, ce n'est pas grave. En fait, j'aime mieux que ça en reste là, dit-il.

Une pensée fugitive lui traversa l'esprit : s'il ne s'était pas marié, il serait ailleurs ce soir, occupé à tout autre chose, dans le calme, dans le silence.

– Ralph? dit-elle. Tu ne te fâcheras pas, dis? Ralph? On ne fait que parler, d'accord? Tu ne vas pas te mettre en colère, hein?

Elle était descendue du tabouret et avait pris place sur une chaise, en face de lui.

– Non, dit-il, je ne me fâcherai pas.
– Promis? dit-elle.
– Promis, dit Ralph.

Elle alluma une cigarette. Tout à coup, Ralph fut pris d'un violent désir de voir les enfants, de les tirer du lit, encore tout alourdis de sommeil, et de les faire sauter sur ses genoux jusqu'à ce qu'ils s'éveillent. Il concentra son attention sur une des petites malles-poste noires qui décoraient la nappe. Chacune de ces petites malles-poste était tirée par quatre minuscules chevaux blancs caracolant, un personnage microscopique coiffé d'un haut-de-forme blanc faisait claquer ses rênes sur le siège du postillon, des bagages étaient fixés à la galerie par d'invisibles courroies, une lanterne en forme de lampe-tempête se balançait sur le côté. Ralph écoutait, et il lui semblait que toutes les paroles qu'il entendait sortaient de cette petite voiture noire.

– ... on est allés directement au magasin de spiritueux, et je l'ai attendu dans la voiture. Il est ressorti avec un sac en papier dans une main et une poche de plastique pleine de glaçons dans l'autre. Il ne marchait pas très droit. Ce n'est qu'après qu'on eut redémarré que je me suis aperçue qu'il était vraiment très ivre. Il se tenait tout recroquevillé au-dessus du volant, il avait les yeux vitreux et roulait à une allure d'escargot. On échangeait des propos sans queue ni tête. On a parlé d'un tas de choses, je ne sais plus très bien de quoi. De Nietzsche. De Strindberg. Il devait monter *Mademoiselle Julie* au second semestre. Il a été question aussi de Norman Mailer et du couteau qu'il avait planté dans le sein de sa femme. Ensuite, il a fait un bref arrêt, en plein milieu de la route, il a débouché la bouteille, et on a bu un coup. Il m'a dit que l'idée qu'on puisse me planter un couteau dans le sein lui faisait horreur. Que mes seins, il avait envie de les embrasser. Il est allé se ranger sur le bas-côté de la route. Il a posé la tête sur mes cuisses...

Elle était de plus en plus volubile. Ralph avait posé ses deux mains croisées sur la table et il suivait le mouvement de ses lèvres. Il laissa son regard errer à travers la cuisine. Ses yeux glissèrent tour à tour sur la cuisinière, le porte-serviettes, les placards, le grille-pain, puis ils revinrent aux lèvres de Marian, et finalement se posèrent à nouveau sur la petite malle-poste noire. Etrangement, un début d'excitation lui vacillait dans le bas-ventre, puis il lui sembla éprouver les cahots de la malle-poste, il eut envie de crier : « Stop! », et c'est alors qu'il entendit Marian qui disait :

– Il m'a dit : on tente le coup? Et qui ajoutait : C'est ma faute. Tout est uniquement de ma faute. Il m'a dit que c'était à moi de décider, qu'il ferait ce que je voudrais.

Ralph ferma les yeux, secoua la tête, essaya d'imaginer une alternative, un dénouement différent. Il alla jusqu'à se demander s'il ne pourrait pas revenir en arrière, revivre cette soirée vieille de deux ans, se vit entrer dans la cuisine au moment où ils s'avançaient vers la porte, s'entendit lancer d'une voix joviale : ah! non, Marian, tu ne sors pas avec ce Mitchell Anderson, il n'en est pas question! Il est soûl comme une vache, il conduit comme un pied, et d'ailleurs il faut que tu ailles te coucher car tu dois te lever demain matin avec le petit Robert et la petite Dorothea, alors stop, tu m'entends! Je te l'ordonne!

Il rouvrit les yeux. Elle s'était plaqué une main sur la figure et elle pleurait bruyamment.

— Pourquoi as-tu fait ça, Marian? demanda-t-il.

Elle secoua la tête sans le regarder.

Et tout à coup il comprit! Il lui sembla que le sol s'effaçait sous lui. L'espace d'un instant, il ne put rien faire d'autre que de fixer ses mains d'un œil hébété. La certitude s'enflait dans sa tête comme une marée tumultueuse.

— Bon dieu! Non! Marian! *Oh! nom de dieu!* s'écria-t-il en jaillissant brusquement de sa chaise. Oh! mon Dieu! Non, Marian!

— Non, non, fit-elle en rejetant la tête en arrière.

— Tu l'as laissé faire! vociféra-t-il.

— Non, non, gémit-elle.

— Tu l'as laissé faire! Tu l'as laissé tenter le coup! Hein, tu l'as laissé, pas vrai? *Tenter le coup*! Il a vraiment dit ça? Réponds-moi! glapit-il. Tu l'as laissé te baiser, hein? Est-ce qu'il t'a joui entre les cuisses pendant que vous *tentiez le coup*?

— Non, Ralph, écoute-moi, implora-t-elle d'une voix geignarde. Il ne l'a pas fait, je te le jure. Il ne m'a pas joui entre les cuisses.

Elle se balançait d'un côté à l'autre sur sa chaise.

— Oh! bon dieu! Garce, sale garce! hurla-t-il d'une voix perçante.

Elle se leva, tendit les bras vers lui.

— Mon Dieu, dit-elle. Est-ce qu'on devient fous, Ralph? Est-ce qu'on est en train de perdre la raison? Ralph? Pardonne-moi, Ralph. Je t'en prie, pardonne...

— Ne me touche pas! Ne t'approche pas de moi! hurla-t-il.

Il criait à tue-tête. Marian avait si peur qu'elle s'était mise à panteler comme une bête blessée. Elle essaya de le retenir, de l'empêcher de sortir. Mais il la prit par l'épaule et l'écarta de son chemin.

— Pardonne-moi, Ralph! lui cria-t-elle. Je t'en *supplie*, Ralph!

Dehors, la tête lui tourna et il fut obligé de s'appuyer contre une voiture. Deux couples en tenue de soirée avançaient le long du trottoir dans sa direction. L'un des deux hommes racontait une blague d'une voix retentissante. Ses compagnons s'esclaffaient déjà. D'une poussée, Ralph s'écarta de la voiture et il traversa la rue. Il arriva bientôt en vue du Blake's, un bar où il s'arrêtait parfois l'après-midi pour boire une bière avec Dick Koenig avant d'aller chercher les enfants à l'école.

Seules quelques bougies fichées dans des bouteilles éclairaient la pénombre. Ralph entrevit les silhouettes confuses d'hommes et de femmes qui parlaient à voix basse, leurs fronts se touchant presque. Un couple assis près de l'entrée interrompit sa conversation pour le regarder passer. Un rectangle noir tournoyait lentement au plafond, projetant sur la salle de petites mouchetures lumineuses. Deux hommes étaient perchés sur des tabourets à l'extrémité du comptoir, et un troisième se découpait en ombre chinoise sur le juke-box au-dessus duquel il se penchait, les mains posées à plat de part et d'autre de la vitre. Cet homme-là va mettre de la musique, se dit Ralph, avec le sentiment qu'il venait de faire là une découverte capitale. Il se pétrifia au milieu de la salle et le fixa avec curiosité.

— Ralph! Mon cher monsieur Wyman!

Il se retourna. C'était David Parks qui le hélait de derrière son comptoir. Ralph s'avança vers lui, s'affala lourdement sur le comptoir, puis se hissa sur un tabouret.

— Je vous en tire une, Mr Wyman? dit Parks.

Il tenait un verre vide à la main et souriait. Ralph fit oui de la tête. Parks plaça le verre sous le robinet. Il le tenait incliné et le redressa graduellement au fur et à mesure qu'il s'emplissait.

— Alors, Mr Wyman, ça roule? dit Parks en posant un pied sur le bord d'une étagère au-dessous du comptoir.

— D'après vous, qui va gagner le match samedi prochain? demanda-t-il.

Ralph fit signe qu'il n'en savait rien et porta le verre à ses lèvres. Parks toussota et dit :

— Cette bière est à mon compte, Mr Wyman. C'est moi qui vous l'offre.

Il reposa son pied à terre, souligna sa déclaration d'un hochement de tête et passa une main sous son tablier pour atteindre sa poche.

— Non, laissez, j'ai ce qu'il faut, dit Ralph en sortant quelques pièces de monnaie de sa poche.

Il examina sa monnaie et la compta soigneusement, comme si elle avait pu lui livrer la clé d'un code. Une pièce de vingt-cinq *cents* deux de dix *cents*, et deux petits pennies en cuivre. Il posa la pièce de vingt-cinq *cents* sur le comptoir, se leva et rempocha le reste de sa monnaie. L'homme était toujours penché au-dessus du juke-box, les bras écartés, les deux mains appuyées sur les bords de la vitre.

Dehors, Ralph resta un moment à danser d'un pied sur l'autre en essayant de décider d'une destination. Son cœur battait à tout rompre. On aurait dit qu'il venait de courir un cent mètres. La porte s'ouvrit dans son dos et un couple sortit du bar. Ralph s'écarta pour les laisser passer et ils se dirigèrent vers une auto garée le long du trottoir. Au moment où elle montait en voiture, la femme rejeta ses cheveux en arrière et ce geste emplit Ralph d'une terreur sans nom.

Il marcha jusqu'au prochain coin de rue, traversa, parcourut encore la longueur d'un bloc et décida soudain de se diriger vers le centre. Il marchait rapidement, les poings enfoncés dans les poches, ses semelles claquant sur l'asphalte. Il clignait des yeux sans arrêt. C'était donc là qu'il vivait? Ça lui paraissait incroyable. Il secoua la tête. Il aurait voulu s'asseoir quelque part pour y réfléchir à son aise, mais il savait qu'il serait incapable de rester assis, incapable de réfléchir. Il se souvint d'un homme qu'il avait aperçu un jour à Arcata, assis au bord d'un trottoir – un vieux bonhomme mal rasé, coiffé d'un bonnet de laine marron, prostré sur son bord de trottoir, les bras entre les jambes. Ensuite, Ralph pensa : Marian! Dorothea! Robert! Non, ce n'était pas possible. Il essaya de s'imaginer ce qu'il penserait de tout cela dans vingt ans, mais rien ne lui venait. Puis il imagina qu'il confisquait un bout de papier que ses élèves faisaient circuler entre eux et qu'en l'ouvrant il y trouvait inscrit : *Alors, on tente le coup ?* Puis, il ne pensa plus à rien. Puis, il éprouva une profonde indifférence. Puis, il pensa à Marian. Il revit Marian telle qu'il l'avait vue tout à l'heure, le visage convulsé. Puis, il la vit par terre, la bouche en sang, disant : « Pourquoi m'as-tu frappée ? »

Puis, glissant les mains sous sa robe pour dégrafer sa gaine. Puis, retroussant sa robe et s'arquant en arrière! Puis, emportée par le feu de la passion, hurlant des obscénités.

Il s'arrêta dans sa marche. Il avait le cœur au bord des lèvres. Il se pencha au-dessus du caniveau. Sa gorge se soulevait, mais il n'en sortait rien. Il se redressa lorsqu'une voiture pleine d'adolescents braillards passa dans la rue, le saluant d'un grand coup de son avertisseur musical. Oui, se dit-il, un grand mal presse l'univers de toutes parts, et il lui suffirait de la moindre crevasse, de la plus minuscule fissure pour s'y introduire.

Il pénétra dans la section de la ville qui débute à l'angle de Shelton et de la Deuxième Rue, à l'endroit précis où s'arrête le carré formé par les hôtels pouilleux qui louent des chambres à l'année, et s'étend sur quatre ou cinq blocs, jusqu'à la jetée de bois où les pêcheurs amarrent leurs barques. Ce quartier – que les gens du coin nomment « le quartier de la Deux » –, Ralph n'y était venu qu'une seule fois, six ans plus tôt, pour explorer les rayons poussiéreux d'une bouquinerie.

Il avisa un magasin de spiritueux sur le trottoir d'en face. Debout à l'intérieur, juste derrière la porte vitrée, un homme lisait un journal. Quand Ralph poussa la porte, une sonnette tintinnabula et il faillit fondre en larmes. Il acheta un paquet de cigarettes et ressortit. Il continua dans la même direction, inspectant les vitrines au passage, examinant les affiches placardées sur certaines d'entre elles. L'une annonçait un bal, une autre lui apprit que le Cirque Shrine était passé par là l'été dernier, une troisième appelait à élire un certain *Fred C. Walters* au conseil municipal. Dans une vitrine, il aperçut des lavabos et des tubes coudés étalés sur une table, et cette vision lui fit monter des larmes aux yeux. Il passa devant un Gymnase Vic Tanney; la devanture était masquée par des rideaux, mais un rai de lumière filtrait sous les rideaux et il perçut les clapotements d'une piscine et entendit des voix joyeuses qui s'interpellaient d'un bout à l'autre du bassin. L'éclairage de la rue était moins diffus à présent à cause des lumières des bars et des cafés qui s'alignaient des deux côtés de la rue, et les passants étaient plus nombreux – surtout des groupes de trois ou quatre personnes, mais aussi, de loin en loin, un homme seul ou une femme en pantalon criard qui arpentait le trottoir d'un pas vif. Ralph s'arrêta à la devanture d'un bar et regarda des Noirs qui jouaient au billard. Une fumée bleuâtre flottait paresseusement sous le plafonnier au néon qui éclairait la table. L'un des joueurs, un feutre vissé sur le crâne, une cigarette au bec, était en train de passer son procédé à la craie. Il dit quelque chose à un autre joueur, et cela les fit sourire tous les deux. Ensuite le premier joueur examina la position des billes avec une attention soutenue, et il se pencha au-dessus de la table.

Ralph s'arrêta devant un restaurant qui s'appelait le Jim's Oyster House, ainsi que le proclamait l'enseigne au-dessus de la porte, en lettres formées d'une multitude de petites ampoules jaunes. Au-dessus de l'enseigne, fixée à une grille d'acier, il y avait une énorme coquille de clam en néon d'où dépassait une paire de jambes humaines. Les jambes étaient formées de néons rouges qui clignotaient alternativement de manière à donner l'impression que l'homme dont le torse avait été avalé par le clam se débattait et ruait. Ralph n'était jamais entré dans ce restaurant. Il n'avait jamais mis les pieds dans aucun de ces endroits. Il alluma une cigarette au mégot de la précédente, poussa la porte et entra.

Il y avait foule à l'intérieur. Des couples enlacés, agglutinés sur la piste de danse, s'étaient figés dans des attitudes hiératiques en attendant que l'orchestre reprenne. Ralph se fraya un chemin jusqu'au bar. Une femme soûle agrippa brièvement un pan de son manteau au passage. Il n'y avait pas un seul tabouret de libre, et il se retrouva debout à l'extrémité du comptoir, coincé entre un garde-côte en uniforme et un type vêtu d'une tenue en jean, au visage creusé de rides profondes. Dans le miroir du bar, il vit les musiciens de l'orchestre quitter leur table et se diriger vers l'estrade où ils avaient laissé leurs instruments. Ils portaient des pantalons noirs et des chemises de cow-boy blanches, avec de fines cordelières rouges en guise de cravates. L'estrade était à côté d'une cheminée avec des bûches artificielles illuminées par de fausses flammes rougeoyantes. Le leader pinça les cordes de sa guitare électrique et chuchota quelque chose aux autres musiciens avec un sourire entendu. Ensuite ils se mirent à jouer.

Ralph porta son verre à ses lèvres et le vida d'un trait. Il entendit une femme assise sur un tabouret un peu plus loin s'exclamer : « En tout cas, ça va barder, tu peux me croire ! » Elle disait cela d'une voix rageuse. L'orchestre arriva au bout de son morceau et enchaîna aussitôt. Le bassiste s'avança vers le micro et se mit à chanter, mais Ralph n'arrivait pas à saisir ce qu'il disait. Quand l'orchestre s'interrompit à nouveau, Ralph chercha les toilettes des yeux. Il distingua des portes qui semblaient animées d'un mouvement perpétuel à l'autre extrémité du bar et il mit le cap sur elles. Il titubait un peu. Il était ivre à présent, il le savait. Une des portes était surmontée d'un bois de cerf monté sur écusson. Un homme la poussa, entra ;

un second la retint, sortit. Ralph entra à son tour et se joignit à la file qui s'était formée devant l'urinoir. Tandis qu'il attendait, il se mit à fixer d'un œil hypnotisé les deux cuisses écartées et la vulve ouverte maladroitement dessinées sur le mur au-dessus d'un distributeur de peignes en plastique. Sous le dessin, on avait griffonné : BOUFFE-MOI, et plus bas encore une autre main avait inscrit : *Betty M. bouffe les minettes, RA 52275.* La file avança et Ralph suivit le mouvement, le cœur serré à la pensée de cette Betty. Il accéda enfin à l'urinoir et se soulagea. Le jet lui fit l'effet d'un éclair jaillissant. Il soupira, se pencha en avant et appuya son front à la paroi. Oh! Betty, songeait-il. Sa vie avait changé, il s'en rendait bien compte. Du fond de son ivresse, il se demanda s'il existait d'autres hommes qui, en se penchant sur un incident isolé de leur vie, étaient capables d'y déceler les prémices d'une catastrophe qui bouleverserait par la suite le cours de leur destinée. Un moment encore, il resta dans cette posture puis il abaissa son regard et s'aperçut qu'il s'était pissé sur les doigts. Il alla au lavabo et, jugeant préférable de ne pas user de la barre de savon douteuse, se fit couler de l'eau sur les doigts. Tandis qu'il déroulait l'essuie-mains, il approcha son visage du miroir tout piqué et se regarda dans le blanc des yeux. Un visage : que peut-il y avoir de plus banal ? Il toucha le miroir du doigt, puis s'écarta pour laisser passer un homme qui voulait user du lavabo.

En ressortant des toilettes, il avisa une porte vitrée à l'autre bout du couloir. Il s'en approcha et vit quatre joueurs de cartes assis autour d'une table tapissée de feutre vert. Aux yeux de Ralph, il se dégageait de ce spectacle une impression d'indicible sérénité. Les gestes silencieux des joueurs lui semblaient à la fois pleins de grâce et lourds de sens. Il colla son nez à la vitre et continua à regarder jusqu'à ce que les joueurs remarquent sa présence.

Dans la salle, de bruyants accords de guitare retentirent, salués par une salve d'applaudissements et de sifflets. On poussa vers l'estrade une femme d'un certain âge, grassouillette, engoncée dans une robe du soir en satin blanc. Elle faisait mine de résister, mais Ralph voyait bien que ce n'était qu'un jeu. A la fin, elle accepta le micro qu'on lui tendait et fit une courte révérence. Le public siffla et trépigna. Et soudain, il comprit que son unique chance de salut était de se retrouver dans la pièce avec les joueurs, de les regarder de près. Il sortit son portefeuille et en vérifia le contenu en le couvrant prudemment de ses mains. Derrière lui, la femme se mit à chanter d'une voix rauque et somnolente.

Le donneur leva les yeux.
— Vous avez décidé de vous joindre à nous ? fit-il en balayant Ralph d'un rapide regard avant de retourner à son jeu.

Les autres joueurs lui lancèrent de brefs coups d'œil, puis leurs yeux se reposèrent sur les cartes qui glissaient en travers du tapis vert. Ils ramassèrent leurs cartes. L'homme qui était assis juste devant Ralph émit un reniflement bruyant, se retourna et le regarda d'un air excédé.

— Benny, amène une autre chaise ! lança le donneur à l'intention d'un vieux bonhomme qui passait un balai sous une table sur laquelle étaient posées des chaises retournées.

Le donneur était un homme à la carrure imposante, vêtu d'une chemise blanche ouverte au col dont il avait retroussé les manches au-dessus de ses avant-bras couverts de poils drus et noirs. Ralph prit une profonde inspiration.

– Vous boirez quelque chose ? interrogea Benny en lui apportant sa chaise.

Ralph tendit un billet d'un dollar au vieil homme et il se débarrassa de son manteau. Le vieux Benny le prit et l'accrocha à un portemanteau près de la porte en sortant. Deux des joueurs déplacèrent leurs chaises et Ralph s'assit face au donneur.

– Ça va comme vous voulez ? lui dit le donneur, sans lever les yeux.

– Oui, oui, ça va, dit Ralph.

D'une voix très douce, les yeux toujours baissés, le donneur ajouta :

– Poker régulier, cinq cartes. Les relances sont limitées à cinq dollars.

Ralph hocha la tête, attendit que le coup soit fini et prit pour quinze dollars de jetons. Il regarda les cartes qui défilaient à toute allure, puis ramassa son jeu en imitant le geste qu'il avait toujours vu faire à son père, qui consistait à glisser chaque carte sous le coin de la précédente à mesure qu'elles s'abattaient devant lui. A un moment, il leva les yeux et dévisagea rapidement les autres joueurs. Il se demandait si l'un d'eux avait déjà vécu la même chose que lui.

Une demi-heure plus tard, il avait gagné deux fois, et il se dit qu'il devait lui rester quinze dollars, peut-être même vingt, en plus du petit tas de jetons posé devant lui. Il réclama un autre verre, qu'il régla à l'aide d'un jeton, et tout à coup il réalisa qu'il avait parcouru un très long chemin au cours de cette soirée, que sa vie avait changé du tout au tout. *Jackson*, se dit-il. Oui, il avait retrouvé Jackson.

– Alors, vous suivez ou pas ? demanda l'un des joueurs. Eh, Clyde, le blind est de combien déjà ? ajouta-t-il en s'adressant au donneur.

— Trois dollars, dit le donneur.
— Je suis, dit Ralph. Je suis, confirma-t-il en plaçant trois jetons dans le pot.

Le donneur leva brièvement les yeux sur lui.

— Si vous voulez vraiment voir de l'action, vous n'aurez qu'à m'accompagner chez moi à la fin de cette partie, lui dit-il.

— Non, ça va bien comme ça, merci, dit Ralph. De l'action, j'en ai eu plus qu'il m'en fallait ce soir. J'ai découvert le pot aux roses, vous comprenez. Ma femme s'est envoyée en l'air avec un autre homme il y a deux ans. J'ai tout découvert ce soir.

Il s'éclaircit la gorge.

L'un des joueurs posa ses cartes sur la table et il alluma son cigare. Il tira sur le cigare en fixant Ralph des yeux, puis il secoua son allumette et reprit ses cartes. Le donneur leva les yeux et posa les deux mains à plat sur la table. Les poils noirs se détachaient nettement sur la peau basanée de ses mains.

— Vous travaillez ici, à Eureka? demanda-t-il à Ralph.

— Je vis ici, dit Ralph.

Il se sentait vide, merveilleusement léger.

— On joue ou quoi? dit un des hommes. Clyde?

— Y a pas le feu, dit le donneur.

— Enfin quoi bon dieu, fit l'homme entre ses dents.

— Qu'est-ce que vous avez découvert ce soir? demanda le donneur.

— Ma femme, dit Ralph. Elle a avoué.

Dans l'allée de derrière, il ressortit son portefeuille et vérifia à nouveau son contenu. Il ne lui restait que deux billets d'un dollar, et il lui semblait qu'il avait un peu de monnaie au fond d'une de ses poches. Juste de quoi manger un morceau – mais il n'avait pas faim. Il s'accota au mur de brique et s'efforça de remettre de l'ordre dans ses idées. Une voiture s'engouffra dans la ruelle, avança de quelques mètres et ressortit en marche arrière. Ralph se mit à marcher. Il prit en sens inverse le chemin qui l'avait mené jusque-là. Il rasait les murs pour éviter les passants qui déambulaient le long du trottoir en échangeant de bruyants propos. Il entendit une femme vêtue d'un long manteau qui disait à son compagnon : « Non, non, Bruce, tu n'y es pas du tout. Tu n'y comprends rien ! »

Il s'arrêta devant le magasin de spiritueux, poussa la porte et entra. Il s'avança jusqu'au comptoir et étudia les rangées de bouteilles soigneusement alignées sur leurs étagères. Il s'acheta un autre paquet de cigarettes et une petite bouteille de rhum, dont l'étiquette lui avait accroché l'œil. Elle représentait des palmiers aux larges feuilles pendantes, sur fond de lagon tropical. Et puis il s'aperçut que c'était du rhum – du *rhum !* – et il crut qu'il allait tourner de l'œil. Le vendeur, un homme maigre et chauve dont le pantalon était retenu par des bretelles, lui emballa sa bouteille dans un sac en papier, fit tinter sa caisse enregistreuse et lui adressa un clin d'œil.

– Alors, fit-il, on s'offre un petit extra ce soir ?

En sortant du magasin, Ralph prit la direction du port. Il avait envie de voir le reflet des lumières sur l'eau. Il se demandait comment le Dr Maxwell se serait comporté dans une situation pareille. Il plongea une main dans le sac en papier tout en marchant, brisa le cachet de la petite bouteille, s'arrêta dans une entrée d'immeuble et avala une grande lampée de rhum. Il se dit que le Dr Maxwell serait allé s'asseoir au bord de l'eau et qu'il aurait médité sur tout cela avec son flegme d'homme bien né. Il traversa une rue où passaient des rails de tramway désaffectés, tourna un coin et s'engagea dans une autre rue, plus obscure. Déjà, le bruit des vagues qui s'écrasaient au pied de la jetée lui parvenait. Et puis il perçut un mouvement dans son dos. Un Noir de petite taille, vêtu d'un blouson de cuir, surgit brusquement devant lui en disant : « Eh mec, une minute, tu veux ? » Comme Ralph essayait de le contourner, le Noir fit : « Eh là, dis-donc, tu me marches sur les pieds ! », et au moment où il allait prendre ses jambes à son cou, il lui expédia un solide crochet à l'estomac. Ralph poussa un gémissement et fit tout ce qu'il pouvait pour s'écrouler, mais le Noir lui frappa le nez du plat de la main. Le coup l'envoya dinguer contre un mur, et il tomba assis, une jambe repliée sous lui. Il essaya de se redresser, mais le Noir lui assena une gifle retentissante et il s'étala de tout son long sur le trottoir.

Il fixa son regard sur un point précis et c'est alors qu'il les vit. Une nuée d'oiseaux tourbillonnant sur le ciel gris et bas. De ces oiseaux de mer, qui remontent toujours de l'océan à l'aube. Un voile de brume obscurcissait encore la rue, et il dut marcher avec précaution pour ne pas écraser les escargots qui rampaient sur le trottoir mouillé. Une voiture ralentit au moment où elle le dépassait. Ses phares étaient allumés. Une deuxième voiture passa, puis une troisième. Il les suivit du regard. Des ouvriers qui vont à l'usine, marmonna-t-il entre ses dents. On était lundi matin. Il tourna un coin, passa devant le Blake's. Les stores étaient baissés, un rang de bouteilles vides semblait monter la garde devant l'entrée. Ralph avait froid. Il marchait le plus vite possible, et de temps en temps croisait les bras sur sa poitrine et se frottait les épaules. Il arriva enfin devant chez lui. La lanterne du porche brûlait, mais les fenêtres étaient obscures. Il traversa la pelouse et fit le tour de la maison. Il tourna la poignée et la porte s'ouvrit sans bruit. La maison était plongée dans un profond silence. Le haut tabouret était là, posé contre la paillasse de l'évier. C'est à cette table qu'ils s'étaient assis. Ralph s'était levé du divan, il était entré dans la cuisine et il s'était assis. Avait-il fait autre chose ? Non, il n'avait rien fait d'autre. Il regarda l'horloge murale au-dessus du réchaud. De l'endroit où il se tenait, il avait vue sur la salle à manger, la table ronde avec sa nappe en dentelle et le lourd compotier en verre à décor de flamants roses qui trônait en son centre. De l'autre côté de la table, les rideaux étaient ouverts. S'était-elle mise à cette fenêtre pour guetter son retour ? Il pénétra dans la salle de séjour, foulant l'épaisse moquette. Le manteau de Marian gisait en travers du divan, et dans le pâle demi-jour il distingua la forme d'un cendrier rempli à ras bord de mégots à bout de liège. En traversant la pièce, il remarqua aussi l'annuaire du téléphone ouvert sur la table à café. Il s'arrêta devant la porte de leur chambre. Elle était entrebâillée. Apparemment, elle avait tout laissé ouvert à son intention. Il résista d'abord à l'envie de vérifier si Marian était bien là, puis il poussa la porte d'un doigt et l'ouvrit un peu plus. Elle dormait, la tête à côté de l'oreiller, le visage tourné vers le mur, ses cheveux noirs étalés sur le drap blanc, les couvertures ramassées en boule sur ses épaules. Elle les avait arrachées du pied du lit. Marian était couchée en chien de fusil, les hanches repliées sur son corps secret. Ralph la regardait fixement. Qu'est-ce qu'il était censé faire ? Rassembler ses affaires et partir ? Aller à l'hôtel ? Prendre certaines dispositions ? Comment un homme est-il supposé se conduire en de telles circonstances ?

Certains événements s'étaient produits, il l'avait compris. Mais sa compréhension butait sur les événements à venir. La maison était très silencieuse.

Il retourna dans la cuisine et s'assit, la tête sur ses bras repliés. Il ne savait pas comment s'y prendre. Il ne savait pas quoi faire. Et pas seulement dans ce cas précis, non, en général aussi. Non seulement il ignorait ce qu'il allait faire aujourd'hui et demain, mais en plus il ignorait ce qu'il ferait tous les autres jours de sa vie. Il entendit les enfants qui remuaient. Il se redressa sur sa chaise et se força à sourire lorsqu'ils entrèrent dans la cuisine.

— Papa, papa! criaient-ils en accourant vers lui sur leurs petites jambes.

— Raconte-nous une histoire, papa, dit Robert en lui grimpant sur les genoux.

— Il peut pas, dit Dorothea. Il est trop tôt pour les histoires, hein, papa?

— Qu'est-ce que t'as sur la figure, papa? dit Robert en pointant l'index vers son nez.

— Fais voir! dit Dorothea. Fais voir, papa!

— Pauvre papa, dit Robert.

— Qu'est-ce que tu t'es fait à la figure, papa? dit Dorothea.

— Ce n'est rien, dit Ralph. Rien du tout, mon petit cœur. Allez descends de là, Robert. J'entends maman qui arrive.

Ralph se précipita dans la salle de bains et il verrouilla la porte.

Il entendit Marian crier :
— Votre père est là? Où est-il – dans la salle de bains? Ralph?

— Maman, maman! s'exclama sa fille. Papa a du sang sur la figure!

— Ralph! fit-elle en agitant le bouton de la porte. Ralph, laisse-moi entrer, mon chéri. Ralph! Oh! je t'en prie, chéri, laisse-moi entrer. Je veux te voir. Ralph? Je t'en prie!

— Va-t'en, Marian.

— Non, je ne peux pas, dit-elle. Ralph, s'il te plaît, ouvre cette porte. Rien qu'une minute, mon chéri. Je veux te regarder, c'est tout. Ralph. Ralph? Les enfants prétendent que tu es blessé. Qu'est-ce que tu as, chéri? Ralph?

— Va t'en.

— Ralph, ouvre-moi, s'il te plaît.

— Tais-toi, je t'en prie, tais-toi! lui dit Ralph.

Elle resta encore un moment à la porte, tourna la poignée une ou deux fois de plus, puis Ralph l'entendit qui allait et venait dans la cuisine, faisant déjeuner les enfants, s'efforçant de répondre à leurs questions. Il se regarda très longuement dans le miroir du lavabo. Il se fit des grimaces. Il essaya toute une variété de mimiques, puis il se fatigua de ce jeu, tourna le dos au miroir, s'assit sur le rebord de la baignoire et entreprit de dénouer ses lacets. Il resta là, une chaussure à la main, et s'abîma dans la contemplation des minuscules trois-mâts qui voguaient sur la vaste étendue bleue du rideau de douche en plastique. Il repensa aux petites malle-postes noires de la nappe et il faillit crier : « Stop! ». Il déboutonna sa chemise, se pencha sur la baignoire en soupirant et mit la bonde de caoutchouc en place. Il ouvrit le robinet d'eau chaude, et bientôt un nuage de vapeur s'éleva du fond de la baignoire.

Il resta un moment au garde-à-vous, nu, sur le carrelage, avant d'entrer dans l'eau. Il pinça entre ses doigts la chair flasque de ses hanches. Il s'examina à nouveau dans le miroir voilé de buée. En entendant Marian qui appelait son nom, il sursauta violemment.

– Ralph. Les enfants s'amusent dans leur chambre. J'ai téléphoné à Von Williams pour le prévenir que tu serais absent aujourd'hui. Je vais rester à la maison aussi.

Elle demeura silencieuse un instant, puis ajouta :

– Je t'ai gardé ton petit déjeuner au chaud, mon chéri. Tu pourras le manger en sortant de ton bain. Ralph ?

– Tais-toi, je t'en prie, dit-il.

Il demeura dans la salle de bains jusqu'à ce que Marian ait gagné la chambre des enfants. Elle les habillait, leur demandait si ça leur plairait d'aller jouer avec Warren et Roy. Il traversa la maison, entra dans la chambre et ferma la porte. Il inspecta le lit avant de se glisser dans les draps. Il s'allongea sur le dos et fixa le plafond. Il s'était levé du divan, il était entré dans la cuisine et il... *s'était... assis*. Il ferma brusquement les paupières, se retourna sur le flanc et à cet instant précis, Marian pénétra dans la pièce. Elle glissa une main sous les draps et lui caressa doucement le dos.

– Ralph, dit-elle.

En sentant ses doigts se poser sur lui, il s'était raidi. Peu à peu, il s'abandonna. C'était plus facile de s'abandonner. La main de Marian escalada sa hanche, descendit vers son abdomen, et à présent elle pressait son corps contre lui, s'asseyait sur lui, allait et venait sur lui. En y repensant par la suite, il devait se dire qu'il s'était retenu aussi longtemps que c'était humainement possible. Et puis il se retourna vers elle. Il tournait sur lui-même, tournait avec une lenteur de rêve, tournait et tournait encore, émerveillé par les impossibles changements qu'il sentait remuer en lui.

Table

Obèse 7
En voilà une idée 14
Ils t'ont pas épousée 20
Vous êtes docteur? 30
Le père 41
Personne disait rien. 44
Soixante arpents 66
Pourquoi l'Alaska? 84
Cours du soir 102
L'aspiration 110
Qu'est-ce que vous faites,
   à San Francisco? 120
La femme et l'étudiant 132
La peau du personnage 144
Jerry et Molly et Sam 167
Pourquoi, mon chéri? 186
Les canards 194
Et ça, qu'est-ce que tu en dis? 203
Bicyclettes, muscles, cigarettes 215
Qu'est-ce que vous voulez? 230
Signes 244
Tais-toi, je t'en prie, tais-toi 254

Dans Le Livre de Poche

Extraits du catalogue

Raymond Carver
Les Vitamines du bonheur

Douze histoires qui, chacune à leur manière, révèlent la présence latente ou l'intrusion de terreurs dans des existences ordinaires. Avec une économie de moyens remarquable, Carver trace les lignes de force de la tragi-comédie qui habite chaque vie humaine, fût-elle la plus banale. Ouvriers, employés de bureau, chômeurs ou couples à la dérive, ses personnages accèdent malgré eux à une dimension héroïque. Carver met à nu la grandeur et la misère de ces destins, en préservant la part de mystère qui leur appartient en propre.

Raymond Carver
Parlez-moi d'amour

En apparence, rien ne se passe dans les histoires que raconte Carver, ou presque rien. Mais sous ce rien, sous l'incompréhension, le désœuvrement, la pauvreté, la maladie, sous l'acuité du regard de l'écrivain, se cache un simple sentiment : le malheur. Et le malheur s'hypertrophie chez lui en un univers romanesque. Ici un photographe sans mains ou un couple qui se déchire, là un homme qui perturbe la fête de Noël, un père qui n'arrive pas à parler à son fils, des limaces qui prolifèrent...

Dans l'univers déchiqueté de l'Amérique moderne, Carver prélève les échantillons d'une humanité à la dérive. Il condense, il *précipite* chaque situation. Dès lors, il persiste juste dans ses nouvelles un petit décalage discret, comme un temps de retard pris sur la vie, un léger dérapage dans les rouages de l'existence.

Hubert Selby Jr.
Chanson de la neige silencieuse

Hubert Selby Jr., dont on a écrit qu'il faisait monter « du sein de l'horreur un chant de gloire », est l'auteur de *Last Exit to Brooklyn*, l'un des romans les plus noirs et l'une des œuvres majeures de notre époque.

Chanson de la neige silencieuse rassemble quinze nouvelles parues dans des revues, de 1957 à 1981. Ce recueil offre un panoramique de l'œuvre de Selby. Selby passe du comique à des récits d'action, à la description clinique d'une abomination, à l'expression d'un désespoir, dans une écriture qui relève tour à tour du style journalistique et de celui des évangiles. Il parle d'électrochocs, de rixe dans un cinéma de quartier et d'extase : autant de rappels miniatures de ses fresques romanesques sur l' « American dream » perdu.

Ken Kesey
Vol au-dessus d'un nid de coucou

La critique américaine, comme le public, a reconnu en *Vol au-dessus d'un nid de coucou* le livre le plus significatif, le plus révélateur de la vie actuelle. Trois héros dominent ce roman : McMurphy, le héros américain par excellence, rayonnant de force et d'une joie de vivre qu'il veut faire partager, Miss Ratched, l'infirmière au visage impassible, incarnation sadique du système, enfin Grand Chef, l'Indien géant que l'on croit sourd et muet et qui, grâce à McMurphy, retrouve la parole et s'évade. La critique et le public ont fait de *Vol au-dessus d'un nid de coucou* l'un des plus grands livres de notre temps. Ken Kesey est devenu l'un des chefs de file de sa génération.

Warren Adler
La Guerre des Rose

Jonathan et Barbara Rose mènent depuis bientôt vingt ans une vie calme et aisée. Leur bonheur tranquille tourne autour de leurs deux enfants et de la maison qu'ensemble ils ont rénovée et embellie avec amour.

Barbara a sa chatte, Jonathan son chien; elle a sa cuisine, lui son atelier. Le meilleur des mondes possible ? Il y a de ça... En tout cas jusqu'à la première alerte, la première fêlure. Qui devient vite cassure. Alors, un divorce à l'amiable, comme cela se pratique entre gens civilisés ? Bien sûr, à condition de se mettre d'accord sur un partage équitable. Et une maison, cela ne se partage guère... De consultations d'avocats en premières escarmouches, rien ne va plus chez les Rose. Et voilà bientôt la superbe demeure transformée en champ de bataille, sur lequel Barbara et Jonathan vont lutter en tête à tête, et pied à pied. Jusqu'à sombrer dans la barbarie absolue, dans l'horreur totale...

Charles Bukowski
Contes de la folie ordinaire

La folie ordinaire, c'est la misère, l'ivresse, la défonce ou le sexe à outrance. Mais est-elle folle, la plus jolie fille de la ville qui se tranche la gorge parce qu'aucun homme n'a vu en elle autre chose que sa beauté ? Est-elle folle aussi celle qui libère les animaux du zoo voisin, singe, tigre et serpent, et vit avec eux dans la plus exaltante intimité ? Certains contes mettent en scène Bukowski lui-même. L'illustre poète, buveur de bière, collabore au journal underground *Open Pussy*. Il dit sa haine de la guerre, du sexisme, de la violence. D'autres contes sont fantastiques comme *Le petit ramoneur* dans lequel un homme est réduit, par sa femme, à la taille d'un doigt pour mieux ramoner son sexe, ou *La machine à baiser Tania* inventée par un savant allemand. Bukowski a filmé ce « carnaval merdique » qu'est la vie puis est retourné aux putes, aux bourrins et au scotch. Si Buk était un homme il y a longtemps que sa tribu l'aurait banni.

Charles Bukowski
Je t'aime, Albert
et les autres nouvelles de « Hot Water Music »

Dans ce recueil de trente-six nouvelles, on retrouve les thèmes et personnages des *Contes* et des *Nouveaux Contes de la folie ordinaire*. Mais on les retrouvera, tels qu'ils sont à jamais dans l'univers « bukowskien » : des hommes et des femmes tranquillement désespérés qui soudain commettent des actes en apparence gratuits, et d'une immense violence.

Un univers terrifiant, un style sarcastique et âpre, un humour noir, léger filet d'espoir chimérique, qui n'apparaît que pour tromper le lecteur, lui faire croire que Bukowski lui-même ne croit pas que les choses vont aussi mal qu'il le dit.

Charles Bukowski
Souvenirs d'un pas grand-chose

Bukowski parle vrai et dur des premières années de sa vie, des coups reçus et donnés, des désespoirs d'un jeune homme laid qui n'a jamais la bonne « attitude », des mesquineries des petits débrouillards, de la bouteille, de la guerre qui se prépare et n'engloutira pas indistinctement tout le monde.

Cette enfance d'un pas grand-chose est effrayante, mais drôle. La machine à durer en verra bien d'autres, c'est évident. Les outrances ne sont, après tout, que celles de la vie même. Et puis le miracle poétique n'est jamais loin, qui transfigure les plus cruels souvenirs de jeunesse.

Charles Bukowski
Au sud de nulle part

... Directement à l'estomac et le plus fort possible. Qu'il s'imagine mettre K.O. sur un ring de boxe son modèle admiré et détesté, Ernest Hemingway, qu'il raconte l'histoire atroce et paillarde du cannibale Maja Thurup, celle de l'homme tombé amoureux d'un mannequin d'étalage, ou celle du diable lubrique prisonnier dans une baraque foraine, il peint toujours la solitude, la misère d'aimer. Mais il peint au couteau.

Michel Braudeau, *L'Express*.

Alberto Moravia
Bof!

Dans *Bof!* des femmes de milieu et d'âge différents conversent avec nous, sur un ton familier, tragique, comique, souvent voilé d'ironie, de la haïssable ambiguïté de leur destin qui les force à agir de façon absurde ou folle, bien que leur conscience leur dise qu'elles devraient faire autrement.

Malgré leur complaisance narcissique vis-à-vis d'elles-mêmes, elles supportent mal cette dualité qu'aggrave encore leur solitude de femmes mal aimées. Et c'est avec ce « Bof! » qu'elles lancent d'un ton méprisant aux adultes qu'elles n'ont jamais pu être, qu'elles expriment leur lassitude des hommes et leur déconvenue devant de stupides comportements.

Alberto Moravia
Désidéria

Prise de vertige devant « le trou noir de l'inconnu », Désidéria, fille du peuple intégrée malgré elle dans la haute et richissime bourgeoisie romaine, cherche un appui. Elle le trouve dans une mystérieuse et utopique *Voix* qui l'invite à prendre pour dieu la Révolution et l'incite à désacraliser toutes les valeurs, famille, religion, amour, argent, à transgresser tous les tabous, inceste, assassinat, et à accepter librement toutes les perversions sexuelles, toutes les violences, toutes les cruautés.

C'est à une véritable descente aux enfers – enfers de la violence, de la perversion, du crime – que nous convie le romancier italien, auteur du *Mépris*, dans ce roman en forme d'interview, qui interroge nos valeurs, notre violence secrète, notre siècle.

Christiane Rochefort
La Porte du fond

Une histoire comme il doit s'en cacher pas mal dans les meilleures familles. Un petit inceste tranquille... Air connu, oui, mais rarement entonné avec autant de gouaille, d'ironie, de fureur.

Claire Gallois, *Paris Match*.